Sur l'auteur

Chris Kraus est né en 1963 à Göttingen, en Allemagne, et vit aujourd'hui à Berlin. Réalisateur, scénariste, écrivain, il a notamment étudié à l'Académie allemande du film et de la télévision de Berlin. Il est l'auteur de plusieurs œuvres cinématographiques qui lui ont valu de nombreux prix. Son long-métrage *Quatre minutes* (2006) a obtenu un grand succès critique et commercial en France, et a été adapté au théâtre. Outre des fictions, Chris Kraus a également coréalisé un documentaire sur l'écrivain et réalisateur Rosa von Praunheim, *Rosakinder* (2012). Chris Kraus est par ailleurs l'auteur de quatre romans. Après *La Fabrique des salauds*, finaliste du prix Femina et du prix du Meilleur livre étranger, *Femmes d'été, femmes d'hiver*, paru sous le titre *Baiser ou faire des films* chez Belfond, est son deuxième roman à paraître en France.

Du même auteur
aux Éditions 10/18

LA FABRIQUE DES SALAUDS, n° 5562
FEMMES D'ÉTÉ, FEMMES D'HIVER, n° 5738

CHRIS KRAUS

FEMMES D'ÉTÉ, FEMMES D'HIVER

Traduit de l'allemand
par Rose Labourie

10/18

BELFOND

Cet ouvrage a paru précédemment sous le titre :
Baiser ou faire des films

Titre original :
Sommerfrauen Winterfrauen

ISBN 978-2-264-07931-2
Dépôt légal : février 2021

Pour Rosa
et toutes les couleurs
(sauf le brun, évidemment)

« Cette histoire est entièrement vraie, puisque je l'ai imaginée d'un bout à l'autre. »

Boris VIAN, *L'Écume des jours*

PRÉFACE DE PUMA

Contrairement à moi, mon père a constaté par lui-même que Dieu, comme il disait, nous mettait toujours des bâtons dans les roues, car ses roues à lui étaient toujours pleines de bâtons.

Je n'ai pas vécu le quart de ce qu'il a vécu, ni avant ni après.

Dans le grand magasin où j'étais en train d'acheter des lunettes de soleil, mon père, un étage plus haut, était témoin, voire plus vraisemblablement victime, d'un hold-up (au cours de sa vie, il a été agressé une douzaine de fois – qui peut en dire autant ?).

Tandis que je nageais vers un pittoresque coucher de soleil dans la mer Adriatique, il était attaqué par un requin.

Ou bien un pétrolier faisait naufrage juste sous son nez.

C'était toujours la même chose.

Et croyez-le ou non : en janvier 2012, c'est sous ses yeux que le *Costa Concordia* s'est brisé en mille morceaux – ce n'était pas un pétrolier, mais un paquebot de croisière italien qui venait d'esquiver la minuscule barque à voile de papa (il s'en est fallu de dix mètres que la collision n'ait lieu) pour aller s'encastrer tout droit dans un rocher.

Mais qui se risquerait à quitter le port de Giglio en plein hiver, à la tombée de la nuit, pour aller voguer au large ? Seul Jonas Rosen, mon somnambule de père, était capable de ce genre de folie.

Il était porté sur la catastrophe, et moi sur l'inquiétude existentielle, ce qui nous conduisait sur des territoires de chagrin bien différents.

C'est peut-être ce qui nous a toujours attirés chez papa, moi et d'autres encore : la promesse d'un monstrueux fiasco, susceptible de faire irruption dans notre médiocrité pour la réduire magiquement en poussière.

Beaucoup de gens ont tenté de protéger papa (à partir du moment où ils l'aimaient, ce qui faisait toujours un peu plus de monde que ce qu'il croyait). Mais s'ils le protégeaient, c'était aussi pour se protéger eux-mêmes. Sachant que nos efforts étaient à peine plus efficaces qu'un nuage de pluie sur un volcan en éruption. Peut-être qu'avec son talent, il aurait pu aller plus loin. Mais lui disait toujours qu'au fond, c'était vrai de n'importe qui.

Au moment de sa chute, il y a déjà près d'un an, j'étais seulement un mètre derrière lui. Papa n'a émis aucun son, parce qu'il trébuchait toujours en silence, que ce soit sur un pas de porte, sur une marche d'escalier ou sur ses propres pieds. Il supportait sans broncher les bâtons que Dieu lui mettait dans les roues, y compris dans cette occurrence haute-alpine, en bordure du col de la Gemmi, qui devait être la dernière. S'il avait poussé un tout petit soupir de rien du tout, ou au moins un de ses nombreux « Ah » (qui lui échappaient souvent lors de ses conférences), j'aurais été prévenue. J'aurais peut-être pu bondir sur lui et le retenir par sa veste un peu trop grande ou un bout de son sac à dos. Mais je n'en ai pas eu l'occasion, car c'est dans le silence le plus total qu'il a basculé sur le côté puis tête la première vers l'abîme.

Aujourd'hui encore, j'entends dans mes rêves le faible cri d'un oiseau de montagne qui tournoyait à l'horizon et que la chute de mon père dans le vide a révélé à mes yeux, j'entends une bourrasque hurler dans mes cheveux et, couvert par le bruit du vent, le choc sourd repris en écho par le col de la Gemmi jusqu'à faire taire l'oiseau.

Papa savait depuis des années qu'il n'atteindrait pas un âge avancé. Mais l'épisode qui lui a donné raison, son incompréhensible soudaineté, a dû le surprendre. Et sans doute a-t-il été surpris du fait que, aussi surprise que lui, je n'aie pas été à ses côtés, car il avait l'habitude d'être secouru, même sans succès. Peut-être avait-il confiance en ma main, qui ressemble tant à la sienne aussi bien par son anatomie que par son caractère. Peut-être a-t-il compté, durant cette milliseconde qui précipitait son corps vers le fond du col, sur l'intervention de mes superpouvoirs.

De cette terrible journée, il m'est resté un tremblement permanent des paupières, plus ou moins marqué selon les moments, qui ne se calme qu'après un effort physique ou le matin au réveil. Encore aujourd'hui, je ne supporte pas qu'on débouche une bouteille de vin, à cause du bruit funeste qui me rappelle le col de la Gemmi. Et je n'escalade plus de montagnes.

Au moins, papa s'est vu épargner une mort lente. C'est une petite consolation. Mais c'est la seule.

N'ayant pas grandi avec lui, je n'ai que peu de souvenirs d'enfance à son sujet.

Un jour, dans l'un de ses courts-métrages, j'ai joué une mignonne petite fille de huit ans qui finit pendue à une potence trois places dans les champs de baies de l'Odenwald.

Pendant mon adolescence, il y a parfois eu des conflits, notamment parce qu'il avait en horreur la consommation de drogue filiale (au contraire de la paternelle, comme j'appelais sa prédilection pour les petits schnaps occasionnels).

C'est à partir de mes dix-huit ans que nous nous sommes rapprochés. Et à l'époque où ses douleurs s'aggravaient, j'étais même souvent chez lui. D'où ma présence à ses côtés lors de cette randonnée dans les Alpes valaisannes que les médecins lui avaient interdite et qui devait nous coûter notre équilibre à tous les deux – équilibre extérieur pour lui, équilibre intérieur pour moi.

Dans ses archives qui n'intéressaient personne, ni femme d'été ni femme d'hiver, et encore moins ma mère, j'ai trouvé trois vieux journaux intimes jaunis. Leur contenu m'a laissée supposer que cette déflexion de la vie que papa prenait pour la réalité était chez lui nettement plus raide que nous ne l'avions tous cru jusque-là. Car les événements – en soi insignifiants, pour ne pas dire banals, mais singuliers et, en ce qui me concerne, existentiels au sens propre du terme – de cette fin d'été 1996 que j'y ai trouvés relatés et qui m'étaient jusque-là totalement inconnus ont fini par déboucher sur ma naissance. C'est par la mort de papa que les circonstances précises de mon arrivée en ce monde m'ont été révélées.

Pour donner à cette mort une forme, voire, en un sens, une sorte de vie, j'ai décidé, après mûre réflexion, de publier les notes de papa, sans rien en retrancher, dans leur totalité, mais en ménageant les personnes dont il est fait le portrait, parfois avec une précision compromettante. Ainsi, de nombreux noms ont été changés (mais pas tous), quelques lieux modifiés (mais pas tous), certaines fautes d'inattention et d'orthographe corrigées (mais pas toutes).

Pour le reste, le texte publié correspond à l'original (qui, en ces temps reculés – j'arrive à peine à l'imaginer –, n'a pas été rédigé à la machine ni à l'ordinateur, mais – comme ne le font aujourd'hui que les mains d'enfant – écrit sur du vrai papier, au moyen d'un crayon dureté 2B, celui que papa préférait entre tous).

Plus d'un lecteur, pour ne pas dire plus d'une lectrice, risque de trouver certaines situations décrites au cours des pages suivantes tirées par les cheveux, voire complètement fantaisistes.

Mais je crois que, si elles donnent cette impression, c'est parce que ces lignes sont un hommage au XXe siècle qui touchait alors à sa fin, à ses contemporains si lointains, si grisants et grisés d'eux-mêmes, dont les désirs et les actes nous semblent étrangers, étrangers et jeunes d'une manière qui n'a rien à voir avec celle dont nous sommes jeunes aujourd'hui, en tout cas dont je le suis moi.

Puma Rosen

New York, le 13 janvier 2018

CARNET 1

17 septembre – 23 septembre 1996

1) Je ne tournerai pas de film à la con sur les nazis !
2) Je ne tournerai pas de film à la con sur les nazis !
3) Je ne tournerai pas de film à la con sur les nazis !
4) Je ne tournerai pas de film à la con sur les nazis !
5) Je ne tournerai pas de film à la con sur les nazis !
6) Je ne tournerai pas de film à la con sur les nazis !
7) Je ne tournerai pas de film à la con sur les nazis !
8) Je ne tournerai pas de film à la con sur les nazis !
9) Je ne tournerai pas de film à la con sur les nazis !
10) Je ne tournerai pas de film à la con sur les nazis !

JOUR 1

Le mardi 17 septembre 1996, 16 heures,
London Heathrow

Ma chemise rouge est agitée de soubresauts. Chahutée par mon cœur. Mes oreilles flambent. Je suis à l'aéroport de London Heathrow et j'attends ma correspondance.

À destination de New York, enfin.

17 septembre. 16 heures.

Chaleur.

Je déteste les vols imposés.

Hier, pendant la réunion de clôture.

Chez Lila, j'ai trouvé un fax envoyé au pays des Ricains. Il écrivait à quelqu'un qu'il appelait « *darling* » qu'il se sentait « *like three pink rats running through* – comme trois rats roses en roue libre ». C'est exactement ça. Quand Lila est stressé, on dirait que le trou entre ses incisives grandit, comme une canonnière. Et son bel humour disparaît, comme chez moi, derrière des manies de maître d'école qui se veulent subtiles. Mais il n'y a rien de subtil en lui. C'est un vrai Sagittaire, dirait Mah. Il n'est qu'impétuosité déguisée en idéalisme.

La journée d'hier a été un vaste chaos. J'ai redonné du sens à ma vie grâce à un nouveau pantalon noir soldé, à un sweat-shirt à rayures horizontales bleues et jaunes style pyjama dans lequel je ressemble à un condamné, et à un manteau sombre très chic qui ne coûtait pratiquement rien.

J'ai tout acheté à mon Karstadt chéri, en l'espace de vingt minutes, tel un cheik arabe. Je n'ai pas les moyens de me payer un costume.

Lila m'a prêté un de ses blazers de tantouze, une sorte de veste militaire napoléonienne, blanc cassé, à double boutonnière. Ambiance attaques de cavalerie à Austerlitz.

Il faut que je sois beau.

Dans mon porte-monnaie, j'ai glissé quelques capotes, un réflexe plus qu'autre chose. Debout à côté de moi, Mah s'est mise à rire, mais pas de joie.

— Tu regardes ça comme si c'étaient des munitions, a-t-elle dit.

Alors qu'elle sait qu'elle n'a pas de souci à se faire.

Elle s'en fait quand même un peu. Pour notre amour et aussi pour moi. On est ensemble depuis trois ans. Trois ans et quelques. Pas de lézardes en vue, mais on tend tous les deux l'oreille. Parfois, ça craque.

Hier, elle ne m'a pas lâché les mains de tout le temps où on a fait l'amour. Je lui ai demandé si elle pleurait. Mais ce n'était rien.

J'ai l'impression que les Asiatiques et les Européens n'utilisent pas du tout les mêmes expressions faciales. La ride sur le front de Mah, par exemple. Pourquoi est-ce qu'elle ne ressort pas, comme chez moi, quand la moutarde lui monte au nez ? Mais seulement avant l'orgasme ? Les émotions élémentaires – joie, surprise, peur, colère et même chagrin –, Mah les exprime par un sourire mélancolique, toujours le même, qui a l'air d'être inné chez elle. Elle dit que c'est pareil chez les autres Vietnamiennes. Au Viêtnam, ce qu'on fait avec sa bouche ou son front ne compte pas. L'essentiel, c'est les yeux. C'est le seul moyen de comprendre son interlocuteur, et Mah passe son temps à essayer de lire dans mes yeux. Ma bouche, elle s'en fiche.

Tout à l'heure, à Tegel, on est sortis de notre torpeur. Elle embrasse bien plus tendrement qu'au début (preuve qu'elle ne se fiche pas tant que ça de ma bouche). Depuis la mort de Michi, c'est ma seule véritable amie et la moitié de ma famille.

Elle m'a sauvé la vie.

Me voilà à Londres, dans le terminal 4, en train d'attendre. Une alarme vient de se mettre en route. Une sirène suraiguë qu'on doit entendre à des kilomètres à la ronde. Je dévisage un Indien parfaitement serein qui inspecte son billet à côté de moi. Les Anglais (même les Anglais indiens) ont tous cet air de dire « Par principe, je ne m'en fais pas ».

Un avion qui a explosé ? Un incendie ?

Ça fait déjà quatre minutes.

C'est l'heure de monter dans l'avion.

Ce que je déteste le plus, c'est l'embarquement. Première étape avant le crash.

19 heures, Airbus 340

Je suis assis tout au fond de l'avion, assis légèrement transpirant sur un siège qui a l'air d'en faire autant. Le repas qu'on nous sert sent la mauvaise haleine. Et il en a le goût. Mon ciboulot-en-porcelaine – c'est comme ça que Mah appelle mon crâne – est posé comme il se doit au centre du repose-tête. Il ne bouge pas beaucoup. Je suis toujours obligé de faire bien attention à ne pas me prendre de coup. Quand j'étais enfant, je me bagarrais souvent. Maintenant, la gamine de quatre ans devant moi pourrait me tuer d'une simple tape sur la caboche. Et dix mille mètres d'altitude au-dessus de la mer, ce n'est pas l'idéal pour un crâne cassé.

Je suis à l'avant-dernier rang. Toutes les cinq minutes, le steward vient demander à quelqu'un de se lever, il se met à genoux par terre, et il s'en va farfouiller à quatre pattes sous le siège. Il est aussi souple qu'une allumette cramée, et il est chargé de réparer les câbles TV. Une chiquenaude dessus, et son dos tomberait en cendres. Si la télé ne marche pas, il va y avoir une mutinerie parmi les passagers.

À côté de moi, un photographe adorable, incroyablement beau gosse, trente ans, un clone de Robert Redford. Il est blond, comme lui. Il a du charme, comme lui. Et il s'appelle Robert, comme lui. Robert Polanski. Avec son accent bavarois qui fait rouler les mots, il commande : « *Coffee, please* – Un café, s'il vous plaît. »

Sous l'effet de cette témérité craintive qui me donne

des ailes, je prends un air dégagé et je lance la conversation en lui disant qu'il ressemble à Robert Redford.

Ce n'est pas la première fois qu'on le lui dit. On lui parle encore plus souvent de sa ressemblance physique avec Robert Redford que de sa ressemblance patronymique avec Roman Polanski. Et à tous les coups, on lui demande s'il est juif, comme le célèbre réalisateur.

Il me plaît bien. Il aime le film *Butch Cassidy et le Kid*.

Histoire de voir à qui on a affaire, on parle des statistiques d'utilisation des toilettes sur les vols transatlantiques. À côté de nous, la file d'attente piétine. Les gens en ont tellement marre qu'ils s'asseyent pratiquement sur nos genoux.

Statistique n° 1 : parmi les passagers de sexe masculin qui ont la vessie pleine, un sur vingt urine dans le lavabo plutôt que dans la cuvette des toilettes. *Dixit* Redford.

Statistique n° 2 : seules les femmes PARLENT en attendant d'accéder à ladite cuvette. Les hommes, eux, SE TAISENT avec un regard noir, même quand on leur renverse malencontreusement du café brûlant sur le pantalon, comme Redford vient de le faire.

Statistique n° 3 : plus la queue est longue, plus elle s'allonge. Sauf que ce n'est pas une statistique.

Ce qui est intéressant chez Redford, c'est qu'il est toujours en train de chercher une explication psychologique au comportement des gens, même quand le comportement en question n'a rien de spécial ni de particulièrement remarquable. C'est sans doute son métier de photographe qui veut ça. Il dit que dès qu'il voit un visage, il sait au bout de trois secondes si la personne est morte de l'intérieur ou pas.

Quand il apprend que je suis étudiant en cinéma et que je vais passer quatre semaines à New York, Redford ne se sent plus. Et quand je lui explique le projet, il n'arrive pas à y croire.

— Tu fais un film porno ? demande-t-il.

— Non. Pas un film porno. Un film sur le sexe.

— Et il y aura quoi dedans ?

— Il faut encore que j'y réfléchisse.

— Non mais, en gros ?

— Vraiment, il faut encore que j'y réfléchisse.

— Est-ce qu'il y aura une chatte, par exemple ?

Je lui parle de Lila.

— Lila von Dornbusch ?

Il affiche direct un sourire entendu. Ce nom célèbre est un sésame qui ouvre les portes du subconscient collectif. Redford n'en croit pas ses oreilles. Ce que je lui raconte est trop barré pour lui. Un documentaire sur le sexe. Sans script, sans pitch, sans argent et sans chatte – pas le choix.

Il y a quelques jours, on était tous chez Lila, sur la Regensburger Straße, au milieu de ses terrariums grouillants de toute une ménagerie tropicale. C'était une de nos réunions de crise habituelles qui sont toujours trop bruyantes, surtout pour le python à l'ouïe fine.

Le salon est encore illuminé par la gloire cinématographique de Lila qui a connu son firmament dans les années 1970 et 1980. Des trophées, des pastels, des affiches de stars de cinéma comme Hildegard Knef de partout. Une photo en noir et blanc de Charles

Bronson en train de se fourrer un gigantesque pénis en érection dans la bouche. Et à côté du terrarium de l'anaconda, un trône doré fait de nichons en plastique, obscure relique des films de série Z que Lila von Dornbusch inflige chaque année à un public de plus en plus réduit.

Depuis deux ans, il est professeur à l'Académie du film de Berlin. Il a besoin de cet argent. C'était un enfant rêveur et brouillon, il a redoublé quatre fois et n'a pas de diplôme. Il n'aurait même pas pu devenir apprenti boulanger.

Les professeurs n'ont pas besoin de diplôme, dit-il, mais les étudiants, si. Il trouve ça important.

Au fond, le séminaire n'a rien changé. Il y a peut-être un autre genre de fossé entre nous, pas forcément plus beau.

Alors qu'on s'est mis à nu les uns devant les autres, moralement, physiquement.

Six mois en soins intensifs. Et c'est reparti pour un tour.

Retour brutal à la réalité.

En fin de compte, tout ce qu'on y a gagné, c'est ce sentiment de familiarité qui, dans toutes les familles, vous tape méchamment sur le système.

Alors que tout avait commencé de manière tellement subversive. Aussi subversive que possible pour une université. Le séminaire le plus improbable que l'Académie du film ait jamais connu. J'étais complètement surexcité : dans le programme officiel, un cours me faisait de l'œil et, pour une fois, l'intitulé n'était pas « Empathie somatique chez Hitchcock » ni « Modalités de l'actualité discursive dans le film historique d'art et d'essai » mais « QU'EST-CE QUI EST MIEUX : BAISER OU FAIRE DES FILMS ? ».

En majuscules, forcément – du Lila tout craché.

De quoi retenir l'attention, et pas seulement la mienne.

D'autant que sous « Description du séminaire », le professeur von Dornbusch avait inséré le « poème didactique » suivant :

Ô MON LAC D'ÉTUDIANTS LUBRIQUES
(*Petit poème didactique*)

Ô MON LAC D'ÉTUDIANTS LUBRIQUES
PANPAN CUCUL PLOUF
TROU RIGOLO TROU
À LA REVOYURE
BÉBÉ JOUER FESSES CRÉMER
CACA DANS LA COUCHE
C'EST TOUT TOI
MON CONSEIL
IL VIENT DU CŒUR
CONNAIS-TOI TOI-MÊME
DORS POUR PASSER LE TEMPS
ET NOTE TES RÊVES
ET PARLE BEAUCOUP
ET FILME LE SILENCE
ET TROUVE-TOI DES AMIS
QUI TE DÉTESTENT
C'EST TOUJOURS BON À PRENDRE
ET SI TU AIMES
AIME LA MAUVAISE PERSONNE
CAR LE BONHEUR C'EST LA MORT

DE TOUT RÉALISATEUR
ET SURTOUT SURTOUT
NE REGARDE PAS DE FILMS
PAS DE TÉLÉ
PAS D'ART
ET PAS DE POÈMES
TU NE DOIS VOIR
QUE TON RIRE TES PLEURS
ET TES GROS ORTEILS
ET SURTOUT PAS DE FAX PAS DE TÉLÉPHONE
RIEN QU'UN PANTIN DE BOIS
À QUI TU CONFIES
LES FORCES QUE TU AS AUSSI
ET SURTOUT DORS À LA BELLE ÉTOILE
ET PRENDS LE PLUS GROS OISEAU
ET VA À LA MER
ET VA AU MONASTÈRE
OU À NEW YORK
MAIS PAS SUR UN PLATEAU TÉLÉ
ET DEMANDE PARDON
POUR TOUS LES MAUVAIS FILMS
DE TES AMIS
POUR NE PAS DEVENIR
COMME TOUT UN CHACUN
CAR LA LAIDEUR ET LE MAUVAIS GOÛT
SONT CONTAGIEUX
ALORS PRENDS PLACE
DANS MON SÉMINAIRE
ET FILME-TOI
AU SEPTIÈME CIEL
EN PLEIN SOLEIL
EN TRAIN DE FAIRE L'AMOUR
ET SOIS À L'HEURE

TOUJOURS
BIEN À TOI
LILA VON DORNBUSCH
(directeur de l'UFR III, salle 421)

De l'avis de tout le monde, ce n'était que de la poésie déjantée. Et la poésie déjantée d'un réalisateur passé de mode, vieillissant, méprisé par ses collègues, qui avait envie de pérorer sur Éros et le septième art devant ses étudiants et avait besoin pour ça d'un descriptif bien troussé.

Sauf que non, ce n'était pas ça : on était bel et bien censés se filmer en train de faire l'amour, comme le poème didactique nous en menaçait. Et ce dès le début du séminaire. Devoirs à rendre pour la toute première heure de cours.

Quand j'ai expliqué ça à Mah, elle n'y a pas vu d'objection.

Parfois, on dirait qu'elle n'a pas de corps. Mais elle a un rapport plus naturel, plus ludique que moi au sexe. Peut-être parce qu'elle a plus l'habitude de la mort.

En installant la caméra, je me suis senti stupide. Je n'en menais pas large. Mais Mah a pouffé de rire, elle a enlevé son pantalon de bon cœur, l'a plié, a enlevé sa culotte, l'a pliée, avant de m'enlever mon pantalon et mon caleçon et de plier le tout (comme chaque fois, c'est un genre de TOC).

Mais elle a gardé son tee-shirt bleu – elle ne voulait pas qu'on voie ses seins qu'elle trouve trop petits.

— C'est quoi, le problème des petits seins ? j'ai demandé.

— Donc toi aussi, tu les trouves trop petits ?

— Non, je les trouve super.

— C'est pas comme si tu en avais une spécialement grosse.

— Personne n'a jamais dit une chose pareille.

— Tu fais comme si tu n'y pensais même pas. Comme si tu n'avais pas de complexes. Tu es bourré de complexes. Rien qu'à cause des nazis de ta famille. Je suis sûre qu'eux aussi, ils en avaient des petites.

— On y va ?

— Est-ce que ton truc enregistre aussi ce qu'on dit ?

Quand ça a été terminé, j'ai bien été forcé d'avouer à Mah que je n'avais pas allumé la caméra. Je n'y arrive pas. Je n'ose pas. La queue entre les jambes, j'ai apporté une pellicule vierge à Lila, qui nous a accueillis avec du thé et des petits gâteaux pour noter nos performances sexuelles.

Il était assis sur son trône en nichons, tel un vénérable chef de tribu cannibale en appétit.

Mais rien ne s'est passé comme prévu. Car Lila n'avait aucune envie de voir nos enregistrements. Au lieu de les regarder, il a déclaré de sa voix d'instituteur ricanante qu'il n'imaginait rien de plus barbant que des enfants d'universitaires issus de la classe moyenne en train de découvrir le sexe, surtout quand ils se disent hétéros.

Il avait voulu jouer avec nous, et je m'en étais bien sorti. Cette histoire de baise, c'était juste un défi, et ce défi puéril (que je n'avais pas relevé, même si personne ne le savait) a soudé le groupe. Six étudiants en cinéma hétérophiles plus ennuyeux les uns que les autres, issus de cette classe bourgeoise que Lila avait en horreur. L'espace de quelques semaines.

Quelques formidables semaines d'expérimentation, où la fièvre et la ferveur solidaire ont coulé comme le lait et le miel.

Avant que tout ne s'effrite contre l'ego des uns et des autres, contre la douleur de vivre, contre le désir idiot de nouvelles planètes lointaines. Contre le ruissellement du temps.

— Où sont les cinq autres ? demande Redford.

Ce n'est pas une question en l'air, il veut vraiment savoir, il fouille l'avion du regard. Et pendu à mes lèvres, il m'écoute expliquer que les cinq-autres ne sont pas là, que les cinq-autres suivront, que je suis censé tout préparer pour l'arrivée des cinq-autres à Manhattan. Caméras, logement, ce genre de choses. Un boulot de larbin.

Une chaîne de télévision (3sat) a donné un peu d'argent à Lila pour nous permettre d'aller à New York tourner des films d'avant-garde sur Éros et sur le désir.

— Ces étudiants sont pourris gâtés. Pour devenir de bons réalisateurs, il faut qu'ils sortent de chez eux, qu'ils découvrent enfin la vie. À New York, je connais de formidables sex-clubs. Ils pourront se faire enculer sous l'œil des caméras, s'est-il enflammé devant la rédactrice emballée – une petite souris grise, pâle, avec des problèmes de vessie – qui a aussitôt déboursé cinquante mille marks pour notre expérimentation.

Cette histoire me rend intéressant, je le vois dans les beaux yeux bleus redfordesques, et j'aime me rendre intéressant, ce que j'essaie hypocritement de contrebalancer par une modestie exagérée – je déteste ma vanité, comme je la déteste chez les autres. Une enveloppe fausse, qui résiste à tout, cachée sous la vraie.

— Tu connais New York ? je demande.

Comme la poche de sa veste, répond Redford. Il est avachi à côté de moi, endormi, l'air repu, un peu comme un nouveau-né qui rêve, accroché au sein de sa mère. On est en admiration l'un devant l'autre, la meilleure chose qui puisse arriver à deux inconnus. On a prévu de se revoir à New York, où il doit rester quelques semaines faire un shooting photo. Pour un magasin de sport à Munich, je crois.

Redford crèche *downtown*, chez une amie allemande. Il m'a expliqué qu'elle faisait un *workshop* de quatre semaines à l'American Film Institute. Et qu'elle pourrait avoir besoin de moi.

Ce qui est sûr, c'est que je vais avoir besoin d'elle. Je vais avoir besoin de tout le monde. Et de n'importe qui. Pour le logement. Pour tous les trucs à régler. Pour les cinq-autres.

Je suis seul.

Je dois aller chez tante Paula.

Je ne tournerai pas de film à la con sur les nazis.

Il faut que je me le répète en boucle.

Tu ne tourneras pas de film à la con sur les nazis.

Car tu fais un film sur le sexe.

Pas sur la mort.

Mais qu'est-ce qui m'attend ?

« Ne pense pas trop à l'avenir, me dit toujours Mah. Crois-moi, mon chéri, on en fait beaucoup trop avec l'avenir. Tes déprimes, tes visions apocalyptiques, ta misanthropie font ta force – c'est comme les angoisses : une fois sous contrôle, elles sont une chance unique. Je suis fière d'avoir un petit ami comme toi, qui n'a pas peur de s'engager, légèrement névrosé, à tendance hyperkarmique, convaincu que le châtiment l'emporte toujours sur le crime. Même si les étudiants en cinéma allemands sont un crime en soi, des ego démesurés, répugnants, prétentieux, qui ne font que le genre de films que je ne regarderai jamais. Moi, je regarde *Quand Harry rencontre Sally*. Je mange du pop-corn. J'aime bien rire de temps en temps. Je veux m'amuser. Je veux pleurer. Je veux me blottir dans tes bras et crier quand Freddy Krueger entre en scène, mon chéri. Je ne veux pas voir d'antifilm allemand avec à la fin quelqu'un qui ouvre un frigo vide, trouve un dernier œuf et se tire une balle dans la tête. En soins palliatifs, je dois travailler dur. Ne pas me laisser abattre par les décès. Par les bassins de lit. Par la solitude. Chaque semaine, des gens s'en vont, pile au moment où je me suis habituée à eux. La finitude, ce n'est pas une partie de plaisir. Le pire, c'est les odeurs, les bruits. Même les étudiants en cinéma mourront seuls au monde avec un bassin sous les fesses. Pourtant, ils ont tous l'air branchés sur secteur. Ils s'inquiètent de ne pas avoir assez de courant pour faire briller le monde entier. Mon Dieu. Pour la plupart, ce sont juste des briquets avec une goutte d'essence à l'intérieur. »

Et là, je vois Mah croiser les jambes avec élégance et faire cette moue grave, presque douloureuse, qui m'évoque Paris. « Tu sais, Limaleh, dit-elle. Je ne suis pas comme toi. Je ne m'inquiète pas de devenir célèbre. La seule chose qui m'inquiète, c'est de savoir si je n'ai pas mis trop de gouttes de flunitrazépam dans le flacon de Mme Meierlein dans la huit. Ça provoque des arrêts cardiaques. Mais je ne m'en fais pas tant que ça, parce que Mme Meierlein n'est pas gentille, elle vient de Görlitz et parfois, elle m'appelle "la Jaune". Si je me fais du souci, c'est seulement pour ta fidélité. Depuis qu'on est ensemble, Limaleh, on n'a jamais été séparés plus de deux jours. Ta fidélité, c'est du souci. Vraiment. Mais en général, la fidélité est un problème. »

Elle soupire. Ses lèvres se lissent, s'arrangent en un sourire indulgent. Et sa voix change de tessiture, se fait ferme et confiante : « Avec les soucis aussi, on en fait trop, mon chéri. Les soucis, c'est l'avenir qui, avec un peu de chance, n'arrivera jamais. C'est la variante sombre de l'espoir. »

Oui, ainsi parle Mah.

21 heures (heure locale),
Newark International Airport

Arrivée. Crépuscule. New York. Il pleut. L'aéroport ressemble à Schönefeld. Sur la piste d'atterrissage, l'herbe pousse dans des nids-de-poule gros comme des têtes d'enfants. Tout est gris et sombre et délabré. Je ne voyais pas l'Amérique comme ça. Style Berlin-Est.

On attend le bus dehors, parce que Redford connaît New York et que quarante dollars de taxi, c'est trop pour lui.

Tous ces Noirs me font peur. Je n'en ai encore jamais vu autant d'un coup. Je repense à la phrase de Benny, qui a été franc-tireur en Afrique du Sud et a combattu la Swapo : « Quand tu te bats la nuit contre des nègres, a-t-il dit, il faut les faire rire pour avoir une cible claire. »

Mah s'est levée, forcément, et avec ses petits poings serrés, elle a crié à Benny qu'il était raciste. Elle déteste les racistes, et jouer dans la même équipe que moi – à l'époque où mon ciboulot n'était pas encore en porcelaine – ne donnait pas le droit à Benny de dire « nègres » pour parler des Noirs.

— À tous les coups, quand il parle de moi, il dit « la Bridée », et tu ne me défends même pas.

— Il ne dit pas « la Bridée ».

— Ou « le Nem » ou ce genre de chose.

— La seule chose qu'il ait jamais sortie, c'est cette histoire de pointure, et tu étais là. Tu sais comment ça s'est terminé.

— C'était sa faute.

— Pardon ? Parce qu'il t'a demandé ta pointure ?

— Il m'a demandé si on m'avait brisé les orteils étant enfant pour que j'aie ces jolis petits pieds de lotus. Il peut s'estimer heureux que je ne lui en aie pas mis une.

— Mon Dieu, il faisait juste la conversation.

— Ce genre de conversation, il peut se le garder pour sa ferme en Namibie. Putain, Jonas, ton pote a tué des gens. Il a tué des gens pendant la guerre. Et vous, vous ne faites que parler foot.

Et voilà le bus.

JOUR 2

Le mercredi 18 septembre 1996, 19 heures, New York

Hier, donc, je suis arrivé à New York.

Deux heures plus tard, j'étais victime d'un hold-up.

Lila m'avait bien dit que le professeur de la NYU qui m'héberge vit dans le ghetto : Alphabet City, à la frontière est d'East Village, un coin miteux et mal famé. J'étais stressé comme pas permis parce que, au téléphone, le professeur m'avait conseillé de ne pas arriver après la tombée de la nuit.

Et ça n'a pas loupé : mon avion a du retard. Je poireaute plus d'une heure à la gare routière du New Jersey en compagnie de Redford. La pluie se mêle en longs fils minces à l'obscurité gris pierre. Le bus finit par prendre bravement la direction de Manhattan, cahin-caha comme sur un col des Andes. Ici, les autoroutes s'appellent *highways*. Je ne m'y suis pas encore fait.

On est arrivés au pied du World Trade Center à 23 heures. C'est là qu'est la gare routière.

Je suis descendu. L'orage me fouettait le visage. Je n'avais encore jamais rien vu d'aussi grand. D'aussi puissant et provocant. Ça n'en finit pas. On renverse la tête en arrière, on lève les yeux et on voit la maudite tour de Babel. Alliée à la nuit en train de tomber. La pluie frictionnait le monstre de tous les côtés.

Redford voulait absolument me montrer quelque chose à l'intérieur. On est entrés dedans. On aurait dit le Taj Mahal, ou plutôt l'image que je me fais du Taj Mahal. Je me souviens seulement qu'il y avait beaucoup de marbre et pas grand monde, rien que des femmes habillées en hôtesses de l'air et originaires d'Inde ou du Pakistan. Elles fixaient les flaques qu'on laissait derrière nous.

J'étais déjà bien paniqué, mais pas question de le montrer, j'ai fait semblant d'écouter tranquillement ce que disait Redford tout en me demandant de quoi j'allais avoir l'air à minuit, dans le ghetto hispanique, avec ma caméra à vingt mille marks planquée dans ma valise argentée. Redford m'a montré les ascenseurs avant de pointer du doigt une chauve-souris qui volait dans le hall du World Trade Center.

Sans doute un vampire, a-t-il dit.

On a pris un taxi. Redford est descendu *downtown* sur Bleecker Street, il m'a donné son numéro de téléphone et a disparu derrière un rideau de pluie.

Quand je lui ai dit où je voulais aller, le chauffeur de taxi, un Noir en pull-over rouge, m'a lancé un regard sinistre.

À notre arrivée, il s'est arrêté de pleuvoir. Il ne tombait plus que quelques gouttes. Avenue C. Je suis descendu. Le chauffeur a grommelé dans sa barbe et empoché la monnaie sans bouger de son siège. Le coffre s'ouvrait automatiquement. J'ai sorti mon sac marin et la valise argentée. Le taxi est parti sur les chapeaux de roue, comme dans des milliers de films.

Je me suis retourné et j'ai pataugé dans des flaques glougloutantes pour me retrouver devant un immeuble digne de Marzahn. Des ruines de part et d'autre, des bâtiments en brique barricadés datant du siècle dernier. Pas un chat à la ronde. Ni même une voiture. Le désert total.

J'ai fait cinq pas vers l'entrée. D'un coup, trois jeunes ont surgi à côté de moi. Des silhouettes dégoulinantes, trempées jusqu'aux os. La capuche tirée sur le front. L'air indifférent. J'ai tout de suite senti le danger. Ils étaient trop silencieux.

J'ai franchi la première porte vitrée qui s'ouvrait heureusement toute seule. Mais après ça, je me suis retrouvé dans une sorte de sas. Avec une seconde porte vitrée devant moi. Fermée. Et à côté, un interphone avec des dizaines de noms. Des graffitis de partout.

Les trois gamins se sont faufilés à ma suite. Pour se camper à côté de moi. Il n'y avait personne d'autre. Lèvres pincées, je n'arrivais pas à trouver le foutu nom du professeur. Il s'appelait Fulton, Jeremiah Fulton.

Sauf qu'il n'y avait écrit « Fulton » sur aucune étiquette. Même pas « F » ou « J. F. » ou n'importe quoi.

Je me suis demandé pourquoi, et les trois gamins m'ont regardé réfléchir. Ce que je savais, c'est que j'étais à la bonne adresse et que le professeur habitait au vingtième. J'ai donc appuyé sur les trois sonnettes de cet étage qui n'avaient pas de nom. Seulement des chiffres.

Quelques secondes.

L'interphone reste muet.

Un grésillement se fait entendre.

Je pousse un soupir et franchis la seconde porte vitrée bourdonnante.

Et là, c'est parti. Tout va très vite.

Les types m'ont suivi. Un des trois s'arrête sur le pas de la porte pour la garder ouverte.

Les deux autres me sautent dessus avec des cris de sauvages. Des Hispaniques. Je ne comprends pas un mot, je vois seulement le couteau qu'on me brandit sous le nez. La seule chose immobile alors que le gars n'arrête pas de bouger. Ce n'est pas la première fois que je me retrouve dans cette situation. On m'a allégé d'un paquet de trucs. À Bangkok, de la montre d'Apapa qu'il avait sauvée de Riga. À Kreuzberg, de mes chaussures. Surtout, ne pas regarder la lame. Seulement les yeux.

Quelqu'un attrape la valise argentée. Je le repousse. Les médecins ont dit : « Pas de confrontation, monsieur Rosen, *never ever*. Une simple claque, et vous risquez des troubles neurologiques. Des syncopes. »

Je n'ai pas peur, je n'en ai absolument pas le temps.

Je continue lentement mon chemin.

Chose qui semble les énerver prodigieusement.

L'un d'eux me crache au visage, plein de haine.

Mais pas de coup de couteau.

Un battement de cils. Et le cauchemar est terminé. Ils sont partis, des silhouettes floues sous la pluie, comme une diarrhée que la chasse d'eau fait disparaître au fond des toilettes.

La scène n'a pas duré plus de deux ou trois secondes. Dieu nous met des bâtons dans les roues quand et où ça lui chante. C'est ce que disait Apapa. Sa voix dans mes débris crâniens. Son souffle rauque. Ou est-ce le mien ?

Je suis plongé dans le silence du hall d'entrée. Les néons grésillent. Quelque part, une machine à laver ronronne. J'ai encore la valise argentée à la main. Et là, je me rends compte que je me suis arrêté juste avant un couloir. Il y a deux caméras au plafond.

Tiens donc. Visiblement, les jeunes étaient au courant. Si j'étais resté dans l'angle mort, ils m'auraient tranquillement dépouillé.

J'ai besoin de quelques minutes. Je m'adosse au mur.

Et j'essuie enfin le glaviot dans mes cheveux.

Encore légèrement tremblant et trempé de sueur, je suis descendu de l'ascenseur pour arriver dans un couloir sombre et laid au vingtième étage. Rien que du béton. Un néon clignotant au plafond. Les portes gris anthracite toutes blindées, affichant de gros chiffres peints en blanc.

Au bout du couloir, devant le numéro 23, j'ai vu dressée une imposante silhouette massive. Et tout de suite, je me suis dit : Quelle incroyable tristesse !

La Tristesse s'est avancée vers moi d'un pas traînant, vêtue d'une chemise hawaïenne rouge orangé, de chaussons et d'un short safari, et m'a tendu une main molle.

— *Hi, I'm Jeremiah. Did you take the stairs ?* – Bonjour, je suis Jeremiah. Vous avez pris les escaliers ?

Chaque mot de la Tristesse se payait ma tête. Cette caricature de sumo était donc le professeur Jeremiah

Fulton, « légende » de l'époque d'Andy Warhol, ami de Lila qui m'en avait fait un portrait dithyrambique.

Et me voilà face à un carlin géant qui me salue d'un air lugubre. Il doit approcher de la soixantaine, pèse au moins trois quintaux, fait plus de deux mètres – il est encore plus grand que moi –, a des cheveux blancs coupés court et un minuscule appartement où on a littéralement du mal à entrer à deux. C'est ici que je suis censé loger.

Je n'avais encore jamais vu un spectacle pareil, pas même dans les immeubles berlinois en ruine pris d'assaut par les clochards et les anarchistes où j'ai passé l'hiver il y a quelques années : des tas de détritus vertigineux, des montagnes de linge, des piles de vieux papiers hautes comme des minarets. Je n'ai eu qu'un vague aperçu du bordel, car au lieu d'allumer la lumière, la Tristesse pantelante m'a frayé un chemin à travers son entrée miniature plongée dans l'obscurité.

Dans le soi-disant salon, de petites bougies luisaient, comme dans un bunker touché par un bombardement, éclairé avec les moyens du bord et où traînent encore des bouts de cadavres. Un tout petit coin dégagé était occupé par deux ou trois bestioles dont on ne voyait que les yeux. Jeremiah les a chassées, révélant la présence d'un canapé sur lequel il s'est affalé. Ne me restait que le petit coin où le chat s'était perché. Autant m'asseoir sur les genoux de Jeremiah.

Il a voulu savoir comment mon voyage s'était passé, et je lui ai répondu que je venais de me faire agresser par trois gamins armés dans le hall de son immeuble.

— *Oh, really ?* a-t-il grommelé, pas intéressé pour un sou.

Quand je lui ai demandé s'il fallait prévenir la police, porter plainte et faire examiner les enregistrements de la scène, il s'est contenté de secouer la tête en soupirant : « Tss… tss… tss… »

Puis il a déclaré qu'à lui, il n'était jamais arrivé une chose pareille. J'avais dû donner l'impression d'être particulièrement faible et stupide (« *weak and stupid* »).

Et il m'a expliqué avec condescendance qu'à New York, il suffisait d'avoir toujours l'air très sûr de soi pour qu'on ne te fasse rien. Avec ses chiens, il allait une rue plus loin, sur l'Avenue D, où même les voitures de patrouille ne se risquaient pas. Comme ça, ses chiens pouvaient chier où ils voulaient, et jusque sous les bancs.

Il avait une manière particulière de monologuer gaiement sur un ton mêlé de dégoût. La tristesse laissait place à l'expression sans nuances de propos à la rugosité haineuse.

Soudain, son flot de paroles s'est interrompu, il a levé les yeux et demandé de but en blanc :

— Tu connais quelqu'un à New York qui a été à Auschwitz ?

— Non.

— C'est Lila qui le dit.

— Une amie de mon grand-père. Mais elle n'était pas à Auschwitz. Elle était à Riga. Et je ne la connais pas. Je ne l'ai jamais vue. Je l'ai seulement eue au téléphone.

— À quel sujet ?

— J'ai un truc à aller chercher chez elle.

— Elle est riche ?

— Ce n'est pas ce que je veux dire. J'ai quelque chose de personnel à récupérer.

— Quoi ?

— C'est vraiment personnel.

— Les Juifs riches habitent *midtown*. Les Juifs pauvres habitent le Queens. Ce n'est pas tout près.

— Elle habite au National Arts Club.

— Oh, waouh, une artiste, a-t-il fait en sifflant entre ses dents, comme quelqu'un qui regrette de ne pas avoir sa chambre au National Arts Club.

Faute de réplique adéquate, j'ai offert mon cadeau à Jeremiah Fulton, un tee-shirt bleu avec la porte de Brandebourg dessus que j'avais acheté avec Mah à l'aéroport de Tegel. Sans savoir que Jeremiah était aussi gros, j'avais pris la taille XL. Mais quand il a mis le tee-shirt devant lui, on aurait dit un bavoir pour bébé.

Je remarque seulement aujourd'hui que l'appartement pue. Hier, tout était couvert par l'odeur entêtante des bâtons d'encens indien.

Je suis couché sur le canapé du salon de Jeremiah où j'ai passé la nuit. Il fait face à la grande porte vitrée qui donne sur Brooklyn et ne doit sous aucun prétexte être ouverte, sous peine de faire entrer de l'air frais.

Une poignée de barres HLM se dresse dans le ciel morne.

Une fois debout, on aperçoit un paysage industriel composé de vieux réservoirs d'eau, de cheminées, de silos à grains et de jetées. Quelques lambeaux de l'East River. On pense forcément à Rotterdam. Au fond, le Williamsburg Bridge, tendu au-dessus du port huileux.

Vingt étages, c'est haut quand on vient d'Allemagne.

En me levant pour aller aux toilettes, je dois faire attention où je mets les pieds. Partout, un foutoir de tout et de n'importe quoi, des débris de verre, des journaux qui traînent et de vieilles grenades. L'appartement a des airs de musée Volksfront des années 1970. Les toilettes sont dans un état indescriptible. Elles ne ferment pas, à cause de la décharge de vieux papiers sur le pas de la porte. Les murs viennent d'être repeints couleur sucette à la framboise, c'est censé être rose, mais ça pique les yeux.

Je contemple les journées à venir qui s'étendent devant moi comme un livre vierge. Mah doit avoir raison : on en fait trop avec l'avenir, surtout qu'il n'existe pas. C'est un virus qu'on attrape dans le passé et qu'on couve dans le présent. Comme le sida. On finira par en mourir, peut-être pas tout de suite, mais un jour ou l'autre, c'est certain.

Aucune idée de ce qui m'attend.

Je ne connais personne.

Je suis censé préparer l'arrivée de Lila et des cinq autres, mais comment ? Mystère. Dans ces conditions, je ne vois absolument pas comment faire un film. Encore moins un film sur le sexe.

Pour Jeremiah, le projet ne tient de toute façon pas la route :

— Pourquoi vous ne tournez pas un film sur les élections présidentielles ? Ce que Bill Clinton va devenir, ça ne vous intéresse pas ?

— Le but, c'est de trouver un sujet original.

— Dans ce cas, prends cette survivante de l'Holocauste. Ça, c'est original.

— C'est ma tante.

— Plus original, il n'y a pas.

— Je ne vois pas ma tante dans un film sur le sexe.

— *Jesus !* Elle a eu une vie de merde. Interviewez-la dans son plus simple malheur, Mr. Rosen. Les survivants de l'Holocauste ne sont jamais ennuyeux. Lila ne vous a pas appris ça ?

— Je ne tournerai pas de film à la con sur les nazis.

Ce parti pris a également entraîné des débats sans fin avec Mah. « Mais si tu essaies de COMPRENDRE QUELQUE CHOSE avec ta caméra, est-ce que ça sera toujours un film à la con sur les nazis ? » me demandait-elle.

Mah est toujours tellement COMPRÉHENSIVE avec tout le monde. COMPRÉHENSIVE en lettres majuscules. Et si elle parle sur un ton aussi insupportablement COMPRÉHENSIF, c'est parce qu'elle aimerait bien que tout le monde parle d'elle sur le même ton. Par exemple, elle trouve que « film à la con sur les nazis », ce n'est PAS JOLIMENT DIT.

Elle sait qu'en disant ça, je pense à Apapa.

Sauf qu'Apapa étant mort, dans le cas de tante Paula, il faudrait parler de « film à la con sur les Juifs », ce qui, selon Mah, est encore moins joliment dit que « film à la con sur les nazis ». Elle me suggère de dire : « Je ne tournerai pas de film consacré aux crimes nationaux-socialistes. »

La connotation ne serait pas la même.

Et un film avec tante Paula serait un film sur tante Paula, avec peut-être un peu d'Apapa dedans. Mais ce genre de film aurait tout de même bien plus de rapport avec moi qu'un film, mettons, sur mon PÉNIS.

Parfois, Mah fait de drôles de liens de cause à effet, car mon pénis a quand même un rapport avec moi.

Mais je vois ce qu'elle veut dire : à quoi bon aller à New York pour faire un film nul et sans intérêt sur le sexe alors que cette ville a tout pour s'attaquer aux grands sujets de l'existence – la culpabilité et la rédemption, la souffrance et le pardon, et Apapa ?

— Ces derniers mois, tu ne dors plus la nuit, tu restes dans ton lit sans fermer l'œil à pleurer ou faire des arrêts respiratoires, a insisté Mah.

— C'est le danger, ai-je répliqué. Quand on met le pied dans ces histoires de nazis à la con, on risque d'y rester. Et je ne veux pas. Je ne veux pas que ces histoires de nazis à la con aient raison de moi. Apapa était un criminel. Tante Paula l'aime quand même. Est-ce que c'est mon problème ?

— C'est ta famille, dit Mah.

— Est-ce que c'est mon problème ? je répète.

— Ta famille n'est pas ton problème ?

Mah a beau jeu de dire ça. Quand on est une enfant adoptée comme elle, on n'a pas de famille du tout. En tout cas, pas une vraie. Si ça se trouve, son père a torturé des gens pour les forces armées sud-vietnamiennes, et elle ne le saura jamais. À son arrivée en Allemagne, elle avait huit ans et était orpheline de père et de mère, deux pharmaciens chrétiens l'ont adoptée. S'ils apprenaient que leur fille s'est envoyée en l'air avec moi sous l'œil d'une caméra pour que mon professeur note ma performance sexuelle, elle n'aurait plus qu'à aller se chercher de nouveaux parents adoptifs.

Je ne ferai pas de film à la con sur les nazis.

Je ferai un film sur le sexe.

Je vais aller chercher le document compromettant chez tante Paula.

C'est tout.

Je ne sais pas si je le lirai un jour.

Toujours est-il que Jeremiah veut m'emmener à la NYU, son université d'élite en plein Manhattan, pour me présenter du monde. Il le dit d'un ton de pitié, comme quelqu'un qui console un petit handicapé mental. Il me traite comme un débile, avec un mépris affublé d'un pâle sourire.

Quand je sors ma caméra et son pied pour filmer une première interview avec lui, comme Lila m'a chargé de le faire, le professeur de cinéma siffle :

— *Do you want me to kill you, Mr. Rosen ?* – Vous voulez que je vous tue, monsieur Rosen ?

J'apprends ainsi que chez lui, films et photos sont strictement interdits. Ses animaux non plus ne doivent pas être immortalisés. Et encore moins ses livres.

Il me demande si je suis staliniste.

Il m'appelle systématiquement « *Mr. Rosen* ».

Je commence déjà à le détester.

Je crois qu'il a eu un choc, hier soir, en apprenant que j'étais hétérosexuel. C'est comme ça que j'interprète ce contact de quelques millisecondes entre son regard porcin et le mien. Lila m'a raconté qu'il y a vingt ans, Jeremiah avait milité dans une association gay qui réclamait la castration de tous les hétérosexuels pour éviter une troisième guerre mondiale.

Juste après ça, Jeremiah s'est mis à cracher sur Lila, ou au moins à lui lancer des piques. Il devait être persuadé que puisqu'il acceptait de l'héberger dans son taudis, son collègue lui enverrait un jeune Allemand bien appétissant à se mettre sous la dent. Possible aussi qu'il se soit fait une autre idée de notre projet sur le sexe. Et maintenant, le professeur Fulton est déçu.

Je ne vois pas d'autre explication.

Il me fait faire ses courses et ses commissions privées comme si j'étais sa jeune fille au pair. Je suis peut-être un pauvre type qui cumule les tares en étant branché femmes et qui ne mérite pas mieux que d'être exterminé. Mais dans ces moments de péril, je me trouve plutôt sympa. Je ne m'estime pas coupable au sens cosmique du terme. Je m'attendais à tout sauf à cette colonie pénitentiaire aux couleurs de l'arc-en-ciel.

Jusque-là, je considérais ce cancre de Lila von Dornbusch comme le professeur le plus improbable de tout l'univers. Mais Sa Majesté la Tristesse est aussi en lice pour décrocher le titre.

En dépit de leurs tempéraments que tout oppose, ces deux hommes dégagent une voracité stoïque, une timidité et même – mais seulement quand ils sont assis – un genre de dignité.

Mais comparé au trône en nichons baroque de Lila, le canapé de grand-mère de Jeremiah, maculé de yaourt à la fraise caillé, posé sur quatre bites en bois noir, a l'allure lugubre d'une chaise électrique.

En guise de siège, il me propose une caisse de bières vide.

Les fauteuils sont occupés par ses précieuses bestioles endormies.

JOUR 3

Le jeudi 19 septembre 1996, New York

Aujourd'hui, troisième jour, Jeremiah m'a demandé de m'occuper de sa faune.

Il s'agit de son chat qui s'appelle Chérie et dont les troubles comportementaux se traduisent par le fait qu'il essaie d'aboyer au lieu de miauler. Il est persuadé d'être un chien, ce qui peut se comprendre dans la mesure où les deux clébards de Jeremiah ressemblent à des chats. Lucy est un chihuahua rachitique qui est tout le temps en train de tousser, Puppy un gros beagle qui a l'air d'avoir la lèpre au stade terminal. Il lui manque des plaques de poils substantielles.

Il a fallu que je sorte Lucy, le chihuahua, dans un grand sac en plastique. Car seul un chien par appartement est autorisé.

À l'heure de la promenade, j'ai pris l'ascenseur bringuebalant pour descendre les étages sous le regard étonné de Puppy, attaché à une laisse par terre, avec le chihuahua fourré dans un sac vert à moitié transparent qui n'arrêtait pas de gigoter. Selon Jeremiah, grâce à cet habile camouflage, personne ne peut savoir qu'il possède deux chiens.

La femme noire dans l'ascenseur s'est contentée de nous regarder, moi et l'animal qui gémissait dans le sac, d'un air impassible.

Hier, les chiens ont chié sur le tapis, et le chat a dégobillé.

— *The animals are scared* – Les animaux sont terrifiés, a dit Jeremiah d'un ton plaintif.

Et son regard lourd de reproches tacites s'est posé sur moi, car il est persuadé que ses bestioles ont peur de moi.

C'est peut-être vrai, dans la mesure où j'envahis leur biotope. Je parle de la cuisine. Ils se sont fait leur petit nid douillet dans ce cloaque fétide et sans fenêtre.

Lucy aime se coucher sur la gazinière qui est garnie d'un gros sac en polyester rouge aux coutures arrachées dont dégouline du linge sale.

Assis à côté de l'évier, Puppy prie pour qu'un jour Lucy lui laisse une petite place sur le sac. Parfois, le beagle bouge et glisse avec fracas au fond de l'évier qui disparaît sous une montagne de vaisselle sale impossible à récupérer et est recouvert de prairies moutonnantes de moisissure bleue – des myriades de bactéries paissent sur ses parois.

On ne peut entrer dans la cuisine qu'en alpiniste. Jusqu'au niveau du nombril, la pièce est remplie d'ordures, de sacs-poubelle et de vieux meubles. Du coup, pour ouvrir le frigo, Jeremiah a emprunté une figure au ballet, une arabesque où le danseur, même quand il fait le poids d'une moto, se perche gracieusement sur une jambe en levant l'autre vers l'arrière. Le bras ainsi tendu, Jeremiah entrouvre le frigo depuis l'entrée et y range le lait qu'il ingurgite quotidiennement par litres.

Ce matin, j'ai escaladé la montagne de déchets pour prendre une assiette. Mais j'ai glissé et je me suis tordu la cheville. J'ai failli marcher sur une fourchette rouillée.

Le premier jour, je n'ai rien mangé, alors même que j'avais réussi à ouvrir en grand le frigo qui pue la pourriture et le liquide de refroidissement renversé. Mais je n'ai trouvé que des bouteilles gigantesques remplies de Coca gelé, ainsi que de la nourriture pour chats et chiens sous toutes les formes possibles et imaginables.

J'ai demandé à Jeremiah de quoi il se nourrissait.

— *Oh !* a-t-il répondu, *I just go to parties !* – Je vais aux soirées !

C'est vrai. Presque tous les jours, il a une soirée différente. Il a une prédilection pour les inaugurations de restaurants – au Village, il y en a plusieurs par semaine. Mais il prend aussi les premières de films. Au préalable, il se renseigne soigneusement par téléphone pour savoir quels sont les films où il y aura à manger. Il évite autant que possible les premières sans buffet chaud. Il ne reste jamais longtemps, juste le temps d'avaler un repas digne de ce nom.

Jeremiah Josephus Jerome Fulton n'a pas soixante ans, comme je le pensais, mais seulement quarante-sept. Il a des pieds d'hippopotame (pointure 51) sur lesquels il traîne son corps massif à la ronde, le souffle court. Toutes les dix minutes, il doit s'asseoir sur sa chaise électrique. Il s'y repose en réprimant sa vilaine toux chronique, comme si c'était le seul endroit où il pouvait le faire. Il tousse exactement comme Lucy – peut-être que le chihuahua le copie ? De temps en temps, il lui vaporise dans le gosier le médicament qu'il utilise pour lui.

Il y a des années, Jeremiah a dû être bel homme. Les photos en noir et blanc de cette époque montrent un visage doux, mélancolique, presque maigre, où un regard expressif contemple le monde d'un air légèrement farouche et écorché. Quand quelqu'un est jeune et écorché, on le trouve beau et fascinant – ensuite, on préfère fermer les yeux. Désormais, Jeremiah est échoué comme une baleine sur le rivage de la vie, rongé par l'amertume, souvent cynique.

Pourtant, il fait des efforts pour être aimable. Il sait être d'une politesse désarmante, comme tous les Américains.

Hier, alors que je me promenais en chaussettes dans l'appartement, j'ai marché sur une crotte chaude de Puppy, et il m'en a tout de suite donné une nouvelle paire. Ce geste lui a coûté, car c'étaient les chaussettes de Jimmy, son ami de longue date, qui a été assassiné l'an dernier. Jimmy était dealer.

Le professeur le pleure beaucoup, comme un animal monogame. Parfois, la nuit, je l'entends sangloter, car sa chambre ne ferme pas, à cause des détritus sur le pas de la porte. Il est gêné que je sois témoin de ses crises de larmes, et plusieurs fois, il a essayé d'allumer la télé pour couvrir ses sanglots. Mais la télé est cassée, comme tout ce qu'il y a chez lui.

Dans cet appartement grand comme un mouchoir de poche, nous dormons plus ou moins dans la même pièce, nous entendons nos corps craquer, gémir, soupirer, péter.

Atroce.

Ce matin, Jeremiah est sorti de son trou à rat en chancelant, vêtu en tout et pour tout d'un de ses improbables caleçons. Il avait une boîte d'allumettes ouverte à la main. Ses traits étaient complètement défaits. Il m'a demandé si j'avais trouvé une boîte en argent hier. J'avais presque l'impression qu'il m'accusait de vol.

Dans cette boîte reposent les cendres de son ami. (Il a plusieurs boîtes avec les cendres de différentes personnes à l'intérieur. Dont des inconnus, car curieusement, il est possible d'acheter ce genre de chose sur les marchés aux puces américains. Mais Jeremiah possède aussi les cendres de célébrités comme Candy Darling, une proche d'Andy Warhol avec laquelle il était ami.)

La petite boîte en argent reste introuvable, et aujourd'hui encore, Jeremiah sombre dans un silence magique sur le canapé jonché de détritus, à feuilleter de vieux albums photo en réprimant sa toux.

Demain, je dois me mettre au travail. En tout cas, pour la partie organisation. Trouver un logement pour les cinq-autres. Chercher une équipe de tournage. De l'équipement. Du matos.

Aujourd'hui, je passe la journée à réfléchir à la manière d'aborder mon sujet – ou au moins, j'y pense dans les rares moments où le spectacle de la Tristesse ne me suce pas toute la sève des os.

De quoi va parler mon film ?

De masturbation ?

De fist-fucking ?

De branlette espagnole ?

De gang-bang ?

De téléphone rose ?

De dirty-talk ?

D'éjaculation faciale ?

D'une manière ou d'une autre, il faudrait qu'il y ait un rapport avec moi, et mon rayon, c'est surtout la timidité. Pour le dire clairement, j'ai un balai dans le cul. Je suis une vraie flippette. Un pauvre coincé qui n'arrive même pas à se filmer en train de faire l'amour alors que sa copine trouve l'idée marrante. De toute ma vie, je n'ai jamais réussi à éjaculer à la face de qui que ce soit.

Cela dit, on ne me l'a jamais demandé non plus.

Avant le départ, je me suis disputé avec Lila, parce que je voulais faire un film sur le lien entre sexe et tristesse. Il trouvait ça typiquement allemand, tout sauf excitant.

— Le sexe, c'est la joie, pas la tristesse ! a-t-il grogné. Après l'amour, on est triste parce que c'est terminé. Et avant l'amour, on est triste parce que c'est tellement laborieux au démarrage. Mais pendant l'amour, on n'est pas triste, sauf si c'est vraiment un fiasco.

Je n'étais pas d'accord avec lui.

Le plus grand danger pour les amants, c'est l'amour romantique, ai-je affirmé. Faire l'amour, c'est suivre une routine biologique immuable, car au fond, nous copulons exactement de la même manière que les rats, les cochons ou les autres espèces. Sauf que l'amour romantique ne se plie à aucune règle, au risque de tourner au roman de gare. Aux yeux de l'amant romantique, c'est précisément le caractère unique de ses sentiments qui fait l'originalité ultime de son existence, et voilà que cette beauté vole en éclats en l'espace de trois minutes de bruits intempestifs, alors que le moindre couple de papillons fera la même chose avec plus de grâce – et en silence. Il y a de quoi broyer du noir.

— Mon Dieu, mais tu es qui, Jane Austen ? m'a engueulé Lila. Toutes les bonnes œuvres d'art parlent de sexe. Et toute bonne partie de jambes en l'air est une œuvre d'art. Ce n'est pas plus compliqué que ça ! Fais ton film là-dessus ! C'est pour ça que je t'envoie aux États-Unis ! Ne me rapporte pas de film d'intello torturé ! Je veux voir des queues, des culs et des nichons ! Et le gouffre sublime de ton désespoir ! Compris ?

JOUR 4

Le vendredi 20 septembre 1996, New York

Le désastre absolu.

Hier soir, alors que je venais de rentrer avec les chiens, on a sonné à l'interphone. Maladivement suspendu au-dessus d'une mer de béton, le soleil vomissait sur Long Island. J'étais déjà tellement contaminé par toutes les immondices autour de moi que j'ai pensé : Dégueulis de soleil. Au moins, Jeremiah n'était pas là, parti resquiller des bagels frais au vernissage d'une galerie juive.

Au second coup de sonnette, je me suis dit qu'il était rentré et qu'il avait oublié sa foutue clé. J'ai sauté du canapé, je suis allé à la porte et j'ai lancé « *Hello ?* » dans l'interphone. Mais l'engin est cassé et fait le même bruit de friture que l'espace intergalactique – l'espace intergalactique dans les films de Kubrick.

J'ai appuyé sur le bouton en soupirant.

Quelques minutes après, on a tambouriné sur notre porte blindée. Quand j'ai ouvert, ce n'était pas la Tristesse qui attendait dans le couloir avec ses poings rageurs, mais une délicate sirène avec des lunettes géantes sur le nez. Plantée au milieu d'une flaque de dégueulis de soleil, elle m'a demandé en souriant :

— Oh, vous devez être Jonas Rosen ?

De l'allemand subaquatique avec l'accent mélodieux de la Hesse.

J'ai opiné du chef.

Ce qui sautait aux yeux, c'était son front qui se dressait devant moi, aussi haut et clair que celui de Moby Dick. Sa queue de sirène était glissée dans une jupe à carreaux verts. Sans se départir de son sourire, elle a demandé à entrer quelques instants.

Il était hors de question d'exposer une sirène au choc de notre logis pestilentiel ravagé par un messie géant et mélancolique, raison pour laquelle j'ai secoué résolument la tête.

Elle a juste cillé.

— Ah. Bon. Je vous ai apporté des papiers.

— Quels papiers ?

— Votre téléphone ne marche pas ?

J'ignorais que le téléphone de Jeremiah ne marchait pas. À vrai dire, j'ignorais même qu'il en avait un.

— Je suis de l'Institut Goethe. Nele Zapp. On s'est parlé au téléphone une ou deux fois.

— La stagiaire ?

— Exactement, la stagiaire bonne à rien.

Elle a éclaté d'un rire d'ouvrier du bâtiment et m'a tendu une pochette à la seconde même où la lumière du couloir s'éteignait et où le soleil se faisait la malle, donnant soudain à ses yeux une teinte violette dans la pénombre.

— Ce sont les autorisations de tournage pour Broadway. Et les informations pratiques pour tous les Dornbuschiens.

Sur la pochette était écrit *Étudiant en cinéma n° 1 (Rosen), séminaire Lila von Dornbusch*, d'une écriture de première de la classe.

— Merci, a marmonné l'étudiant en cinéma n° 1.

— Et votre tante, Mrs. Hertzlieb, nous a envoyé une lettre à votre attention.

Manifestement, la demoiselle attendait qu'on ouvre sa pochette pour en admirer le contenu. Je me suis exécuté. Sur le dessus se trouvait une enveloppe blanche, avec mon nom entier tracé cette fois non d'une écriture de première de la classe, mais d'une main de très vieille dame, sortie d'un autre temps, qui me faisait un signe de reproche.

— Vous n'auriez pas dû vous donner cette peine…

— Mais vous ne veniez pas la chercher. Et je n'habite pas loin, dans le Village.

J'ai refermé la pochette, fait ma tête qui voulait dire « au revoir » et déclaré :

— En tout cas, merci.

Elle s'est balancée d'un pied sur l'autre – j'ai pensé qu'elle allait partir d'un coup de nageoire.

— Je suis vraiment gênée de vous demander ça, mais… a-t-elle commencé, hésitante.

— Quoi ?

— Est-ce que je pourrais utiliser vos toilettes ?

Sans bouger, j'ai répondu :

— Oui, bien sûr.

— Super.

— Avec plaisir.

J'étais toujours cloué au sol. La grande porte-fenêtre de Jeremiah en train de virer au bleu se reflétait dans ses lunettes, et il était clair que la vitre n'avait jamais été nettoyée.

— Dans ce cas, il faudrait que vous ouvriez un peu la porte, sinon je ne passerai pas.

Je me suis rendu compte que mes doigts étaient crispés sur la poignée – notre imparfaite domesticité se déployait devant mes yeux, sous la forme notamment de cette huile réalisée par un étudiant attique et représentant une pénétration péno-anale, accrochée juste à côté de la porte d'entrée et garnie de sous-vêtements appartenant au professeur, sans doute sales, négligemment suspendus au cadre.

— Disons que… disons que ce ne sont pas mes toilettes à proprement parler. Le propriétaire n'est pas là.

— Promis, je ne piquerai pas de coton-tige.

À nouveau ce rire d'ouvrier du bâtiment.

— L'appartement n'est vraiment pas très… vraiment pas très bien rangé. Et la porte des toilettes…

— Ça ne fait rien.

— En fait, elle ne ferme pas.

Ses lèvres sont devenues toutes fines – dans la pénombre, c'était à peine visible, mais on l'entendait à sa gorge nouée.

— Entre ici et Tompkins Square, les toilettes publiques sont toutes occupées par des dealers de crack. Vous les avez déjà utilisées ?

— Non.

— Moi oui. Je ne vous conseille pas de faire l'expérience. Honnêtement, le quartier craint vraiment, et je vous serais éternellement reconnaissante de me laisser accéder à vos précieuses commodités.

Au même moment, j'ai senti un pelage doux et chaud caresser ma jambe gauche, et Chérie a filé par la porte. Elle miaulait avec satisfaction dans le couloir en attendant l'ascenseur. J'avais un nouveau problème sur les bras.

On a passé dix minutes à essayer de rattraper ce stupide chat. La sirène m'a expliqué que son père était zoologue. J'ai fini par comprendre que si elle me disait ça, c'était pour souligner ses compétences en matière de capture d'animaux. Au cours des minutes suivantes, j'ai également appris que les quatre matous qui avaient égayé la jeunesse de Mlle Zapp avaient connu des destins particulièrement tragiques – l'un d'eux s'appelait Bogart et s'était fait écraser par deux voitures à la suite.

Pour finir, malgré sa vessie pleine à craquer, elle a enlevé son pull et, à l'aide des deux pompons en laine qui pendaient de part et d'autre de l'encolure, elle a attiré Chérie pour la prendre dans ses bras.

À moins que les sirènes sentent un peu le poisson, ai-je méchamment pensé.

Ensuite, il a bien fallu que je la laisse aller aux toilettes.

Elle ne s'est pas pressée. Derrière les montagnes de papiers qui jonchaient le pas de la porte et rendaient toute fermeture impossible, je l'ai entendue commencer à nettoyer la lunette, et ce avec mon gant de toilette, comme je l'ai découvert par la suite.

J'ai un peu espéré qu'après ça, elle se laisserait emporter par les canalisations jusqu'à ses sœurs nymphes du détroit de Staten Island situé non loin de là. Mais pour finir, un jet nourri que j'aurais préféré ne pas entendre a retenti contre la cuvette. Au bout d'une minute, elle est réapparue, la mine blême, en disant :

— Il y a une jolie petite famille qui habite sous le radiateur.

— Une jolie petite famille ?

— Une jolie petite famille de cafards.

Je l'ai raccompagnée à la porte, et elle a posé sa main minuscule, mais bravache, sur la mienne excédée.

— Si tu as besoin d'aide pour quoi que ce soit, fais-moi signe.

Elle s'était mise à me tutoyer d'un coup – il faut croire qu'elle tutoie les gens à partir du moment où elle a raclé leurs giclures d'excréments séchés sur la lunette des toilettes, même si elle ne pouvait pas savoir que ce n'était pas les miennes.

— Justement, ai-je répondu, honteux, histoire de dire quelque chose, j'aurais besoin de quelques renseignements. Je suis censé trouver un endroit où loger les Dornbuschiens, et aussi du matériel pour…

— OK, m'a-t-elle froidement coupé en tripotant ses lunettes. Maintenant, tu as nos coordonnées. Le mieux, ce serait que tu appelles ma cheffe à l'Institut, Hollie Lehmann, demain matin. Elle te donnera certainement rendez-vous.

Et elle a tourné les talons – en s'éloignant vers l'ascenseur, elle n'avait plus grand-chose de la sirène, et son pas raide lui donnait l'élégance d'un crabe géant.

J'ai d'abord laissé l'enveloppe de tante Paula dans son coin.

J'avais plus important à faire.

Il fallait exterminer la famille de cafards sous le radiateur. Ma tentative s'est soldée par un échec. Je n'ai réussi à avoir qu'un petit cafard en train de détaler sans demander son reste, que j'ai écrasé avec l'encyclopédie de Mirabeau. Les survivants se payaient ma tête parce que je n'avais pas de lance-flammes sous la main.

À 22 heures, la salle de bains était tellement désinfectée que j'étais paré pour n'importe quelle visite surprise. Et la porte fermait à nouveau.

Pour la cuisine, il m'a fallu jusqu'à minuit. J'ai débarrassé monsieur le professeur d'une année entière de déchets. Pas moins de cent vingt-quatre assiettes, quatre-vingt-quatre tasses et environ trois cents couteaux, fourchettes et cuillères. En prime, j'ai retrouvé la petite boîte en argent avec son ami à l'intérieur. Elle était au fond d'un bol de muesli.

À son retour à l'appartement, à une heure du matin, Jeremiah ne m'a même pas remercié. Il a fait comme si j'avais gardé la boîte dans une de mes poches pendant tout ce temps, histoire de l'énerver.

Ce matin, il a jeté les bouteilles de lait vides par terre. Puis la litière pour chats usagée qui puait l'urine. Je tente de mettre en place une sorte de poubelle, mais c'est peine perdue.

Il vient de me demander de descendre les chiens dans le sac en plastique, et là, j'ai su qu'il était temps de mettre le holà.

J'ai essayé de lui expliquer que je ne voulais plus sortir ses clébards. Je lui ai parlé de responsabilité, et je lui ai raconté que la dernière fois, Lucy avait failli se carapater, ce qui est vrai.

Mais la véritable raison, c'est que je ne veux plus me ridiculiser.

La réaction de Jeremiah a été inattendue.

Il m'a demandé d'un ton plaintif : « *You don't like him ?* – Tu ne l'aimes pas ? » en lançant un coup d'œil chagrin à Puppy, et le beagle lui a rendu un regard triste à pleurer, à tel point que je n'appellerai plus jamais Jeremiah « la Tristesse » : ce mot appliqué à son chien doit conserver la dignité qui lui est propre.

Le vendredi 20 septembre 1996, plus tard

Enfin seul, j'ai ouvert l'enveloppe de tante Paula. De toutes les écritures que j'ai vues ces derniers jours, la sienne est la plus belle, mais aussi celle qui m'étreint le plus :

Cher Jonas, my dear *!*

Tu ne m'as malheureusement pas donné ton address *à NY. C'est pourquoi à l'Institut Goethe j'envoie ce message. Ils m'ont dit qu'ils s'occupaient à toi – oh, mon allemand est devenu catastrophique, car la langue allemande aussi.*

Je suis folle d'euphorie à l'idée de faire bientôt ta connaissance. Ton père m'appelait « ma très chère », mais j'imagine que ce genre de chose ne se dit plus de nos jours. Call me *« tante ».*

Je suis sortie hier de l'hôpital. Le cancer m'a attrapée. Mais je suis vieille, le cancer n'aime ça pas, et nous sommes tous entre les mains de Dieu. Appelle-moi donc à ce numéro : 038 18 472999 71.

Je te ferai une petite limonade ou un café balte. Il y a aussi l'interrogatoire au sujet de ton Apapa. Si je te le donne, nous aurons de quoi palabrer.

Tu connais l'adresse du National Arts Club.

Avec toute mon affection, et hugs hugs hugs,

Tante Paula

Mon Dieu, il ne manquait plus que ça.

Tante Paula.

Sa lettre avait beau sembler banale et inoffensive, chaque mot sentait les histoires de nazis à la con à plein nez.

Je me suis rendu compte que je lui en voulais de parler aussi mal allemand, ce qui est absurde. Depuis son arrivée aux États-Unis, tante Paula a fui sa langue maternelle comme la peste, forcément.

Je ne sais absolument pas comment elle a fait pour y parvenir avec autant de succès. Comment est-il possible, après avoir baigné vingt-cinq ans dans une langue comme un poisson dans l'eau, d'en éradiquer de son cerveau la grammaire, la syntaxe, le vocabulaire, tout l'ADN linguistique ?

Peut-être qu'elle fait semblant, ai-je pensé. Histoire d'avoir l'air *tough*.

J'ai trouvé le téléphone cassé et je l'ai réparé, ce qui n'était pas bien compliqué (il suffisait de brancher la prise et de décrocher le combiné). Mais ensuite, au lieu de téléphoner à tante Paula, j'ai appelé tous les contacts que Lila m'avait donnés : Tanja Schlumberger, Nicole Diver-Spears, Cora Steinbeck, Baby Hausner, Uzi Kisko, Dick Luffer et même Hollie Lehmann, la cheffe de la sirène au teint pâle.

Une vraie tannée.

Les gens sont gentils, mais ils n'ont pas beaucoup de temps.

Personne n'a d'endroit où loger les cinq-autres sans se ruiner. Et personne n'a de tuyau à me donner.

Ça m'énerve que rien ne marche. Mais rien de rien.

Tanja Schlumberger n'a pas la place d'héberger des étudiants.

Comme elle a une fille adolescente et visiblement nymphomane, Nicole Diver-Spears ne peut accueillir qu'une femme, et uniquement si elle est végétarienne (hors de question d'aider des carnivores).

Quand je lui ai dit qu'on avait besoin de stagiaires, Baby Hausner m'a ri au nez. Ici, les stagiaires sont aussi rares que les asperges dans le désert. Et Baby n'a pas de place pour un Allemand.

Uzi Kisko est en déplacement.

Et avec Hollie Lehmann, qui dirige le département cinéma à l'Institut Goethe, je me suis cassé les dents.

— Oui, ma collègue m'a déjà raconté.

— Comment ça ?

— Sa visite d'hier.

— C'est-à-dire ?

— L'histoire du chat.

— Oui, elle sait s'y prendre avec les chats.

— Malheureusement, nous sommes débordés en ce moment. Il y a une exposition sur Servius Feind au MoMA, et c'est nous qui l'organisons. Vous voulez venir au vernissage après-demain ?

— C'est que le professeur Dornbusch nous a interdit d'aller voir des expositions.

— Ah bon ?

— Strictement interdit.

— Je vois.

— Pas d'exposition. Pas de théâtre. Pas d'opéra. Pas de télévision. Surtout, rien d'allemand !

— C'est une position comme une autre.

— On a besoin de chambres pour loger le reste des étudiants.

— Le reste, c'est combien ?

— Cinq.

— Et le budget, c'est combien ?

— Zéro.

— M. Dornbusch veut des logements à titre gracieux ?

— Oui.

— Cinq personnes ? À New York City ?

— Oui.

— Un hébergement gratuit dans cette ville ?

— C'est l'idée.

— L'Institut Goethe n'est pas une agence immobilière, monsieur Rosen. Mais nous vous aiderons dans la mesure de nos moyens. Enfin, des artistes qui ne s'intéressent pas à l'art. C'est du jamais-vu.

— Merci.

— Passez nous voir la semaine prochaine.

— Plus tôt, ce serait possible ?

— La semaine prochaine, si ce n'est pas trop compliqué pour vous.

— Pas du tout.

— Mlle Zapp ne se déplacera plus jusqu'à vous.

Et cette peau de vache a raccroché.

Lila a droit à des fax sirupeux, dégoulinants de « *honey* » et de « *darling* », mais face à l'étudiant n° 1 qui, pour les meilleures raisons du monde, ne laisse pas sa stagiaire aller aux toilettes, elle se braque complètement.

Une semaine pour un rendez-vous.

Du grand foutage de gueule.

Mes nerfs sont aussi fragiles que les fils de la petite araignée qui tisse sa toile au-dessus de mon canapé.

Je ne pourrais pas me sentir plus paumé – et pourtant, je suis censé trouver un point de chute abordable et organiser toute la technique. Sans argent, sans contacts, sans connaître la ville.

Tout à l'heure, quand je suis rentré des courses, Jeremiah était en peignoir de bain. À voir sa tête, on aurait cru qu'il s'était maquillé pour monter sur scène. Mais c'est juste qu'il était pâle comme un linge. Je lui ai demandé ce qu'il se passait et, en détournant les yeux, il m'a parlé de Herbert Huncke qui est mort il y a quelques jours. Un ami à lui, un des derniers de la Beat Generation.

Il y a des années, j'ai lu des nouvelles de Huncke, un sacré morceau qui faisait penser à Charles Bukowski. Il a dû mourir dans le dénuement le plus total, quinze mètres carrés de poussière et de misère à l'hôtel Chelsea, pas loin d'ici. Crise cardiaque.

Jeremiah a cherché des lettres de Huncke pour me les montrer, mais dans son bordel, il n'a trouvé que des petits mots froissés d'Allen Ginsberg qu'il a jetés vers moi. Ginsberg a une prédilection pour l'encre verte, et il a une écriture enfantine en pattes de mouche. Bizarre pour un auteur. Un écrivain célèbre, on l'imagine plutôt avec des doigts graciles qui courent sur le papier comme les danseuses du temple.

Jeremiah a une dent contre Ginsberg, il jalouse sa célébrité. Pourtant, il tient à me présenter à lui aux funérailles de Huncke.

— Mais attention. Allen va vouloir te sucer la queue. Tu es tout à fait son genre. Grand, blond, beau. À tous les coups, tu as beaucoup de sperme.

Je l'ai regardé, interdit.

— Oui, dis-moi, tu en as beaucoup ou pas beaucoup ?

— Qu'est-ce que ça veut dire, beaucoup de sperme ?

— Est-ce que ton sperme recouvre le fond d'un verre à schnaps ?

— Je n'ai encore jamais éjaculé dans un verre à schnaps.

— Et pourquoi ? Parce que c'est trop petit ?

— Parce que je ne vois pas pourquoi j'éjaculerais dans un verre à schnaps !

— Donc tu as beaucoup de sperme. C'est bien ce que je me disais.

Curieusement, j'ai des sentiments pour lui.

JOUR 4 (AJOUT)

Nuit du vendredi 20 au samedi 21 septembre 1996, New York

Au rez-de-chaussée, juste après le sas d'entrée où j'ai été agressé le premier soir, il y a une cabine téléphonique au mur.

Y font la queue tous ceux qui soit n'ont pas les moyens d'avoir une ligne privée, soit habitent chez Jeremiah Fulton que sa cupidité, son manque d'empathie et son besoin de silence rendent allergique à toute communication longue distance avec l'Europe.

Quand je l'ai appelée pour lui raconter le bagne infernal que je vis ici, Mah s'est mise à pleurer.

Au bout d'un long moment, j'ai fini par comprendre qu'il y avait peut-être une autre cause à ses larmes que le gouffre d'abrutissement et de stupidité où j'ai échoué.

— Qu'est-ce qui se passe, mon amour ?

— Rien.

— Allez, mon cœur, dis-moi.

— Est-ce que tu m'es fidèle ?

— Oui, bien sûr, comme un hippocampe.

— Les hippocampes sont gay.

— Gay et fidèles.

— Mais les gays sont incapables d'être fidèles.

— Ma chérie. S'il te plaît. Il s'est passé quelque chose ?

— Oui.

— Il y a eu un nouveau décès ?

— Mme Irrnich.

— Celle avec les verrues ?

— Oui.

— Morte ?

— Oui.

— Mais elle était très malade.

— C'est vrai.

— Alors tant mieux si elle ne souffre plus.

— Oui.

— S'il te plaît, arrête de pleurer comme ça.

— Je ne peux pas m'en empêcher. Et en plus, je raconte rien que des bêtises. Bien sûr que les gays sont capables d'être fidèles, au moins quand ils sont vieux.

— Tu sais, quand je serai rentré, on ira cueillir des feuilles de bambou au Jardin botanique pour les poser sur la tombe de Mme Irrnich, comme tu l'avais fait pour M. Markowski.

— J'avais été dénoncée.

— On avait tous les deux été dénoncés.

— Oui. Et aucun de nous deux n'a plus le droit d'aller au Jardin botanique, ce qui veut dire qu'aucun de nous deux n'a plus le droit de cueillir des feuilles de bambou.

— On le fera quand même. On est des anarchistes, toi et moi.

— Tu as bien raison de tourner ça en ridicule,

a-t-elle dit d'un ton amer. Comme ça, je suis tout de suite moins triste.

— Excuse-moi. J'essaie juste de te remonter le moral.

— Tu ne prends pas mon travail au sérieux, Jonas.

Quand elle a l'impression que je ne prends pas quelque chose au sérieux, elle ne m'appelle ni « mon chéri » ni « Limaleh ».

— Tu as un travail fantastique, j'ai aussitôt répondu. Tu prends soin des gens, tu leur offres ton soutien. Je suis un étudiant raté qui vit à tes crochets et qui ne sert à rien.

— Mme Irrnich aussi prenait soin de moi. Ce n'était pas seulement une patiente.

— Je sais. C'est terrible qu'elle soit morte.

Un tout petit son s'est échappé de sa gorge, un bruit de coquille d'œuf brisée. Puis je n'ai plus rien entendu, parce qu'elle avait bouché le combiné le temps de se moucher. Au tout début de notre histoire, on n'arrêtait pas de se moucher l'un l'autre en pleurant à cause de nos familles de faux jetons.

— Limaleh ?

— Oui ?

— Tu as été voir ta tante ?

— Elle m'a écrit une lettre, oui.

— Et alors ?

— Je l'appelle demain.

— Tu l'évites. Tu l'évites parce que tu as peur.

— Et de quoi j'aurais peur ?

— Parfois, on ne sait pas exactement de quoi on a peur. C'est ce qui fait le plus peur.

— On ne va pas recommencer à parler de peur pendant des heures, OK ?

— Mon chéri ?

— Hm ?

— Mme Irrnich n'est pas morte du tout.

— Tiens donc.

Dans la buanderie, une essoreuse a démarré. À cet instant précis, j'aurais donné cher pour être un vieux tee-shirt défoncé dans l'essoreuse en question. À la place, j'étais obligé de vider mon porte-monnaie dans le téléphone pour écouter ma copine dépressive me raconter des salades.

— Je suis un peu perdu, ai-je dit d'un ton aussi neutre que possible.

— Je peux comprendre.

— Tu me dis que Mme Irrnich est morte, et tu pleures à cause d'elle. Et d'un coup, Mme Irrnich n'est pas morte du tout, et tu pleures quand même. Sauf que tu n'as aucune raison de pleurer, vu qu'elle n'a jamais été morte.

— Mais elle est très malade.

— Est-ce que tout le monde n'est pas très malade en soins palliatifs ?

— Toi non plus, tu ne me dis pas toujours la vérité.

— Mah, arrête ton char. Bien sûr que je te dis la vérité !

— Tu ne m'es pas du tout fidèle.

— Qu'est-ce qui te prend ? Avec qui tu veux que je te trompe ? Avec Lucy, avec Puppy, avec le chat ?

— Ce n'est pas la peine de bluffer. Tu fais ce film à deux balles sur le sexe.

— Et alors ?

— Mme Irrnich a lu dans les lignes de ma main.

— Quelle vieille sorcière !

— Elle a dit que tu allais m'être infidèle.

— Et pourquoi ?

— Parce que tu n'es pas un hippocampe, tu es un lapin.

— Je t'ai dit mille fois qu'il ne fallait pas croire à ces trucs-là !

— Quand je suis tombée enceinte, elle l'avait prédit aussi.

— Oui, c'est quand même dingue, ai-je sifflé, deux ans en soins palliatifs, et elle est toujours en vie !

— Elle m'a dit : « Les fondations de ton existence sont en train d'être bouleversées. Aucune pierre ne restera en place. Tu vas devenir quelqu'un d'autre. Tu seras en grand danger. »

— Rappelle-moi, c'est quoi le nom de ces gouttes qu'elle prend tout le temps ? Flunitrucmuche ?

— Je la crois. Elle voit l'avenir. J'ai peur. J'ai horriblement peur de te perdre.

— Arrête de pleurer, s'il te plaît.

— Je t'aime, tu sais. Là, je suis couchée à côté de ton oreiller, et je le respire tous les soirs. Mais hier, ton odeur est partie. En plein milieu du journal télévisé. Tant que tu ne seras pas là, je ne changerai pas les draps, jamais. J'aime les petites taches qu'on a faites dessus. Et je pense souvent à notre bébé, notre pauvre bébé. Ce petit pois.

— Ma chérie, je prends ton travail très au sérieux. Mais ça te fait voir les choses en noir.

— Merde, le téléphone doit être hors de prix.

— Pas du tout.

— Je suis une femme d'hiver, Jonas. J'espère que tu ne vas pas rencontrer de foutue femme d'été. Avant moi, tu n'as eu que des femmes d'été.

— Je ne rencontre pas de femmes tout court.

New York est une ville sans femmes. Je n'en ai pas encore vu une seule !

Comme j'avais décidé que les sirènes ne comptaient pas, j'ai ajouté :

— Il y a des gens qui ressemblent à des femmes, mais c'est des tantouzes frappadingues de cent cinquante kilos. Je vais tourner ce film de queues, de culs et de nichons à la con, et avant que tu aies eu le temps de dire ouf, je serai de retour à la maison.

— Ouf.

JOUR 5

Le samedi 21 septembre 1996, matin, New York

Pour moi, New York se manifeste sous la forme de ce Gargantua vorace et imbibé de lait, cette ex-tantouze cyclopéenne avec qui je partage une ruine d'appartement et qui incarne toutes les souffrances, toutes les folies, toutes les possibilités de cette ville – possibilités que Jeremiah semble avoir monumentalement manquées.

Mah l'adorerait. Elle aime tout ce qui est déglingué.

D'où le fait qu'elle me trouve à son goût.

On s'est connus juste après l'accident de moto. Mon crâne venait d'être rafistolé, et j'étais capable de traîner des pieds dans le couloir de l'hôpital sans tomber par terre.

Aujourd'hui, je sais que je ne dépasserai pas les cinquante ans. Mais ça m'est égal. Franchement, qui a envie d'avoir cinquante ans ? Peut-être qu'un jour ça me dérangera, mais pour le moment, non. Pour le moment, j'ai seulement peur d'avoir mal. Les douleurs surgissent sans crier gare. Toutes les quatre semaines. La nuit, toujours. Comme un attentat terroriste.

Mah était encore en formation, et elle venait se promener dans notre service, à cause de la vue qu'il y avait depuis la cafétéria. Comme le mois de juillet était chaud, elle déboutonnait sa blouse blanche. En dessous, elle portait un tee-shirt jaune avec écrit *SAUVEZ LES BALEINES* en lettres bleues.

Son visage aux yeux en amande était d'une pâleur de princesse égyptienne, celle avec des chats dans son tombeau. Les yeux baissés sur Berlin, Mah grignotait des choses saines avec beaucoup de fruits dedans. J'aimais bien le bruit qu'elle faisait en mastiquant.

La troisième fois que je l'ai vue, je me suis laissé glisser de mon siège. Rien de plus facile que de simuler un malaise. Je voulais qu'elle me relève et qu'on se renifle l'un l'autre.

C'est ce qu'elle a fait, et elle sentait bon – j'ai surtout adoré cette minuscule perle qui étincelait sur son cou.

Quelqu'un lui avait fait un suçon près de la carotide. Je voyais son sang pulser dessous, et ma salive a giclé sur son tee-shirt comme une nuée de bourdons prêts à le polliniser.

Elle m'a pris pour un patient en train de tourner de l'œil, et quand ledit patient lui a bavé dessus en glissant la main sous le tissu jaune banane comme pour s'accrocher quelque part, elle a réagi avec une compréhension toute professionnelle.

Trois semaines plus tard, on se connaissait mieux, et elle riait de cette audace qui ne me ressemblait pas du tout. En temps normal, les flippettes sont timides. Mais j'étais assis à l'arrière de la moto, mon ami Michi à l'avant. Il était mort, j'étais en vie – et je voulais en être sûr, ce qui me donnait des ailes, en tout cas avec Mah.

On aurait dit que c'était le destin.

Un jour – j'étais déjà en rééducation –, elle m'a rendu visite. Elle m'a expliqué que ses organes internes étaient inversés de manière symétrique, et elle m'a montré un scanner sur lequel on voyait que son cœur était à droite. L'image était toute rouge. Représentation en 3D.

Le rouge, c'est l'espoir chez les surréalistes.

Rien ne favorise plus la confiance entre deux personnes que le fait de souffrir l'un et l'autre de différentes infirmités physiques.

Mais pour Mah, c'était une source de fierté. Car cette particularité anatomique la rendait irrésistible aux yeux des cardiologues – sachant qu'elle aurait fait le même effet aux médecins des camps de concentration (mon grand-oncle Karl, par exemple).

Le suçon sur sa clavicule était l'œuvre d'un ponte mondialement connu, un professeur du centre de cardiologie de Berlin qu'elle avait rencontré à l'occasion d'une IRM. Il lui avait offert des douzaines de ces représentations en 3D. Et il lui avait fait des douzaines de ces suçons. Auxquels sont alors venus s'ajouter les miens.

Mah est aussi monogame que le ciel est bleu. Peut-être parce qu'elle a passé son enfance sur les rives de la Malaisie, où les pirates étaient toujours à craindre et où le seul moyen de survivre était de trouver le bon compagnon.

Ainsi, la confusion des suçons lui posait un problème moral de taille.

Elle tenait même à ce que j'attende la disparition totale de ceux du médecin avant de produire les miens. Bizarrement, le médecin aussi y accordait la plus grande importance. Mah avait sincèrement l'intention de rester amie avec lui.

D'où le contrat détaillé qu'ils ont rédigé à quatre mains et intitulé « Plan de séparation volontaire ».

Du grand délire.

Toujours est-il que le médecin s'en est inspiré pour m'écrire une lettre qui commençait en gros en ces termes : « Cher monsieur Rosen, la fougue, pour ne pas dire la possessivité, de certaines de vos pratiques corporelles sur lesquelles je ne souhaite pas m'appesantir fait malheureusement obstacle au respect du plan de séparation volontaire entre Mlle Mah Kim Nangung et moi-même. Je pense en particulier, comme vous vous en doutez, aux paragraphes 3-7. »

Bon, d'accord, je grossis un peu le trait. Mais ce plan de séparation volontaire existait vraiment. Et je le détestais. Je refusais toute coopération. Je ne suis pas non plus un pigeon.

Mah était tellement bourrelée de remords, autant vis-à-vis de moi que de cet abruti fini, que ses organes inversés hypersensibles en ont fait les frais.

Le chirurgien cardiaque lui a d'abord prescrit un traitement de cheval.

Ensuite, connaissant la constitution fragile de Mah, il a été obligé de lui conseiller de se séparer définitivement de lui. Au bout du compte, il a fait une dépression nerveuse.

À sa place, face à un type comme moi, je me serais juste injecté un poison indétectable dans les veines. Franchement, à quoi ça sert d'être médecin si on ne peut même pas utiliser des médicaments à mauvais escient ? Mais le titre de sa thèse témoignait à lui seul d'un terrifiant manque d'audace : « Immunomodulation *via* la transfusion de leucocytes spécifiques au donneur dans le modèle de transplantation cardiaque vascularisé et hétérotopique de la souris ».

Le docteur Souris avait environ cinq cents ans de plus que Mah, et il me faisait penser à ces têtes réduites qu'il avait achetées pendant un congrès dans les Lofoten et qu'il conservait dans une armoire vitrée de son entrée. C'est le jour où on est allés chercher les meubles de Mah chez lui que je les ai vus, lui et ses têtes, pour la première et la dernière fois. Son appartement était hors de prix, et les meubles de Mah ne valaient rien – en descendant l'escalier de l'immeuble avec eux, je les ai littéralement sentis pousser un soupir de soulagement. Dehors, il pleuvait des trombes d'eau, et faute de mieux, on a dû charger ce bric-à-brac dans la benne d'un camion. Le vieux poste de radio de Mah, sa machine à coudre et les dessins que je lui avais offerts s'attiraient comme par magie les foudres de la pluie, et la bâche abîmée ne servait qu'à répartir irrégulièrement l'humidité.

Quand j'ai levé la tête, le professeur était penché par la fenêtre du deuxième étage, un foulard à carreaux rouges et bleus sur le crâne, et il regardait les misérables meubles de Mah. Il a enfoui son visage dans ses mains et fondu en larmes sous les yeux de son chat noir adoré qu'il avait lui-même castré.

— Qu'est-ce que tu vas faire avec ce gamin ? a-t-il finalement crié à Mah.

Il parlait de moi. Il avait un âge que je n'atteindrai jamais. Mah non plus, d'ailleurs.

On est vraiment faits l'un pour l'autre.

Quand j'ai démarré, Mah a posé ma main sur son cœur. Elle ne disait rien, et je ne disais rien, mais j'étais couché en travers de l'habitacle, avec une main qui tenait le volant, passait les vitesses, mettait le clignotant, activait les essuie-glaces, et l'autre tendue de tout son long.

Si Mah avait eu le cœur à gauche, comme tout le monde, ç'aurait été beaucoup plus simple.

Mais avec elle, rien ne l'est jamais.

— Tu es l'homme le plus jeune avec lequel j'aie été, a-t-elle dit en pressant ma main sur sa poitrine avant de poursuivre : Dieu merci, au moins, tu as un traumatisme crânien.

On roulait à tombeau ouvert sous la tempête.

Le ciel était gros d'une pluie d'encre, et j'avais dans la bouche un goût de mélasse fermentée, car j'avais grignoté des raisins – les raisins du chirurgien cardiaque qui se trouvaient dans la corbeille à fruits Ikea de Mah, ce qui me donnait selon moi des droits sur eux. Malgré la morosité de cette journée, le monde semblait ouaté de chaleur.

Et Mah m'a dit que si un jour je la trompais, elle me tuerait. Ou qu'elle se tuerait. Ce que j'ai trouvé complètement absurde, sachant qu'elle avait elle-même trompé son cardiologue. Et pas qu'un peu.

À quoi elle a répondu que je n'y étais pas, car le docteur Souris était une figure paternelle, et on ne pouvait pas tromper un père. À un père, on ne pouvait que se confier. Et c'est ce qu'elle avait fait, tant et si bien qu'elle avait fini par le décevoir.

— Mais toi, je ne te décevrai pas. Je t'aimerai pour

toujours. Et tu dois m'aimer pour toujours, jusqu'à ce que ta tête se disloque. Promets-le-moi.

— Je te le promets.

Elle m'a serré la main, s'est penchée vers moi, m'a embrassé le front – ou plutôt sa vulnérabilité pleine de charme –, et j'ai failli foncer tout droit dans un salon de toilettage.

Le samedi 21 septembre 1996, midi, New York

Jeremiah me tape sur le système.

Je rentre tout juste de la Tisch School. Les Beaux-Arts de la NYU. Situés sur Broadway, tout près du Washington Square Park.

OK, je suis arrivé avec une demi-heure de retard, mais il faut bien que je trouve le temps d'écrire dans ce carnet.

Il aurait au moins pu être content que je lui apporte ses lunettes de Mahatma Gandhi.

Mais il m'a refait ses petits yeux de cochon peureux, l'air tout sauf content.

Je lui ai donné le fax pour Lila, que j'ai passé deux heures à rédiger hier soir, avec la cuisante liste de tous mes échecs. Jeremiah a chaussé ses lunettes et s'est redressé – ou tassé sur lui-même, impossible à dire. Il a un minuscule bureau dans une minuscule pièce, et quand il se soulève comme une charcutière pour traverser son cagibi d'un pas lourd, toutes les étagères tremblent. D'accord, je suis fâché, mais j'ai de quoi.

Il a traîné sa graisse jusqu'à la salle de fax, glissé de mauvais gré les feuilles dans la machine et tourné les talons. Les feuilles ont immédiatement été avalées sans être recrachées. J'ai couru après Jeremiah pour lui demander de l'aide. Il a eu un sourire méprisant et a dardé sa langue en faisant : « Tss… tss… tss… »

À notre retour dans la salle de fax, un maître de conférences en cinéma était à la machine : il a dit à Jeremiah que Martin Scorsese était dans le bureau de la directrice et lui a proposé de faire un saut là-haut avec lui pour dire bonjour.

Jeremiah ne s'est pas fait prier. Il m'a planté là sans un mot et s'en est allé rejoindre Scorsese, le père de *Taxi Driver*, de *Raging Bull*, de *Mean Streets* et des *Affranchis*, en bombant le torse.

Le maître de conférences, qui savait que je venais d'Allemagne, a hésité avant de me demander, par politesse, si je voulais les accompagner. Et Jeremiah, se retournant sur le pas de la porte : « *No. Mr. Rosen has to work !* – Non. M. Rosen a du travail ! »

Et il est parti.

Je suis resté planté là comme un idiot.

Je ne comprends ni la tension sous-jacente à nos échanges ni la curieuse électricité qui se répand dans notre dépotoir dès que je rentre à l'appartement le soir.

Il ne pourrait pas y avoir plus grand fossé entre l'homme que je vois et celui que les autres voient. Comme s'il s'était fait dédoubler par les profanateurs du film. À l'université, c'est un membre fonctionnel de la société. À la maison, c'est un type qui oublie peu à peu la consistance normale des selles.

À tous les coups, il se considère comme quelqu'un d'intelligent. Il est cultivé et a un vocabulaire immense. Il m'explique que la sarabande était une danse de société sous Louis XIV. Et qu'une véronique est un morceau de gaze fine, à l'aide duquel la femme du même nom a essuyé le visage couvert de sang et de transpiration de Jésus-Christ avant sa crucifixion.

Oui, Mah serait en adoration devant lui.

Plus tard, au téléphone, j'ai essayé de raconter mes malheurs à Lila, mais impossible de capter son attention. Comme les problèmes ne l'intéressent pas le moins du monde (au contraire des catastrophes), il a réagi avec l'indifférence la plus totale et s'est contenté de me demander si j'avais commencé mon film.

— Lila, tu as entendu ce que je viens de te dire ? J'ai été agressé, on m'a mis un couteau sous le nez.

— Mais c'est génial. Tu as filmé la scène ?

— Je ne pouvais pas, Lila ! Je n'étais pas en état !

— Tu as une caméra avec toi. Tu dois être capable de filmer à n'importe quel moment. Ne me dis pas que tu es en train de glander ? Tu as une responsabilité vis-à-vis des cinq-autres !

— Toi aussi, bon sang ! Tu es mon prof, et si ces couillons m'avaient poignardé, tu aurais eu des comptes à rendre !

— Est-ce que tu tiens un journal filmé ?

— Non, je tiens un vrai journal. Un journal écrit. Un journal comme au XIXe. J'ai toujours dit que je trouvais le principe du journal filmé complètement tordu.

— Tu as interviewé Jeremiah ?

— Il refuse d'être interviewé.

— Mais c'est ce qui était prévu.

— Pas par lui. Si je sors ma caméra, il la passera par le balcon.

— Si tu es en train de glander, ça ne va pas me plaire. Vous êtes tous des branleurs pourris gâtés, une bande d'étudiants branleurs et pourris gâtés de la classe moyenne. Et vous n'avez aucune idée de ce qu'est la vraie vie.

— J'AI ÉTÉ AGRESSÉ, LILA ! JE SAIS CE QU'EST LA VRAIE VIE !

— Est-ce qu'au moins tu as trouvé où loger les cinq-autres ?

— Mais c'est ce que je suis en train d'essayer de t'expliquer : ce n'est pas si simple !

— Hé, il faut bien que tes camarades soient logés quelque part ! Je t'ai donné plein de contacts !

— Sauf que personne ne veut accueillir chez soi une bande d'étudiants ratés de la classe moyenne allemande.

— Tu es en train de te la couler douce aux frais de la chaîne. Ils nous ont filé de l'argent pour notre expérimentation. Tu me déçois. Je vais parler avec Jeremiah pour qu'il te donne des choses à faire.

— Jeremiah est un taré, Lila ! Il veut me sauter ! Il vit dans une benne à ordures comme Macaron le glouton ! S'il me donne des choses à faire, ce sera de lui tailler une pipe !

— Eh bien, tu n'as qu'à faire ce qu'on te demande !

L'après-midi, encore salement remonté contre Lila, contre Jeremiah, contre les cinq-autres-de-mes-deux, cette bande d'enfoirés qui n'avaient qu'à se trouver eux-mêmes leurs foutues chambres, je suis parti direction Central Park.

C'était la Steuben Parade.

Mah me dit de faire attention à ne pas me mettre en colère comme ça, que ce n'est pas bon pour la pression de mon ciboulot. Elle me dit de méditer ou de regarder des jolies choses – si possible pas de jolies femmes.

Du coup, je me suis arrêté, j'ai respiré à fond et j'ai regardé ce que c'était que cette histoire de Steuben Parade.

À New York, chaque minorité ethnique organise une fois par an un défilé sur la 5e Avenue. La parade allemande est nommée d'après le général prussien von Steuben qui a mené les campagnes du général Washington. Sauf qu'en vrai, Steuben était un simple officier d'état-major originaire de Berlin, à peine capitaine, tout juste bon à faire carrière dans un pays du tiers-monde comme les colonies américaines. Ensuite, Jeremiah m'a expliqué que Steuben avait des tendances pédophiles et qu'à sa mort, il avait légué tout son héritage à deux aides de camp prépubères.

Quand je suis arrivé sur la 5e Avenue, les rues étaient déjà bordées de visages blafards et bouffis, alignés par milliers sur les tribunes. Nous autres, Allemands, nous avons une forme d'innocence, nous sommes naïfs, pataudes, candides comme du pain blanc, et nous aimons les longues files. C'était un drôle de carnaval, tant de personnes ennuyeuses dans cette ville exaltante.

D'abord, j'ai vu des Bérets rouges passer d'un bon pas.

Puis des pompiers new-yorkais qui avaient l'air très détachés.

Et le West Point German Language Club. Des officiers américains de l'Académie militaire en grand uniforme blanc. Et au beau milieu, le Noir le plus noir que j'aie jamais vu.

Est ensuite arrivée la fanfare de Ruhmannsfelden, avec un drapeau bavarois sponsorisé par l'agence de voyages Seitz flottant au vent.

Suivie de cornemuseurs qui jouaient en boucle *Muss i denn, muss i denn zum Städtele hinaus*.

Et des revanchistes de Silésie.

Un vieux cabriolet Mercedes baptisé *Dantzig* est passé, promenant une ravissante petite fille en costume folklorique munie d'une pancarte qui disait : « *Was man nicht aufgibt, hat man nie verloren* – Ce qu'on n'abandonne pas, on ne le perd jamais. »

La maison de retraite Fritz Reuter avait envoyé un semi-remorque à l'arrière duquel quatre vieilles toupies faisaient coucou.

Venaient ensuite de drôles d'Allemands coiffés de chapeaux à plumes, et des hommes avec des hauts-de-forme et des lances.

Le restaurant Alt-Heidelberg était représenté par deux cuisiniers obèses.

Un char de l'école de langue Müllerlein a fait sensation – y étaient juchés des enfants en costume traditionnel qui, sur ordre de leur professeure, s'écriaient toutes les dix secondes : « *Wir lernen Deutsch !* – Nous apprenons l'allemand ! »

La *Stammtisch* de Franz.

Le chaleureux Enzian Skiclub NY.

Le Bronxer Bayern.

Un improbable fourre-tout qui faisait partie intégrante de mon identité sur laquelle j'ai longuement et stérilement médité en flânant à travers les rues encaissées de cette ville inconnue pour rentrer chez Jeremiah.

Au moment où je traversais Tompkins Square, un vieux clochard en fauteuil roulant sous un orme m'a interpellé pour me taxer de l'argent.

— *No thanks*, ai-je dit.

— Ça alors, pas possible, un compatriote, a-t-il

répondu avec un grand sourire dans un dialecte souabe impeccable.

Et il s'est mis à rouler à côté de moi. Il en a profité pour m'expliquer qu'il était matelot, qu'il venait de Reutlingen et qu'il avait perdu sa jambe lors d'un braquage huit mois plus tôt. D'où le fait que son alimentation était désormais constituée de rations pour astronautes vendues en pharmacie. Il avait du mal à se les payer. Mais il avait foi en Notre-Seigneur Jésus-Christ, et il comptait sur lui, ainsi que sur nos origines culturelles communes, pour que je lui vienne un peu en aide, Dieu me bénisse.

Je lui ai dit que je n'avais pas d'argent.

Avec un sourire, il a tiré la couverture dépliée sur ses cuisses pour me montrer l'emplacement de feu sa jambe gauche où luisait désormais un canon de carabine scié.

J'ai donc donné un dollar au Souabe.

Me voilà couché sur ce canapé dans l'appartement de Jeremiah, tel un papillon de nuit harassé, coincé dans une ampoule, qui fixe la pièce sombre manquant cruellement de fleurs, encore abasourdi par tous les Allemands de cette journée.

JOUR 6

Le dimanche 22 septembre 1996, matin, New York

Maboul asocial.

Bactérie de déchet radioactif.

Tête de nœud au QI d'huître.

Suis hors de moi. La migraine est en train de monter. Je n'arrive pas à y croire. Respirer n'est d'aucun secours. Mon crâne explose.

Le bien-aimé de Jeremiah, le dealer, s'est fait trucider juste en bas de l'immeuble !

Vous y croyez, vous ?

En plein jour, alors qu'il sortait les chiens. Les agresseurs n'ont pas été retrouvés. C'était l'été dernier.

Jeremiah est en train de me raconter ça, avec sa tronche de cake habituelle, comme s'il parlait d'un rhume. Il rentre en se dandinant de sa promenade du matin avec Puppy et le chihuahua, et je le vois sortir comme par magie une machette de sous son manteau pour la suspendre à un crochet à côté de la laisse du chien. Je lui demande ce qu'il fait avec une machette. Il grommelle entre ses dents qu'elle ne lui sert sûrement pas à couper des cannes à sucre.

Je lui tire les vers du nez et là, il me sort l'histoire

de son cher John ou James ou Jimmy ou je ne sais quoi, qui s'est pris trois balles parce qu'on voulait lui voler sa came, une came particulièrement pure, chère, recherchée, qui est restée introuvable car Puppy la baladait avec lui dans son collier spécial.

Saligaud.

Fumier.

Bougre de cornichon.

Je crie presque.

Furieux, je demande à J. pourquoi il m'a envoyé là-bas les premiers jours. Au casse-pipe. Dans une zone de non-droit. Avec ses foutus clébards en laisse et, sur le front, une étiquette « Je suis un pigeon de touriste », qui parle à moitié anglais, ne connaît rien à la ville et n'a pas la moindre petite machette.

Il se contente de me toiser en disant : « *Don't be a baby. Life is dangerous* – Ne fais pas le bébé. La vie est dangereuse. »

Mon guide de voyage (*New York. The Rough Guide*, Penguin, 1996) dit de notre quartier : « *A notoriously unsafe corner of town, run by drug pushers and the hoodlums that control them* – Un coin de la ville qui a mauvaise réputation, où règnent dealers de drogue et chefs de gang. »

Et ensuite : « *Oddly enough, it's also the best illustration of the absurdity of the Manhattan housing issue : here there is astounding poverty, filth, even danger. Yet the area is in the process of gentrification, and its apartments, though they may be next to some rat-infested ruin, go for ever-rocketing rents* – Curieusement, c'est aussi la meilleure illustration de l'absurdité du problème du logement à Manhattan :

l’endroit est d’une pauvreté hallucinante, sale, et même dangereux. Pourtant, le quartier est en cours de gentrification, et, malgré la proximité de ruines infestées de rats, les loyers ne cessent de monter en flèche. »

J’aurais pu tuer Jeremiah, le plus gros pignouf que la terre ait jamais porté. Je les déteste, lui et cet immeuble aberrant, échoué au milieu des *slums* les plus mal famés de Manhattan comme le vaisseau *Enterprise*. Il y a un vide-ordures à distorsion, des caméras de surveillance et même un service de sécurité (sérieusement), et une fois téléporté à bord, on oublie la misère de la rue. Les habitants sont issus de la classe moyenne petite-bourgeoise, noirs ou latinos à quatre-vingt-dix pour cent, sans enfants. Ils paient leur loyer une bouchée de pain, et ils se sont faits à l’idée de ne pas pouvoir sortir après que le soleil s’est couché.

Il y a quelques jours, alors que la nuit commençait tout juste à tomber, je suis passé devant une Chrysler en feu. Personne n’en avait rien à cirer. Le Mexicain du kiosque à journaux, qui parle cinq mots d’anglais maximum, était planté devant sa boutique et fixait les flammes d’un air impassible avec, à son épaule, un étui bien visible duquel sortait un énorme flingue.

C’est hallucinant. L’Avenue A est un coin étudiant type Kreuzberg, plein de bistrots et de bars, méga branché.

L’Avenue B est la frontière, pas un seul restaurant, mais pas encore de bâtiments en ruine, des clochards partout, mais aussi des gens comme vous et moi.

Sur l’Avenue C, on ne voit plus ni un Blanc ni un flic. Ici, c’est le ghetto, mais il y a encore des magasins normaux, même s’ils n’ont plus de vitre au rez-de-chaussée – il ne reste que des trous noirs barricadés de plaques en métal et de grilles.

Et là, le guide de voyage dit : « *Further over, past Avenue D, are the East River housing projects, a good bet if you are a drug dealer, but not recommended otherwise* – Plus loin, au-delà de l'Avenue D, se trouvent les logements sociaux de l'East River, un bon filon si vous êtes un dealer, à éviter sinon. »

J'ai vraiment peur de me retrouver en train d'étrangler Jeremiah, sa tête coincée sous mon bras, comme à l'internat quand je me défendais contre les crétins de Darmstadt. En ce moment, je ne peux pas le regarder sans avoir des envies de meurtre.

Hier, à mon retour de la Steuben Parade, il était assis sur son canapé, l'air malheureux comme une pierre. Les toilettes avaient débordé et provoqué une inondation qui restera dans les annales. L'appartement n'était plus qu'une flaque d'eau sale couleur rouille. Jeremiah est terrifié à l'idée qu'à l'étage en dessous, l'humidité fasse virer le plafond au rouge et que les voisins s'imaginent des choses – par exemple, qu'on a saigné quelqu'un avant de le laisser se vider de son sang par terre.

Ça va lui coûter cher.

J. avait passé la journée à la laverie automatique pour nettoyer le linge des derniers mois. Et il s'en est servi pour éponger les flaques – tout ça pour ça.

Plusieurs douzaines de ses livres sont foutus.

Dans cet appartement, il ne se passe pas une journée sans qu'il y ait de la casse. Hier, une petite boîte en porcelaine. Aujourd'hui, un verre dans la cuisine. Jeremiah ramasse les morceaux pour aller les mettre je ne sais où. Il n'a pas le courage de jeter quoi que ce soit.

Il a la climatisation et un gigantesque ventilateur. La clim tourne toute la journée. C'est sans doute à cause de ça que tout le monde tousse. Un miracle que le palmier d'intérieur tienne le coup. Objectif : atmosphère polaire.

Hier, la clim est restée allumée toute la nuit, car Jeremiah espérait que le souffle d'air glacial allait aider ses tapis trempés à sécher. Je me suis caillé jusqu'à l'aube – je n'ai droit qu'à une petite couverture toute fine, la taille parfaite pour les chihuahuas.

Mon Dieu, je le déteste tellement.

Même quand il fait beau, je ne quitte pas mon pull en laine à l'intérieur. Jeremiah, lui, continue à transpirer par toutes les températures. Mais on ne sent pas sa transpiration, et on ne la voit pas non plus, peut-être parce que chaque matin, J. se badigeonne de talc pour bébé de la tête aux pieds. Quand il appuie sur le flacon, ça fait un bruit de pompe à vélo.

Il ne laisse pas l'eau entrer en contact avec sa peau. Sans doute à cause de son allergie. Ça fait déjà une heure qu'il est dans la salle de bains, à se pomponner pour les funérailles.

J'ai mis la veste de capitaine de cavalerie prêtée par Lila.

Le dimanche 22 septembre 1996, soir, New York

C'est de pire en pire.

La télé de Jeremiah remarche. Il met le volume à fond. Il adore regarder des trucs avec plein d'explosions dedans, surtout quand ça parle du Viêtnam.

Le mot le plus fréquent dans ce genre de films, c'est « *Sergeant* ».

Étrangement, au milieu de ce boucan, il y a de vrais objets qui se brisent. Comme un vase, à l'instant, parce que le chat a bougé.

La salle de bains a séché. Le locataire d'en dessous ne s'est pas plaint. Effet secondaire pas désagréable : le sol a l'air presque propre.

Je suis encore sonné par les funérailles. Ça a duré trois heures. Dans un genre d'ashram, une salle de prière au fond d'une arrière-cour du Village, sans doute un ancien restaurant italien. Sarments de vigne et Bacchus aux murs. Il devait y avoir deux douzaines de personnes, pas plus. La plupart en robes longues walla-walla ou en simple jeans. On passait de la musique indienne. J'avais l'air d'un majordome.

On est arrivés à la bourre, forcément. En entrant dans la pièce, Jeremiah m'a attrapé pour glisser son bras sous le mien. C'était notre premier contact physique depuis notre rencontre. Il a laissé sa paluche grise en place jusqu'à ce qu'on s'asseye. Et là, j'ai remarqué le regard scrutateur des autres invités. On me prenait pour la maîtresse de Jeremiah. J'étais bien trop fasciné pour me sentir mal à l'aise.

Les cendres de Huncke, protégées par un vase en porcelaine à fleurs, reposaient au milieu de la salle, sur une petite table, dans le faisceau d'une lampe halogène. Le reste de l'éclairage était tamisé. Plusieurs bougies étaient allumées, et ça sentait le début des années 1980. Pile l'odeur de chez Mona, qui faisait toujours brûler des bâtons d'encens le week-end quand je venais la voir.

Les personnes présentes se levaient les unes après

les autres pour aller caresser le vase. Ensuite, elles chantaient des chansons ou lisaient des poèmes. Dans tous les textes, il était question de vagabonds, de marginaux, de clowns tristes, manifestement censés honorer la mémoire de Huncke.

Une jeune Chinoise, dont la ride au front me faisait penser à Mah, a joué du violoncelle en fredonnant une mélodie.

Pour finir, un gros Silène aux airs de nain et vieux comme Mathusalem, pourvu d'une calvitie, de lunettes et d'une barbe de clochard grise, est allé se planter devant le vase de Huncke et l'a soulevé dans les airs avant de le lécher.

C'est en tout cas l'impression que j'ai eue.

C'était Allen Ginsberg en personne. Il portait un genre de caftan jaune et avait l'air à la fois gai et triste – une vraie dégaine de prêtre, comme une incarnation du Bacchus peint sur le crépi derrière lui. Il a ouvert un livre et, d'une voix de vieillard tonitruante, nous a lu, ou plutôt crié, la première nouvelle écrite par Huncke un demi-siècle plus tôt. Une histoire d'amour.

À l'âge de seize ans, Huncke avait fait la connaissance d'un hermaphrodite de foire qui avait dix ans de plus que lui. Il s'appelait Elsie ou quelque chose comme ça. Huncke travaillait comme rabatteur pour son numéro de monstre. À cette époque, la Seconde Guerre mondiale faisait rage en Europe. Elsie était un véritable colosse : sur la moitié de son corps, elle se poudrait et s'enduisait de crème, mettait du mascara et de l'ombre à paupières, avait une coupe à la Veronica Lake ; sur l'autre, bodybuildée, elle se peignait virilement les cheveux en arrière et avait un favori qui descendait jusqu'au menton. Où qu'elle aille, elle portait une fourrure de léopard, une jupe à paillettes et des talons hauts. En prime, elle était accro à l'héroïne.

Dans sa nouvelle, Huncke raconte qu'il était fasciné par l'éclat dans les yeux d'Elsie quand elle se piquait. Elle refusait de le laisser dealer, mais elle lui donnait de petites quantités de drogue, jusqu'à ce qu'il finisse par devenir accro. C'était pour se rapprocher d'elle qu'il avait commencé à se droguer. Succombant à la fois à Elsie et à l'héroïne.

Et quand il mourra (c'est la conclusion de l'histoire), ses ultimes pensées seront pour Elsie, qu'il a vue pour la dernière fois en 1942, dans une prison de South State Street, « entourée de salopards qui l'incitaient à se déshabiller tandis qu'elle criait : "Je suis hermaphrodite, et j'ai les papiers pour le prouver !" ».

Quand Ginsberg a achevé son récit, le silence s'est fait dans l'ashram, car la musique indienne s'est tue pile au même moment. Le lecteur de cassettes s'est éteint dans un petit clic. La rumeur profane de New York s'est répandue dans la pièce. Le fond sonore idéal pour cette histoire. Ils étaient d'une force, ces bruits. Et par-dessus, les respirations et chuchotements des invités. Un puissant pot-pourri de ville et de murmures.

À côté de moi, Jeremiah était en larmes. Il pleurait, tassé sur lui-même. Une femme est arrivée, elle m'a tendu un verre de lassi et s'est assise près de lui.

Personne, pas plus elle que moi, n'a réussi à savoir à quoi pensait Jeremiah.

Je me suis planqué dans un coin.

Ces restes de cendres dans le vase.

Ces résidus d'os noirs et de prothèses dentaires fondues.

Cette image de Michi qui évite le poids lourd et s'envole dans le ciel au ralenti, un astronaute tournoyant sur lui-même, comme dans *2001 : l'Odyssée de l'espace*, avant de sortir de mon champ de vision.

Ce goût de jus sucré sur ma langue.

Ces bribes de souvenirs de femmes que j'ai aimées.

Kirsten Bluthaup.

Mona Kowalski.

Iris dont j'oublie toujours le nom de famille.

Et Mah.

Mah veut dire « papillon » en vietnamien.

Tout s'est mélangé, et tout continue à se mélanger.

Pour moi, c'est certainement Mona qui avait le plus gros potentiel elsiesque. On s'en est fait baver, on s'est battus, blessés, détruits et brûlé les ailes.

J'imagine que c'est le principe de l'amour – on ne s'en remet jamais.

Aujourd'hui, je déteste cette idée débile de film sur le sexe qui ne correspond à rien de ce qui me correspond.

Pourquoi je n'appelle pas tante Paula ? Pourquoi je ne vais pas la voir chez elle ? Elle a le cancer. Elle a soixante-quinze ans. Elle ne va pas s'enfuir. C'est probablement le seul membre de ma famille qui soit à peu près supportable.

J'ai encore perdu une journée sans la contacter.

Mais pourquoi ?

Pourquoi ?

J'ai ramené Jeremiah à la maison.

Il était silencieux, et moi aussi.

J'ai essayé de ravaler ma colère et, pour une fois, d'avoir avec lui des échanges à peu près normaux. Il ne m'a pas présenté Ginsberg tout de jaune safran vêtu, mais je m'en fiche. Sa jalousie, je m'en fiche. Même son appartement avec de la merde aux murs et son cerveau lobotomisé, je m'en fiche.

Mais sa souffrance me lacère comme une lame de rasoir. Cette vie scarifiée, dénuée de faux-semblants, et qu'il croit ignorée de tous.

À notre arrivée à l'appartement, Jeremiah a fait une blague à deux balles (comme quoi il aurait aimé annexer l'urne de Huncke à sa collection). Puis il a pris un ton cynique et est retourné se blinder derrière le boucan de ses films sur le Viêtnam.

Au fait, le talc pour bébé qu'il utilise s'appelle Johnson's Baby. On dirait qu'il se poudre aussi le visage avec. Aujourd'hui, il avait sur les paupières une fine couche de particules blanches qui ont fait des grumeaux quand les larmes lui sont montées aux yeux. Même ses cheveux sont blancs. À l'arrière de la tête, il a une escarre sanguinolente, je ne sais pas de quand elle date.

Dans l'appartement, il y a un deuxième chat qui n'a pas de nom et que j'ai découvert il y a seulement quelques jours, derrière le radiateur. Il est très malin, farouche et fort en cachettes.

Jeremiah incarne à la perfection la décrépitude des *seventies* (surtout par son incapacité à garder son appartement en ordre, à effectuer les tâches du quotidien et à savoir combien d'animaux il possède). Des visions chavirées se condensent dans son âme comme de la buée, incapables d'en sortir, tant et si bien que Jeremiah pourrit de l'intérieur. Un gauchiste hédoniste et apolitique qui n'arrive pas à accepter qu'il a fait son temps.

Mais bon, ce n'est facile pour personne.

Il n'arrête pas de parler de ses amis Andy Warhol, Neal Cassady, Candy Darling. Morts jusqu'au dernier. Présents jusqu'au dernier dans les cartes postales, lettres, poèmes, dessins jaunis dont une partie s'entasse à côté de son papier toilette.

C'est complètement dingue – je suis assis sur les chiottes qui sont à nouveau dégueulasses, à essayer désespérément d'aller à la selle. J'en profite pour lire les lettres originales de William S. Burroughs, toutes mouchetées d'urine, postées à Lawrence dans le Kansas. Je n'arrive à déchiffrer que certains mots. Comme Ginsberg, Burroughs a une écriture de cochon, toute petite, un peu moins maladroite et motorisée, pourrait-on dire.

Hier, Jeremiah était heureux comme un roi, tout ça parce qu'un restaurant indien lui avait promis une ristourne de cinquante pour cent. Il souriait de toutes ses dents : « *I can get a full lunch for four dollars !* – Je vais avoir un repas complet pour quatre dollars ! »

Voilà tout ce qu'il reste de l'esprit de Woodstock.

JOUR 7

Le lundi 23 septembre 1996, matin, New York

Tout à l'heure, il est venu me voir en s'enfilant son gallon de lait.

Tout ça parce que je m'étais lavé les cheveux.

Quand ils sont mouillés, on voit ma cicatrice briller en dessous. Elle fait des zigzags sur la moitié de mon ciboulot-en-porcelaine jusqu'à mon oreille gauche.

Jeremiah a reposé sa bouteille de lait sur la table, essuyé ses lèvres dégoulinantes avec sa manche, remis en place ses lunettes où je voyais mon reflet, avec celui de ma plaie bleue, désormais offerte à tous les regards. Il s'est assis sur un tabouret devant moi et m'a pris ma serviette des mains pour examiner mon crâne.

— *Like Frankenstein !* – Comme Frankenstein ! a-t-il murmuré d'un air de connaisseur.

C'est qu'il est professeur de cinéma.

Je lui ai raconté la chance que j'avais eue et celle que n'avait pas eue Michi, mon meilleur ami, dont la mort accidentelle me semble soudain tout sauf spectaculaire, antiaméricaine au possible.

J. s'absorbe en moi comme il sait le faire. Il se dit qu'avec le temps qu'il me reste à vivre, je mérite bien ses miettes d'empathie, d'autant que je m'emballe en écourtant encore mon espérance de vie.

D'abord, je veux lui annoncer que je ne fêterai pas mes cinquante ans.

Puis que je ne fêterai pas mes quarante ans.

Et pour finir, je m'entends souffler :

— *I won't make it to my thirtieth birthday* – Je ne fêterai pas mes trente ans.

— *How old are you ?* – Vous avez quel âge ?

— *Twenty-nine* – Vingt-neuf.

— *You'll be dead in six months, Mr. Rosen ?* – Vous serez mort dans six mois, monsieur Rosen ?

Il en a oublié les bestioles qui venaient de lui sauter sur les genoux et m'a même demandé s'il pouvait me sécher les cheveux en faisant très très attention.

Jeremiah arrive à m'émouvoir. Une émotion qui vire au dégoût quand je m'aperçois qu'il meurt d'envie de me serrer dans ses bras boudinés. Et je me vois déjà au fond d'un cercueil – ou pire, au fond d'un vase, comme Huncke, sous les coups de langue de Jeremiah.

Après m'avoir délicatement remis ma serviette sur les épaules, Jeremiah a voulu savoir s'il était possible que je meure à New York, autrement dit dans les prochains jours, éventuellement dans son appartement, et s'il risquait d'avoir des ennuis, notamment d'ordre financier.

Je l'ai rassuré, lui ai montré mes papiers et brandi mes médicaments sous le nez avant d'avaler un cachet vert sous ses yeux.

Mais il tenait à voir ma carte d'assurance maladie. J'ai sorti ma carte de piscine, et ça lui a suffi.

Puis on a échangé un sourire, et je suis parti voir tante Paula.

Me voilà dans le *subway*, *line 6*, presque arrivé à destination.

Le lundi 23 septembre 1996, 15 heures, New York

En arrivant devant le National Arts Club, j'ai eu un choc.

Après une semaine passée dans le ghetto, ce quartier miteux, ravagé par la drogue et la violence, je suis resté bouche bée face à l'opérette architecturale qui se dressait devant moi.

César et Lucrèce Borgia y auraient été comme chez eux.

De la façade néo-Renaissance jaillissait une langue de damas de dix mètres de long, un baldaquin voûté couleur sang-de-bœuf, sous lequel toute personne normale serait intimidée à l'idée de se glisser. Moi, par exemple.

Le portier derrière la porte d'entrée, un jeune Noir avec une moustache à la Adolphe Menjou, m'a dévisagé comme si j'étais la boue sous ses semelles. Je lui ai demandé si je pouvais voir miss Paula Hertzlieb. Elle habitait là.

— Et vous avez l'honneur de connaître miss Hertzlieb, sir ? a-t-il demandé d'un ton mielleux.

— C'est ma tante, ai-je bêlé en retour.

La Moustache a attrapé de mauvais gré un téléphone d'époque style Hitchcock et a attendu une seconde avant de marmonner quelques mots dans le combiné. Sur un mur en marbre, une plaque en bronze proclamait que Mark Twain, Theodore Roosevelt et Dwight D. Eisenhower avaient été les vénérables membres de cette vénérable société. Quel rapport y avait-il entre Mark Twain, Theodore Roosevelt, Dwight D. Eisenhower et tante Paula, la gouvernante sans le sou de mon père ?

— Très bien, sir. Quelqu'un va vous accompagner à l'étage.

Cinq minutes plus tard, un valet me conduisait à un ascenseur en traversant un somptueux vestibule. Il y avait du stuc et du velours de partout, et les tapis étaient tellement épais qu'on s'enfonçait dedans à chaque pas.

Au cinquième étage, le valet m'a fait sortir de l'ascenseur et m'a respectueusement montré une porte juste à côté qui affichait le numéro 505. Puis il a refermé la grille derrière moi avant de repartir au rez-de-chaussée dans un bruit de ferraille.

J'ai fait quelques pas dans le couloir pour toquer. Le numéro 505 a tremblé. Il était en laiton et fixé par un simple clou.

La porte s'est ouverte, et une délicate créature naine au long nez, en robe de chambre bleu nuit, m'a souri de toutes ses dents.

— *My boy !* – Mon garçon !

— Tante Paula !

Elle m'a serré dans ses bras comme si elle était vraiment ma tante. Sauf que ce n'est pas ma tante. Il n'y a pas le moindre lien de parenté entre nous. La seule chose qui la rattache à notre histoire familiale, c'est qu'il y a cinquante ans, elle mettait chaque soir papa et ses petits frères au lit avant de leur lire *Le Joueur de flûte de Hamelin*.

Papa racontait souvent qu'à l'époque c'était une vraie beauté, malgré ses lunettes et sa petite taille – de plus en plus petite d'ailleurs, car durant tout le temps que j'ai passé devant elle j'ai eu l'impression qu'elle diminuait, comme le niveau de sable dans un sablier.

Elle m'a fait entrer dans sa chambre et asseoir à une table en bois sombre incrusté. Loin du faste du reste du bâtiment, la pièce qu'elle occupait était certes spacieuse, mais défraîchie et sans fioritures. Le plafond formait une haute voûte au-dessus de nos têtes, et le crépi était craquelé dans les coins. Aux murs étaient accrochés des dessins et des tableaux d'elle, des vues de Paris dans le style expressionniste, des aquarelles d'Andalousie, des esquisses à l'huile ornementales d'une fougueuse danseuse espagnole que tante Paula a voulu m'offrir à la seconde où j'ai laissé entendre qu'elles me plaisaient.

En me voyant refuser d'un air gêné, elle s'est exclamée dans le dialecte de Riga : « Ah, misère, ces tableaux ne sont pas franchement dans le style de la maisonnée. »

Elle semblait avoir du mal à marcher. Mon regard au moment où elle s'est élancée en vacillant dangereusement de la table à la gazinière du coin cuisine – en passant par la machine à coudre, le confortable canapé, la chaise et le vieux frigo – pour y préparer un café, « un balte », ne lui a pas échappé.

Elle m'a confié qu'en dépit de son âge avancé et de la tumeur dans ses poumons, elle hésitait à se refaire briser les os. Ce serait une deuxième chance pour ses jambes, l'occasion de se ressouder mieux qu'après l'accident. J'ai demandé poliment des détails, mais elle a refusé de m'en dire plus.

— Parlons plutôt de toi et de ton petit malheur, a-t-elle proposé.

Mais j'ai secoué ma tête abîmée. Les petits malheurs ne sont ni à moi ni à elle.

— *Oh my God*, a-t-elle soupiré, *you're looking so great, you're looking like your father* – Tu es tellement beau, le portrait craché de ton père. Ah, ce petit chéri !

Non contente de sautiller de l'allemand à l'anglais et inversement, elle saupoudrait le tout de petits mots de dialecte balte blanc cristal, ce drôle de sucre *Sturm und Drang* dont Apapa aussi adoucissait ses ordres, criant au garçonnet de huit ans que j'étais : « Tu ne bougeras pas d'ici, espèce de fripon, tant que tu n'auras pas remballé tes babioles ! »

Sans me laisser le temps de trouver comment réagir à cette mélodie inattendue, tante Paula a poursuivi :

— Ton petit père me dit que toi et lui avez brisé les ponts ?

— Je ne savais pas que papa vous téléphonait.

— Quelle mouche te pique, espèce de gredin ? Je suis tante Paula. Tutoie-moi.

— Avec plaisir, tante Paula.

— Pourquoi y a-t-il du gaz dans l'eau entre ton cher petit père et toi ?

— Il ne t'a pas raconté ?

— Eh bien, c'est à cause de ces calembredaines du passé ?

J'ai regardé du côté des rangements. Dans un coin se dressait une armoire vitrée au fond de laquelle brillaient des éclats argentés. Des souvenirs d'Israël, chandelier à sept branches, l'inscription *SCHALOM* en métal.

— Oui, ai-je dit. On en revient toujours au passé. C'est pour ça que je suis là.

J'étais étonné qu'elle n'ait pas déjà sorti le compte rendu d'interrogatoire du consulat. Ç'aurait été le moment ou jamais, mais elle a laissé l'occasion passer. Elle s'est contentée de dire :

— Oui, Apapa a fait quelques âneries.

— Quelques âneries ? ai-je répété, médusé.

Encore un petit cristal de sucre, ces âneries. Je me suis gratté la tête, chose que Mah et les médecins m'interdisent de faire à cause de tous les germes qu'on a sous les ongles.

— Apapa était membre de la SS, ai-je déclaré. Des *Einsatzgruppen*. Il était au bord des fosses. J'ai appris ça l'an dernier. À sa mort. Ça m'a un peu estomaqué, je dois dire.

— Je comprends.

— Sachant qu'en plus, oncle Karl était à Auschwitz.

— Je comprends, je comprends. Veux-tu que je te dessine ?

— Maintenant ?

— Non point, je vais d'abord finir le café. Ensuite, je te dessine. Tu ressembles à Balthus. Tu connais Balthus ?

— Le peintre ?

— Oh, nous avons eu une *little romance*, autrefois, Balthus et moi, c'était avant Mr. Hertzlieb. Mr. Hertzlieb n'était pas un artiste, *God bless him*. Il avait un travail honnête à la Bank of Michigan.

— Il était employé ?

— Pas tout à fait.

— Assistant ?

— Directeur général.

Je n'ai pas répondu. L'argent m'intimide. Et dans ma tête, j'étais encore en train d'essayer de faire fondre les « âneries » sous ma langue.

— Mais tu m'as l'air d'être un olibrius intéressant. Dis-moi, tu étudies bien le cinéma à Berlin ?

— C'est ça. J'ai été envoyé à New York par mon professeur, et je suis censé tourner un petit film.

— *Amazing !* Un film ! C'est faramineux ! Et de quoi parle ce film ?

Elle s'est humecté les lèvres en me dévisageant.

— Eh bien, ça parle de… de gens.

— Quel type de gens ?

— Des gens nus.

— C'est un film sur l'hygiène ?

— Non, enfin, disons que ça parle… ça parle de gens nus amoureux les uns des autres…

Elle m'a regardé. Elle avait des yeux gris et pensifs au regard légèrement torve, car le pli de sa paupière supérieure tombait sur les coins.

— Pourquoi tu piques un fard, Jonas ? Parce que tu tournes un film polisson ?

— Tu m'as vraiment mal compris.

— Il n'y a pas de quoi piquer un fard. Tu es un artiste. Je suis une artiste. Les artistes ne piquent pas de fard, en tout cas pas à cause de leur art. Un jour, Balthus m'a peinte dans le plus simple appareil, et nous sommes tous les deux restés pâles comme le plus bel albâtre. Quand je mourrai, le tableau sera à toi. Mais là, tu n'y survivrais pas. Mr. Hertzlieb ne s'en est pas remis. Comment prends-tu ton café ?

— Ça n'a rien de polisson, tante Paula, me suis-je empressé de dire. C'est une expérimentation sérieuse.

— Bien entendu. Est-ce que le sujet t'intéresse ?

— Franchement, comment ne pas être intéressé ? Mais ce n'est pas ce qui compte.

— Lait ?

— Avec plaisir. Pas de sucre.

Sans canne, grâce à ses années d'entraînement en la matière, elle a traversé la pièce avec une étonnante agilité, s'agrippant aux arêtes de meubles et aux dossiers de siège, et portant d'une seule main la cafetière en équilibre sur le plateau. Elle a versé le breuvage d'un noir de poix dans des tasses veinées d'or, y a ajouté une pincée de sel et m'a tendu le lait avant de déclarer de but en blanc qu'Apapa était quelqu'un de formidable qui s'était engagé de façon exemplaire en faveur des Juifs pendant la guerre.

— Oui, il paraît. Sauf que ça ne colle pas vraiment avec son activité.

— Quelle activité ?

— SS-Sturmbannführer.

— C'est un rang, pas une activité. Ton grand-père m'a sauvé la vie. Il a sauvé une vie. Et sauver la vie de quelqu'un, ça, c'est une activité.

— Je crois que je vais devoir y aller, tante Paula.

— Si vite ?

— J'ai promis à un ami de l'aider pour son film.

— C'est toujours bien d'aider autrui, mon petit chéri. Si je peux faire quelque chose pour toi, *please tell me*.

Elle avait un sourire adorable, presque juvénile, avec une fossette que j'avais déjà vue sur de vieilles photos.

— Par hasard, tu ne connaîtrais pas un endroit où loger pour pas trop cher à Manhattan ?

— Pas trop cher comment ?

— Gratuitement.

— Taratata !

Elle m'a demandé de lui en dire plus. Je lui ai expliqué qu'il me fallait de toute urgence un point de chute pour mes camarades qui arriveraient d'ici une semaine afin de tourner eux aussi de faramineux films qui ne justifiaient pas qu'on pique un fard pour eux.

— Mais pourquoi vous ne viendriez pas tous ici ?

— Chez toi ?

— Mais oui ! Au club, il y a plein de petites chambres vides. Rien que le mois dernier, trois de mes amies ont trépassé. On n'a pas encore enlevé leurs meubles. C'est absolument *terrific*. Et elles avaient toutes les trois des lits médicalisés de qualité. Avec des matelas de qualité.

— Tu veux qu'on dorme dans les lits où les dames sont mortes ?

— Rien n'empêche les femmelettes de coucher dessous.

— Non, non, ce serait… Dedans, ce serait génial. Mais c'est possible ? Je veux dire, au National Arts Club ?

— Ah, a-t-elle répondu d'un ton léger en agitant la main. Le manager est un homme tout ce qu'il y a de plus adorable. Et parfaitement corrompu, avec ça. Il m'aime affreusement. Et encore plus que moi, il aime affreusement les films. Et encore plus que les films, il aime affreusement les films qui parlent de gens nus, j'en suis sûre. *I'll talk to him* – Je vais lui en toucher un mot.

J'ai regardé l'horloge au-dessus de la gazinière d'un air épouvanté. Comme elle ne réagissait pas, j'ai fini par lui dire que j'aimerais bien récupérer le compte rendu d'interrogatoire.

Tante Paula m'a lancé un regard étonné.

— Mais je te l'ai envoyé par voie postale !

— Comment ça ?

— Enfin, petit sot, tu ne m'appelais pas. Même aujourd'hui, tu ne m'as pas prévenue de ta visite. Je n'avais plus de nouvelles de toi, et je me disais, pourquoi ne fait-il pas signe à sa vieille tante brinquebalante ? Alors j'ai mis le compte rendu dans une enveloppe et je l'ai expédié à l'adresse de l'Institut Goethe ! Pour que tu l'aies quoi qu'il arrive.

— Tu as une copie, tante Paula ?

— Seulement chez mon avocat.

On a convenu de se revoir à la fin de la semaine. Elle veut me dessiner.

Je ne sais pas si je vais vraiment y aller. Je n'ai pas envie de parler d'Apapa. Et manifestement, tante Paula non plus, en tout cas pas plus affreusement que ça.

Suis chez Redford. Fais l'acteur pour une amie à lui. Elle s'appelle Kerstin, une blonde plantureuse. Il me l'a présentée en disant : « Voilà Kerstin, ma pote ! » Et elle lui a flanqué une tape dans le dos, comme pour se distancer de lui.

C'est l'heure de la pause, je peux écrire comme je veux. Tourner un film consiste essentiellement à faire des pauses.

Je joue – quelle blague, franchement – un SS-Sturmbannführer, comme par hasard.

Le Sturmbannführer n'a pas de nom, car il n'y a pas d'intrigue non plus. Il s'agit seulement d'incarner le Mal. L'incarnation du Mal titube à travers la foule, menton mal rasé et pistolet dégainé, en faisant de son mieux pour ne pas se transformer en incarnation du Ridicule. Elle doit avoir l'air « patibulaire et horrifié » et pousser régulièrement des cris. Un genre de *Mean Streets* au rabais, très scorsesien.

Ils sont tous extrêmement fiers de l'uniforme SS original que je porte. C'est miss Lopez, la costumière, qui l'a dégotté aux puces, où il est donc possible de trouver autre chose que des urnes pleines de cendres de gens morts. Miss Lopez est en extase devant les coutures. Elle admire leur qualité, la robustesse du fil, les finitions.

— Les meilleures coutures du monde, s'enflamme-t-elle avec son accent à couper au couteau, avant d'ajouter : Rien d'étonnant de la part de Hugo Boss.

J'ignorais qu'en plus de son parfum oriental aux fleurs d'osmanthe, Hugo Boss avait inventé l'uniforme SS (tous deux destinés aux hommes de caractère).

Après chaque prise, miss Lopez s'approche de moi sur ses bottes de cow-boy rouges, époussette soigneusement l'uniforme à l'aide d'un pinceau à maquillage et guette avec inquiétude la pluie dans le ciel. Comme si c'était le suaire de sainte Véronique dont Jeremiah m'a raconté l'histoire l'autre jour.

J'ai aussi un pistolet, un Luger original. Lui ne vient pas du marché aux puces, il fait partie des effets personnels du régisseur qui l'emporte partout avec lui. Selon lui, tout le monde devrait avoir un Luger dans sa poche. Avant d'en avoir un, il a été agressé trois fois.

Je suis censé brandir l'arme de la main droite, qu'elle soit bien visible pour la caméra, et crier « *Fuck Manhattan !* », le plus souvent et le plus patibulairement possible, pour effrayer les passants. Je ne me fais pas prier. Surtout que c'est un film muet. Le tournage doit durer deux heures. Redford est le cameraman.

Sa pote Kerstin travaille comme graphiste à Munich, elle gagne des tonnes de fric qu'elle est en train de dilapider dans un *workshop* sans queue ni tête à l'American Film Institute.

Elle veut tourner un film une fois dans sa vie.

Histoire de s'amuser un peu, elle a loué ce gigantesque loft sur Bleecker Street où elle habite avec Redford et dans la cuisine duquel je suis présentement en train de grignoter des gressins. En Allemagne, les gressins ne sont pas aussi longs. Ni épais comme des macaronis.

D'après les instructions de Kerstin, je dois me réveiller dans son lit « comme un tueur décidé à assassiner un Juif, tu vois ce que je veux dire, sans merci ».

Se réveiller sans merci, super indication scénique.

Je fais remarquer qu'en général, quand on se réveille, on est surtout fatigué, et Kerstin me répond en riant de me comporter comme un nazi et pas comme un être humain.

Ils m'ont invité à dîner la semaine prochaine, même si je refuse de me faire raser le crâne. Hors de question d'immortaliser ma cicatrice sur la pellicule.

Le temps est devenu gris et maussade. Une bande claire et effilochée à l'horizon. La pétarade des marteaux-piqueurs, le grondement de la circulation au loin, entrecoupés par le hurlement des sirènes. Les sirènes ne s'arrêtent jamais. Sirènes de pompiers, sirènes de police, sirènes d'ambulance. New York est une cloche de bruit.

En parlant de sirène, j'irai la voir demain. Le document compromettant de tante Paula peut bien attendre une nuit.

Ce soir, Jeremiah veut aller parader avec moi dans le milieu du cinéma new-yorkais. Il m'a promis que je verrais une « star internationale ».

À tous les coups, il est amoureux de moi.

JOUR 7 (AJOUT)

Le lundi 23 septembre 1996, minuit, New York

C'est le début de soirée. J'arrive en retard.

Affalé sur son canapé, Jeremiah me regarde d'un air de reproche.

— *You're late !* – Tu es en retard !

— *Am I ?* – Ah bon ?

— *You are !* – Oui !

— *I'm so sorry !* – Je suis désolé !

— *You're not !* – C'est faux !

— *I am !* – C'est vrai !

J'avale un toast avec ce fromage dégoûtant qui commence par la lettre C. Cheddar ?

Et c'est parti.

Debout.

Assis. Assis sur un banc à l'arrêt de bus, au milieu de *homeless people*, on attend. Le ciel scintille comme de l'eau usée qui s'évapore lentement. L'air est tiède.

Trois Hispaniques nous toisent. Avant de se désintéresser de nous comme d'un tas d'ordures.

Le bus arrive. On monte. Je m'installe sur une banquette double et me glisse au fond pour faire une place à Jeremiah. Mais il laisse choir ses cent cinquante kilos en face de moi. Dans un gémissement, le bus flanche et tangue un peu.

Jeremiah est à l'étroit. Les deux sièges ne lui suffisent pas. On dirait un éléphant pris au piège.

Après avoir changé de ligne, on se retrouve tout au fond. Jeremiah va systématiquement se vautrer en bout de bus, parce que c'est là qu'est la clim. Au restaurant, il se balade avec l'index tendu devant lui pour détecter le courant d'air conditionné. Il choisit la place juste sous la clim ou, à défaut, la place la plus froide et exposée, jamais près de la fenêtre mais toujours à proximité des toilettes. Rien que pour ça, c'est une punition de sortir dîner avec lui.

Jeremiah dans le bus, ça aurait fait une scène de film géniale. Les flashes de lumière formaient un beau contraste avec son visage léthargique et énigmatique.

Il m'a raconté l'histoire du livre sur lequel il est en train de bosser.

C'est « *a wonderful novel* – un magnifique roman », grommelle-t-il avec les yeux brillants. Ça se passe en 1926 sur la Côte d'Azur. Un poète américain homosexuel, poussé à bout par le machisme d'un Ernest Hemingway à Paris, part sur la Côte avec son amant pour y retrouver Cocteau et son ami, ainsi qu'Isadora Duncan dans sa dernière année de vie. Du grand art. Sur comment transmettre quelque chose à quelqu'un, dit Jeremiah. Quelqu'un de plus jeune.

Et il me regarde.

Jeremiah rêve de devenir célèbre.

Coûte que coûte.

D'un autre côté, dit-il, ce n'est pas une sinécure.

Récemment, il a donné une conférence devant une

centaine de personnes, et il n'est pas emballé par l'idée de se faire alpaguer par autant de monde dans les rues de New York au cours des semaines qui viennent. À n'importe quelle heure du jour et de la nuit.

L'inconvénient de la célébrité, c'est qu'il faut toujours être prêt à sourire. Et sourire, ce n'est pas le truc de Jeremiah. À choisir, il ne le ferait jamais. Il ne voit pas l'intérêt de sourire juste pour faire plaisir à ses admirateurs. Quand il aura plein d'argent et plein d'admirateurs, il s'achètera un appartement sur la 42e Rue, et entre ces quatre murs, plus besoin de se fatiguer à sourire.

Par contre, Jeremiah aime bien que les autres sourient. Jimmy, son ami assassiné, par exemple, était quelqu'un de très joyeux et toujours de bonne humeur.

On en est venus à parler de la mort. Mais il s'est empêtré dans des platitudes et des généralités sans regarder une seule fois mon crâne.

Je ne sais pas trop comment, Woody Allen est arrivé sur le tapis. Jeremiah le connaît bien, mais il ne l'aime pas, parce que Woody Allen est petit. C'est également le pire défaut d'Allen Ginsberg, qui est peut-être encore plus petit que Woody Allen. De toute façon, Jeremiah ne supporte pas les gens qui font moins d'un mètre quatre-vingts. D'où le problème de fond qu'il a avec les Asiatiques.

Selon Jeremiah, les hommes petits n'aiment pas les grands. Mais ils aiment les grandes – avec de gros seins. Parce qu'ils veulent être écrasés.

On a parlé d'égocentrisme.

— En vieillissant, on devient moins égocentrique !

a-t-il affirmé. Chez les vieux, l'égocentrisme n'est pas beau à voir. Ça l'est seulement chez les jeunes.

Avant, il trouvait Lila imbuvable, mais il estime qu'il a évolué dans le bon sens, vers plus d'humilité.

Jeremiah m'a emmené à Broadway. C'est là que j'étais censé rencontrer la star internationale. On s'est dirigés vers un vieux gratte-ciel. Une plaque commémorative était vissée sur la façade. En mémoire d'un célèbre cornettiste mort en 1931 dans cet immeuble.

Un autre homo, m'a dit Jeremiah.

Il est fier de tous les homos qui ont accompli quelque chose dans leur vie.

On est arrivés au neuvième étage.

C'était une projection presse. Le film s'appelait *Décroche les étoiles* et n'avait rien d'exceptionnel. Gena Rowlands, l'actrice principale, était là aussi, et après la projection, Jeremiah nous a présentés. Elle sentait le parfum des champs de tulipes multicolores où Mah m'a pris en photo l'année dernière à Haarlem, et je me suis dit : Effectivement, c'est vraiment une star internationale. Elle est absolument ravissante, d'une grande beauté, et elle a une aura à laquelle il est difficile de résister. Je souriais bêtement. Elle a coquettement caressé le crâne clairsemé de Jeremiah, pile à l'endroit de son escarre sanguinolente.

Il m'a présenté comme « *a dead man walking* – un cadavre ambulant ». Avant d'annoncer à Mrs. Rowlands que si elle me caressait la tête, je risquais de tomber raide mort. Après ça, curieusement, elle a toqué trois fois sur sa propre tête, bouche grande ouverte, en faisant un bruit de noix de coco.

Je suis stupéfait par la réputation dont Jeremiah jouit au sein du milieu du cinéma new-yorkais. C'est une vraie sommité, et avant-hier, dans une gigantesque salle, il a animé une table ronde avec Robert De Niro. Jeremiah l'appelait « Bob », presque avec tendresse, comme si Bob était son grand frère.

Rien ne va jamais de soi. Tout endroit a son revers. Le bonheur cache le malheur. L'argent la pauvreté. L'esprit la folie. C'est peut-être le sens de notre rencontre. Rester ouvert, ne pas tirer de conclusions hâtives – et même se garder de toute conclusion.

Jeremiah connaît une tripotée d'anciennes stars du cinéma, et malgré les lettres de célébrités pleines de pisse qu'il a chez lui, je n'arrive pas à croire que cette montagne de graisse déprimée, débraillée, démesurée fréquentait tous les grands noms de la contre-culture américaine. Un jour, il y a trente ans, il a coupé les cheveux d'Andy Warhol sous l'œil d'une caméra. Il regrette amèrement que les pellicules super-huit aient disparu. « *This was a one-million-dollar shot* – C'était une scène à un million de dollars. »

Je suis frappé par la misère économique dans laquelle vit Jeremiah.

En Amérique, m'a-t-il dit, personne ne peut vivre en enseignant dans une école de cinéma. Peut-être que si mes bouffées de haine contre lui sont systématiquement suivies d'élans de tendresse, c'est surtout parce que sa soif de gloire, associée à cette époustouflante absence de succès, me fait penser à moi. À ce que je serai un jour, une fois tous mes rêves partis à vau-l'eau. Dans une vingtaine d'années, juste avant de baisser le rideau.

Je n'ai pas grand-chose pour plaire, les gens m'indiffèrent ou m'angoissent trop pour ça. En règle générale, parmi les aptitudes sociales traditionnelles, on m'accorde au mieux l'humour, un terme bien trop galvaudé. Mais dans la catégorie des pas-complètement-branques dans laquelle je me range, mon rire n'a rien à voir avec le désir de contribuer aux joies de l'existence ou de trouver drôle le reste du monde.

Je trouve le reste du monde tout sauf drôle.

Cela dit, les blagues raffermissent les muscles qui servent à s'arc-bouter contre la lourdeur, l'injustice et toutes les merdes qui vont avec la coexistence forcée.

L'humour de Jeremiah se limite à la joie maligne et au cynisme. Ce qui ne lui facilite pas spécialement la vie. C'est sa manière à lui de se distinguer des autres. Il a choisi la voie du salopard raffiné. Au-delà de cette multiplication de fonctions corporelles et de réflexes sociaux communs à tous, il faut bien avoir – ou se trouver – quelque chose d'exceptionnel.

Après la projection, on a déambulé le long de Times Square. Avec son gigantesque trench-coat beige que sa corpulence l'empêche de boutonner, Jeremiah avait l'air d'un Humphrey Bogart obèse.

Sur la 42e Rue, un vieux théâtre allait être détruit. C'était un bâtiment de la fin du XIXe, à la façade grise et austère. Jeremiah a escaladé la barrière avec une étonnante agilité et m'a fait signe de le suivre. On s'est retrouvés dans une cathédrale fin de siècle, une salle chargée de stucs et d'angelots dorés, à moitié éventrée, dont la beauté m'a serré le cœur. Au plafond, un ouvrier démolissait une déesse grecque au marteau-piqueur. En Allemagne, la protection du patrimoine aurait envoyé la cavalerie. Ici, ce genre de chose n'existe pas. Le nouveau Disney Building se trouve à deux pas. Jeremiah le traite de « *cancer* ».

On est ressortis.

La rue était luisante d'humidité.

Alors qu'il n'était même pas 23 heures, il n'y avait plus un chat dehors. Personne n'habite dans le coin, et les théâtres étaient déjà fermés.

On est allés dîner dans un super bon mexicain. Comme chaque fois, Jeremiah s'est assis près de la soufflerie. Il m'a dit qu'en Europe, il ne survivrait pas, parce qu'il n'y a pas l'air conditionné. Son métabolisme tout entier dépend du bon fonctionnement de la clim.

Je lui ai fait remarquer qu'il existait aussi des pays comme l'Islande et le Groenland où il fait toujours froid.

Jeremiah m'a demandé s'il y avait de bons cinémas et de bonnes boîtes de nuit là-bas.

Il était sérieux.

À notre retour, l'appartement était une vraie porcherie. Le bac à chats était tellement plein qu'en signe de protestation, Chérie avait décidé de le boycotter et chié sur le tapis. Une petite pagode de merde brillait sous mes yeux, proche de la crotte de chien, et je me suis senti accueilli comme il se doit, surtout que Jeremiah a posé sur moi un regard voilé en soufflant : « *Poor boy* – Le pauvre. »

Puis il s'est traîné jusqu'au téléphone pour écouter le répondeur.

J'ai entendu la voix de Mah :

« Allô, c'est moi. Tu es là ? C'est moi. Enfin, je viens de le dire. C'est… Je ne sais pas quelle heure il est chez vous, ici il n'est pas trop tard, il est même tôt je dirais. Dans… dans le journal, j'ai lu qu'il y avait une nouvelle technique qui s'appelle Internet ou un truc comme ça. Ça permet de s'écrire sans passer par la malle-poste. En gros, on tape sa lettre à l'ordinateur, et hop, on la reçoit instantanément, à dix mille kilomètres de distance. C'est comme de la magie. À tous les coups, le docteur Kuzel l'a déjà, il a tout et n'importe quoi. Il a même un téléphone portable. Ça risque d'avoir l'air ridicule s'il se met à… Bref, il ne faut pas dire de choses importantes sur le répondeur, Limaleh. Je te quitte, par exemple. Il ne faut pas dire ça. Je te le dirais en face, mais qui sait ? Peut-être que je n'oserais pas et que je préférerais l'écrire. Mais je n'appelle pas pour te quitter. Ce n'est pas ça. C'est juste que je suis enceinte. Et je ne sais pas si… je ne sais pas si j'aurai le courage de me faire cureter un autre petit pois. Tu dois te dire que je suis en train de pleurer, mais tu es un vrai connard. Je ne suis même pas saoule. Deux ou trois petits verres peut-être. Pas plus. Peut-être quatre. Pas plus. Mais où tu es passé ? Pourquoi tu n'es jamais joignable ? Au fait, j'ai pensé à un nom. Pas un nom vietnamien. Les Vietnamiens s'appellent tous "Politesse". Ou "Fleur". Je veux dire, imagine, sans déconner : "Hoa Rosen", ça voudrait dire "Fleur Rosen". Sérieusement. Qu'est-ce que tu penses de Puma ? Puma, c'est un super nom pour une fille. Ça vient de Corée. Et j'aimerais bien m'appeler Puma. C'est mille fois mieux que Mah. »

Et je suis allé dormir.

CARNET 2

24 septembre – 5 octobre 1996

JOUR 8

Le mardi 24 septembre 1996, après-midi

Ce matin, juste après la pluie, j'ai fait la connaissance d'Alisa. J'étais allé m'acheter un cappuccino au *coffee shop*, et je me suis assis sur un banc humide à côté d'une fille à queue-de-cheval et lèvres minces qui n'avait rien de spécial à première vue. On a commencé à parler. Comme tout le monde ici, elle m'a demandé : « *Where do you come from ?* – D'où tu viens ? », puis : « *What are you doing here ?* – Qu'est-ce que tu fais ici ? »

Je lui ai dit que j'avais un projet de film sur le sexe.

— Et de quel genre de sexe s'agit-il ? s'est-elle enquise poliment.

J'en suis resté baba.

— Je ne sais pas encore.

— Est-ce que le sexe peut être lié à l'amour ?

— Oui, bien sûr.

— À l'amour spirituel ?

— Pourquoi pas ?

— Est-ce qu'il peut être lié au yoga ?

Il s'est avéré qu'elle était prof de yoga et n'avait pas froid aux yeux.

On s'est baladés dans East Village. Alisa me montrait des magasins improbables (dont un qui ne vendait que des aphrodisiaques) et ces drôles de parcs à chiens. Des endroits vraiment bizarres. On dirait des terrains de jeu grillagés pour enfants, sauf que c'est pour les clébards. On y trouve des balançoires, des petits toboggans, plein de jeux pour les chiens. À l'entrée, il y a un panneau qui dit : *Merci de veiller à ce que vos animaux soient castrés ou stérilisés.*

À Berlin, ce genre d'horreur finirait aspergée d'essence et carbonisée.

Alisa regardait la rue, mais de temps en temps, elle se baissait pour cueillir un œillet et en arracher les pétales d'un air pensif. Elle avait une tête de névrosée et – j'ai fini par le remarquer – un corps parfait.

Elle m'a emmené à son école de yoga qui se trouve dans une vieille construction en brique délabrée de la fin du siècle. Dès qu'on entre dans le bâtiment, il n'y a plus de lumière, ni lumière artificielle ni lumière du jour entrant par la moindre fenêtre, pas de lumière du tout. Il faisait sombre, une pénombre verdâtre, ambiance jungle. Je n'entendais que le souffle d'Alisa, tout près du mien. Elle sentait le café aromatisé qu'on avait bu ensemble. Elle a posé son doigt sur ma bouche. Chuchotement obligatoire. On a monté le grand escalier plein d'ombres en chuchotant. Sur un palier, un vieil Asiatique édenté assis par terre en peignoir de soie marmottait dans un anglais invraisemblable : « *Yoga is just discipline. Discipline is just yoga* – Le yoga, ce n'est que de la discipline. La discipline, ce n'est que du yoga. »

Puis on est arrivés dans une grande pièce avec

plusieurs cabines pour se changer. Alisa m'a entraîné dans l'une d'elles, m'a assis sur un tabouret et s'est à moitié tournée avant de se déshabiller devant moi. En gros, elle a enlevé son pull et son tee-shirt par la tête sans un regard ni une explication. Elle ne portait pas de soutien-gorge et avait les aisselles rasées.

Je ne savais absolument pas où regarder, et j'ai arrêté de respirer, par peur de sentir l'odeur de son corps. Elle a fait ça comme si de rien n'était, sans perdre de temps, en chuchotant quelques mots insignifiants à mon intention, avec ses seins nus à un mètre de moi, des seins plutôt fermes, plutôt petits, qui dansaient au même rythme tels des colibris autour d'un roc de chair. J'étais plus choqué qu'excité. Elle a fait glisser son pantalon et s'est retrouvée en culotte devant moi (un sous-vêtement de sport noir), elle était vraiment à tomber. Elle a tourné son cul vers moi, s'est légèrement penchée en avant, c'était un cul extrêmement musclé, à une dizaine de centimètres de ma langue. Sauf que je suis un vrai merdeux. Il aurait suffi de descendre sa culotte, mais c'était déjà trop tard, elle avait attrapé ses vêtements de sport dans son sac à dos et avait sauté dedans.

Je faisais le type habitué à ce que de parfaites inconnues l'attirent dans des cabines pour se dévêtir devant lui. Manifestement, elle n'avait aucune pudeur, et je me suis demandé si c'était vraiment comme ça que ça se passait entre yogis bouddhistes à New York, cette corporéité aussi naturelle qu'entre frère et sœur.

Elle me dévisageait fixement.

Je me suis senti forcé de dire quelque chose, et j'ai lancé : « Ma copine attend un bébé. »

Elle a hoché la tête avec un sourire à la fois complice

et ingénu, m'a tiré dehors – j'ai recommencé à respirer – et m'a fait visiter son école en tenue de sport.

Le plus hallucinant, c'était ce gigantesque loft industriel en brique émaillée où trente personnes étaient en train de geindre à l'unisson – une méditation de masse. Après avoir aperçu quelqu'un qu'elle connaissait, Alisa m'a glissé sa carte de visite ornée de petites guirlandes de fleurs dans la main, m'a dit « *Call me* – Appelle-moi » et a filé sans demander son reste.

Elle était à la fois extrêmement réservée et absolument pas timide. À aucun moment elle n'a eu de comportement équivoque. Pourtant, elle avait l'air consciente de l'effet produit par son corps svelte, bien dessiné et qui sentait bon, comme je l'avais constaté même sans le recours de mon nez.

Un mystère.

Une femme d'été.

Il vaut mieux que je ne l'appelle pas.

Peu après, *downtown* :

— Hm ?

— Salut, ma chérie.

— Mhm ?

— Je viens seulement de l'écouter.

— Quoi ?

— À ton avis ? Le message vocal que tu m'as laissé hier.

— Super nom, Puma, pas vrai ?

— Pourquoi tu me racontes des trucs pareils sur le répondeur ? Pourquoi tu ne me dis pas les choses directement ? Franchement, c'est quand même… Tu sais ce que c'est.

— Tu n'es pas content du tout.

— Comment ça a pu arriver une deuxième fois ? Alors qu'on fait toujours attention.

— Tu es obligé d'être aussi malaimable ? J'étais en train de faire un rêve avec un dragon – on est dans le métro, et au bout de la ligne, il y a un dragon qui attend, un dragon capable de se faire tout petit, il monte dans le métro, et une fois dans la rame, il devient énorme et dévore les têtes des passagers comme si c'étaient des tulipes.

Exactement le rêve que j'avais fait la nuit d'avant avec des crocodiles, incroyable.

— Pardon, j'ai dit. Tu dormais ?

— Je suis de service cette nuit, mon chéri, et dans ces cas-là, je dors toujours à cette heure-là.

— Désolé.

— C'est le bruit de la rue que j'entends ?

— Je suis sur la 24e, oui. Cabine téléphonique.

— J'aime bien te raconter mes rêves.

— Écoute, les pièces partent à toute vitesse.

— On le garde ?

— Tu ne peux pas avoir d'enfants, tu sais bien.

— Oui. Mais quand même, a-t-elle répondu, survoltée.

— Pourquoi tu fais l'andouille comme ça ? C'est trop dangereux. Il va falloir rappeler le médecin de la dernière fois !

— Tu as peur ou quoi ?

— Bien sûr que j'ai peur.

— Pour toi ou pour moi ?

— Pour toi, évidemment.

— Mais aussi pour toi. Je suis sûre que tu as écouté mon message hier et que tu as passé la journée à réfléchir à comment réagir. C'est terrible, non, que je te connaisse aussi bien ?

— Écoute, ma chérie, moi aussi je suis pour avoir un enfant. J'adorerais avoir un enfant. Mais ça n'est pas possible.

— Je te comprends tellement bien quand tu n'es pas là.

— Quoi ?

— C'est quand on est ensemble que c'est compliqué entre nous, a-t-elle insisté.

— Je vais devoir raccrocher. Je suis à sec.

— J'ai parlé avec papi Graulich.

J'ai soupiré.

— Lui aussi pense qu'il faut en discuter avec les médecins. Avec une césarienne, ça peut le faire. Et il n'y aura pas de vilaines vergetures.

— Papi Graulich est mort.

— Je lui parle quand même.

— C'est ça, tu parles avec les morts.

— Oui, enfin, disons les choses comme ça : Mme Irrnich parle avec les morts. Et moi, je parle avec Mme Irrnich.

— Prends soin de toi, mon amour, je te rappelle.

Là tout de suite, je suis à la librairie du Metropolitan Museum of Art, que tout le monde appelle le Met, histoire de me calmer. Un livre étonnant sur Giacometti. Il a fait beaucoup de portraits (pleins de talent et de ferveur) de sa femme Annette. Et dans le livre, il y a ce beau paragraphe : « *Giacometti never stopped trying to bring out through all possible means and through many portraits the identity of his companion, even up to her death. All of those portraits were frontal* – Giacometti n'a jamais cessé d'essayer, par tous les moyens possibles et dans de nombreux portraits, de célébrer la personnalité de sa compagne, et ce jusqu'à sa mort. Tous ces portraits étaient faits de face. »

Cet après-midi, j'ai été à l'Institut Goethe.

Hollie Lehmann et sa stagiaire, la sirène, avaient l'air de bonne humeur. Elles ont de quoi. Leur cadre de travail est un luxueux palais florentin sur la 5e Avenue, juste en face du Met.

Elles étaient toutes les deux dans une minuscule pièce, assises à des bureaux Ikea qui sentent les feux de forêt lointains. L'une sous un coucou artistiquement défoncé et repeint en violet par un artiste originaire de Hildesheim qui avait bénéficié d'une bourse et n'est aujourd'hui plus de ce monde. L'autre sous une affiche représentant le château de Neuschwanstein en hiver avec écrit : *GERMANY ROCKS.*

Il y avait aussi quelques plantes en pot.

— Darwinisme social, a expliqué Hollie Lehmann tout en essuyant les feuilles d'un yucca avec un chiffon humide.

Face à l'étudiant désemparé de Lila von Dornbusch venu quémander son aide, elle était étonnamment guillerette.

— C'est-à-dire ? ai-je demandé.

— Eh bien, les plantes de bureau rendent le travail des employés encore plus efficace. Nous avons trois plantes dans la pièce, ce qui augmente notre productivité de combien, Nele ?

— Deux virgule quatre pour cent, Hollie, a répondu la sirène.

— C'est du darwinisme social pur et dur : grâce aux plantes, nous avons de meilleures idées que les autres Institut Goethe du monde qui ignorent tout des avantages compétitifs des végétaux.

— Si on mettait cent vingt-cinq plantes dans cette pièce, notre efficacité serait multipliée par deux, Hollie.

— Sauf qu'il n'y aurait plus de place pour nous, Nele.

— Certes, mais les plantes pourraient nous remplacer intégralement.

La sirène a des mains incroyablement petites qu'elle agite dans les airs, à la méditerranéenne, quand elle raconte des bêtises. Bizarrement, elles m'ont fait penser aux minuscules pieds de Mah. Mlle Zapp (c'est le nom de la sirène, j'avais déjà oublié) était encore plus frêle et plus fragile que dans mon souvenir. Elle portait des lunettes bien moins imposantes que lors de sa visite de la semaine dernière.

— Oui, bien sûr, a-t-elle répondu d'un ton léger quand je l'ai questionnée à ce sujet. Les grosses, ce sont mes lunettes de *slum*.

Pendant toute la discussion, elle a eu l'air absente, ce que je trouve séduisant chez les femmes – pour autant qu'inattention et intelligence aillent de pair.

Je leur ai parlé de mon projet sur le sexe, et ça les a complètement émoustillées. Elles n'arrêtaient pas de faire des blagues à ce sujet.

— Et pour quelles cochonneries pouvons-nous vous être utiles ? a demandé Hollie Lehmann d'une voix chantante.

Je le lui ai dit.

Car je crois que j'ai enfin trouvé mon sujet.

Je vais faire un film sur les lobes d'oreilles.

Anus, vulve, pénis, nichons, testicules, langue et sperme – tout ça, c'est trop médical ou trop porno pour moi. De toutes les parties du corps, le lobe d'oreille est celle que je trouve la plus intéressante d'un point de vue érotique. Et puis, il n'y a pas ce côté sex-shop.

Aussitôt, la sirène a fixé mes oreilles et les a comparées à celles du chien de ses voisins d'en face quand elle était petite. Je me suis senti flatté. C'était un golden retriever.

Puis elle a dégagé ses cheveux sur le côté – des cheveux de la classe moyenne, blond foncé, fraîchement lavés – et m'a demandé d'approcher pour examiner son oreille, histoire de voir. Hollie Lehmann a battu des mains, ravie.

Je me suis exécuté à contrecœur. À tout prendre, ce n'est pas spécialement agréable de regarder les orifices corporels de gens qui vous trouvent ridicule. Et on n'a pas non plus envie de flirter avec eux.

Pour être honnête, les manières de Mlle Zapp me tapent sur le système. Mais tout en observant sa longue oreille qui flottait un peu au vent, je me suis dit qu'il était temps de traiter la sirène comme une vraie personne. Pas une vraie sirène, évidemment, mais une personne qui ne peut compter que sur elle-même et mourra dans la solitude, comme tout un chacun.

Aussi lui ai-je demandé si elle avait reçu une lettre de tante Paula pour moi, raison de ma présence ici.

Ma soudaine gravité a surpris Hollie Lehmann. La sirène a lâché ses cheveux qui sont retombés sur son oreille comme un rideau de fer.

— Et c'est à ça que mon oreille te fait penser ?

— Pourquoi pas ? Tu t'attendais à quoi ?

— Je croyais que tu pensais à quelque chose d'important. À un concept philosophique, par exemple, ou à une citation spirituelle.

— La lettre, c'est quelque chose d'important.

— Ah oui ?

— Il s'agit de mon grand-père.

— Passionnant. C'était un grand-père intéressant ?

Poussé à bout par son ironie incessante qui fait grincer sa voix comme une mauvaise toux, j'ai déclaré de mon ton le plus froid :

— Si on trouve les criminels de guerre intéressants.

Après ça, impossible de parler lobes d'oreilles ni plantes en pot. Ni de quoi que ce soit d'autre. Les bavardages ont tourné court. Des regards perplexes se sont posés sur moi.

Au moins, j'ai récupéré la lettre de tante Paula en un éclair. L'enveloppe était bien rebondie, mais j'ai quand même réussi à la plier et à la fourrer dans mon grand porte-monnaie.

Nele Zapp m'a laissé utiliser son téléphone le temps d'aller aux toilettes (j'ai l'impression qu'elle y va toutes les trente secondes, c'est peut-être une infection urinaire, qui sait ? Les infections urinaires ne font pas non plus partie des sujets autorisés).

J'ai appelé Lila à Berlin pour lui annoncer que ma tante voulait essayer de nous loger, moi et les cinq-autres, autrement dit tous-les-six, au National Arts Club de Manhattan.

— Le National Arts Club ? a répondu Lila, aux anges. Fantastique. Je connais Aldon Ruby, le manager.

— Ma tante dit que c'est un pourri.

— Oh, juste un peu. À part ça, c'est un homme formidable, très spirituel, extrêmement impressionnant. Félicitations, génial oncle Jonas, tu es un vrai magicien. Félicitations. Félicitations. Félicitations.

JOUR 8 (AJOUT)

Le mardi 24 septembre 1996, soir

Cet après-midi, Jeremiah m'a invité à une première très sélecte. Un film expressionniste allemand. *Le Cabinet des figures de cire*. Jamais entendu parler.

Si J. aime autant les films expressionnistes allemands, Murnau et Pabst, c'est parce qu'on n'y rit pas beaucoup. Dans l'absolu, l'absence d'humour typiquement germanique est sacrée pour lui. Il en veut pour preuve toute une série d'Allemands célèbres, de Beethoven à Gustav Mahler en passant par Bruckner, qui n'ont jamais ri de leur vie, même si c'étaient des Autrichiens.

Un sérieux pesant et élitiste unissait Schönberg et Stefan George, et le fait de ne pas rire doit être la seule chose que le second partage avec Rilke – et que tous ces grands hommes ont en commun avec Jeremiah Fulton.

Ce qui lui plaît chez moi, c'est que j'ai souvent l'air de mauvais poil.

À propos, les chats de Jeremiah ne chient plus dans leur bac. Trop cradingue pour eux. Jeremiah n'a plus de litière. Le mois touche à sa fin, et l'argent aussi.

Du coup, le professeur déchire des journaux en petits morceaux pour en tapisser le bac en plastique.

Mais comme il se doute bien qu'un *New York Times* déchiqueté ne correspond pas aux standards hygiéniques des chats, il a décidé de s'y prendre autrement pour les empêcher de chier. Il a tout simplement arrêté de les nourrir. Ils sont affamés. Depuis trois jours déjà. Ils miaulent lamentablement. Je ferme à peine l'œil de la nuit.

Je suis arrivé dans le cinéma sur la 59e Rue, le Gould Hall. Un long escalator descendait dans un gigantesque sous-sol. À l'entrée de la salle, une quarantaine d'étudiants en cinéma attendaient Jeremiah. Le portier refusait de les laisser passer. Ils n'avaient pas d'invitation.

Sauf que Jeremiah leur avait promis qu'il serait à la porte pour les faire entrer discrètement – chose qu'il m'avait également promise à moi.

J'ai donc attendu en compagnie des autres indésirables, qui trépignaient à l'idée de regarder Emil Jannings faire des grimaces muettes pendant une heure et demie.

Si le futur avortement de Mah, la lettre de tante Paula dans mon porte-monnaie, les cinq-autres et l'hébergement de luxe qui leur était tombé tout cuit dans le bec n'avaient pas occupé toutes mes pensées, j'aurais sans doute été impatient de voir comment Jeremiah comptait faire entrer tout ce monde au nez et à la barbe du portier.

Il a fini par débarquer une minute avant le début de la projection, sachant qu'il était censé faire le discours d'introduction. Classique, ai-je pensé. Il est systématiquement en retard.

Mais cette fois, c'était différent.

Il est descendu vers nous sur cet escalator grinçant, avec à peu près autant d'enthousiasme que Napoléon en route pour Sainte-Hélène. Je me suis aperçu que son manteau était maculé de sang. Les taches brillaient encore. Il en avait partout : sur le col, sur les poches – partout. Et jusque sur le front. On l'a tous dévisagé. Il a simplement lancé : « *Okay guys, go in* – OK, les gars, allez-y. »

Et on est tous entrés dans la salle sous le regard médusé du portier. Sans poser aucune question.

Jeremiah s'est extirpé de son manteau souillé, me l'a tendu, a prononcé quelques mots. Mais je n'ai rien compris. Il aime bien parler le visage détourné, la main plaquée sur la bouche. On dirait qu'il se chuchote quelque chose à lui-même ou qu'il se perce discrètement un bouton en parlant.

Je viens seulement, deux heures plus tard, d'obtenir le fin mot de l'histoire : il a secouru quelqu'un dans le métro. Un Noir qui s'était pris une balle. L'artère principale de la cuisse avait été touchée, et tandis que Jeremiah immobilisait le blessé en train de se débattre et de hurler en boucle « *No, no, no !* », un autre passager tentait de garrotter le vaisseau qui crachait des jets de sang.

Jeremiah regrette son manteau.

« *It was a good one* – C'était de la qualité. » Et puis, il avait fait ajouter par un tailleur cette poche à machette à l'intérieur. Du sur-mesure. Cuir de buffle.

Le type est mort avant l'arrivée de la police.

Je sais désormais pourquoi Mr. Fulton a une dent contre moi : j'écris trop pour lui. J'écris comme un possédé. Le premier carnet est déjà rempli, et Jeremiah me déteste rien que pour tous ces mots. Tous ces mots insupportables. Il le vit comme une humiliation.

Depuis que je suis chez lui, je ne l'ai pas vu écrire une seule ligne. Il faut dire qu'il n'a ni bureau, ni machine à écrire, ni discipline. Sa chaire de professeur, il la doit manifestement à une poignée de scénarios et à deux petits recueils de poèmes des années 1970 (les poèmes sont pompés sur Allen Ginsberg, mais en moins radical – dans l'un d'eux, intitulé *Belonging*, il y a même une licorne).

Pour son dernier film, *I Killed Charlie Chaplin*, il n'a pas écrit une seule ligne et s'est contenté de monologuer devant sa coauteure : « *I just told her what has to happen* – Je lui ai juste dit ce qui devait se passer. »

Quand je descends à la cabine téléphonique du rez-de-chaussée, il est beaucoup trop tard. Je n'ai presque plus d'argent, je vais devoir faire vite.

— Salut, ma chérie…

— Limaleh ?

— Je voulais juste te dire que si tu dois aller voir le médecin, je rentre.

— Voir le médecin pour quoi ?

— Pour l'intervention, bien sûr.

Elle n'a pas répondu.

— Je veux dire, pour l'avortement.

Au bout d'un moment, elle s'est raclé la gorge et a lancé :

— C'est super que tu m'appelles.

— Pas de problème. C'est comme si j'étais déjà en route. Toi et moi, on est une équipe. On va se serrer les coudes.

— J'espérais vraiment que tu appellerais pour me dire ça. Tu peux être tellement sans cœur. Tellement tête en l'air.

— Je suis désolé.

— Moi aussi.

— Quoi ?

— De raconter des bêtises pareilles pour être sûre.

— Quelles bêtises ?

— Ne te mets pas en colère.

— Ma chérie ?

— Ce n'est pas la peine de rentrer à Berlin.

— Ah bon ?

— Je ne suis pas enceinte. Ce n'est pas possible que je sois enceinte, si tu te souviens bien.

Le premier de mes *dimes* venait d'être avalé par le système digestif du téléphone. Je ne savais absolument pas quoi dire, et la voix de Mah s'est faite toute petite.

— Tu es fâché contre moi ?

— « Fâché » n'est pas le bon mot.

— Déçu ?

— « Déçu » non plus. Je crois qu'« au fond du gouffre » serait le plus juste.

— Je suis tellement loin de moi depuis que tu es parti.

— Tu trouves ?

— Oui, je trouve.

— À force, je suis complètement paumé, Mah. D'abord, Mme Irrnich est morte. Et ce n'est pas vrai. Puis tu es enceinte. Et ce n'est pas vrai. Et je ne sais même pas si c'est vrai que ce n'est pas vrai.

— Limaleh, est-ce que tu veux dire que je mens ?

— Non, ça, je le sais déjà. Ce que je voudrais

savoir, c'est pourquoi ? Pourquoi tu inventes toutes ces catastrophes ?

— Tu sais que mon âme est trop petite.

Je ne voyais pas du tout où elle voulait en venir. Parfois, les Vietnamiennes racontent des trucs incompréhensibles pour les cerveaux européens.

— En plus, j'avais bu, et parfois, dans ces cas-là, on a un… Comment dire ? Un rapport poétique à la réalité.

— Tu appelles ça « poétique » ?

— Parlons d'autre chose, Jonas. De n'importe quoi, pour m'empêcher d'avoir honte et de raccrocher.

— Tout à l'heure, Jeremiah a été pris dans une fusillade. Dans le métro. Il a vu quelqu'un mourir.

— Tu te fiches de moi ?

— Non, de nous deux, ce n'est pas moi qui me fiche de l'autre. Je dis juste ce qui s'est passé.

— Voilà, tu es fâché contre moi.

— Bon sang ! Je ne sais vraiment pas pourquoi tu inventes des histoires pareilles ! C'est complètement tordu. Tu as peur de ne pas me manquer assez ou quoi ?

— Pour que l'autre te manque, il faut se faire du souci. Toi, tu ne t'en fais absolument pas.

— Moi, je ne m'en fais pas ? Les soucis, c'est mon seul passe-temps depuis que je te connais.

— Ah, quand même – et c'est pour ça que tu m'appelles.

— Non, si je t'appelle, c'est parce que tu as des oreilles canon.

— J'ai des oreilles canon ?

— Je viens d'y penser. Je veux faire un film sur les oreilles, et tu sais que j'adore les tiennes.

— Enfin, j'ai droit à un mot gentil.

— Je n'ai bientôt plus de sous, alors ne me dis pas que je dis ça comme ça.

— Comment c'est possible qu'il y ait des fusillades en plein jour ? C'est quoi, cette ville ? Ton proprio doit être traumatisé.

— Non.

— Non ?

— Toi aussi, tu encaisses bien les coups durs. Maladie, mort, folie, pas de problème. Mais dès que ton copain s'en va quelques jours, tu pètes les plombs.

— Ah, Jonas, j'espère que tu n'es pas un sale con. Il faut que j'aie plus confiance. Plus confiance en ta fidélité. Même si tu pourrais appeler plus souvent, franchement.

— Je t'ai appelée hier. Et je t'ai rappelée aujourd'hui.

— Oui, et les deux fois, c'est parce que tu avais mauvaise conscience. Du coup, ça ne compte pas. En plus, avec la mauvaise conscience que ma grossesse t'a donnée, tu aurais dû appeler quatre fois.

J'avais tellement les boules que j'ai failli lui parler du cul de yogi à tomber par terre. Mah et moi, on se dit tout. Sauf que ce n'était pas le meilleur moment. Et après tout, je n'avais fait que regarder. Pas spécialement de loin, mais ce n'est pas comme si j'avais eu le choix de regarder ailleurs. Ce cul de yogi, je ne l'ai pas léché, pas touché, je ne l'ai même pas reniflé, et même si ça n'a rien d'héroïque, j'ai résisté activement, et contre moi-même.

— Limaleh ?

— Hm ?

— Je réfléchis sérieusement à venir te voir à New York. Ça te dit ? Je pourrais prendre mes oreilles avec moi. Allez, dis-moi de venir.

— Non.

— Non ?

— Non, je ne veux pas te voir ici.

— OK.

— Ce serait *too much* pour moi, Mah.

— J'ai compris. Pas besoin d'être un connard comme ça.

— Ta jalousie me rend dingue. Sérieusement. Il est minuit. Je suis en plein Beyrouth. Juste en face, il y a des couillons qui sont en train de forcer une Chevrolet. Et ma tante juive m'a dit qu'à Riga, Apapa était un type en or.

— Mais c'est une bonne nouvelle que tu sois en contact avec elle.

— Je ne sais pas si c'est une bonne nouvelle. Je ne veux pas en parler avec toi. Toi, tu es une bridée, et ces histoires de nazis à la con, tu n'y connais rien. Ça sent la catastrophe à plein nez. Je vais remonter dans ce dépotoir, prendre l'enveloppe de Mrs. Hertzlieb et regarder ce qu'il y a dedans ! Je te préviens, ne te ramène pas ici. Et ne me mens plus jamais !

LE DOCUMENT JUSQU'À-MIDI

Consulat général
de la République fédérale d'Allemagne
New York New York, le 31/10/1995

RK 504-85 E/RH 748 IX

Étaient présents :
1) Eric Marder, consul,
habilité en vertu du § 20 de la loi consulaire
2) Dr Jörg von Uthmann, attaché
3) Margot Müller, secrétaire

Dans l'enquête judiciaire menée par le procureur général de Hanovre – 2 Js 291/60 – contre l'ancien SS-Sturmbannführer ROSEN et autres pour meurtre et complicité de meurtre de masse à Riga, Liepāja, Ventspils et Jelgava (Lettonie), la témoin

Mme Paula Hertzlieb née Himmelfarb
domiciliée : 15 Gramercy Park South,
National Arts Club, New York, NY,
citoyenne américaine,

détentrice du passeport américain n° 1279808,
délivré le 31/12/1988,

étant grabataire pour cause de fracture à la jambe a été entendue au National Arts Club.

La témoin a été notifiée de l'objet de l'interrogatoire et sommée de dire la vérité.
Subséquemment, elle a fait la déclaration suivante :

1) Sur sa personne :

Je m'appelle Paula HERTZLIEB, née le 28 mai 1921 à Bauska/ Lettonie et veuve depuis trois ans. Je suis artiste peintre et vis à New York.
On m'a expliqué que j'étais entendue dans le cadre d'une enquête judiciaire menée par le procureur de Hanovre au sujet des exécutions de Juifs à Riga, Liepāja, Jelgava et Ventspils. J'ai été informée du fait qu'en tant que citoyenne américaine, je n'ai aucune obligation de témoigner et suis libre de garder le silence. Mais je suis disposée à répondre aux questions de l'enquêteur.

2) Sur les faits :

En 1925, mes parents Julius et Margarete HIMMELFARB quittèrent Bauska, ma ville de naissance, pour s'installer à Riga, qui était alors la capitale de la République de Lettonie. C'est là que je fus scolarisée un an plus tard. Par la suite, je fréquentai le lycée de jeunes filles allemand de Riga et j'obtins le baccalauréat en 1938.

La même année, j'entamai des études d'illustratrice et de graphiste à l'Académie des beaux-arts de Lettonie. La guerre ayant éclaté en 1941, je ne fus pas diplômée. Jusqu'à l'invasion de la Wehrmacht en juillet 1941, je vivais avec mes parents au numéro 34 de l'Elizabetes Iela.

L'armée allemande entra dans Riga le 1er juillet 1941. La SS et le SD arrivèrent au même moment. Deux semaines plus tard, tous les Juifs furent convoqués sur la place de la préfecture pour être envoyés au travail obligatoire. Nous devions nous faire immatriculer aux commissariats et apposer deux étoiles sur nos vêtements : l'une sur le côté gauche de la poitrine et l'autre dans le dos. De nombreuses restrictions nous étaient également imposées, il nous était par exemple interdit de prendre le tram, de marcher sur le trottoir, d'aller au cinéma, au théâtre, à la piscine, dans les parcs publics, etc. Nous avions également interdiction expresse de faire de la voile, alors que personne n'avait le loisir de pratiquer ce genre d'activité.
Étant considérée comme juive aux trois quarts, j'échappai dans un premier temps au ghetto.

En août 1941, je fus affectée au service d'une Lettone du nom de KRONBERG qui se trouvait être la maîtresse de l'Untersturmführer KÜGLER, l'un des hommes du KdS (Kommandeur der Sicherheitspolizei), section Kripo. J'effectuais les tâches ménagères au domicile de Mlle KRONBERG sur la Bērzu Iela, mais l'après-midi, je me rendais dans les locaux du KdS pour faire le repassage et la vaisselle. C'est ainsi que je me retrouvai au contact d'officiers SS. Le KdS était situé au coin de la Reimersa Iela. Le soir, je rentrais chez moi. Nous n'avions pas le droit de sortir la nuit.

Je travaillai quelques mois pour le KdS. Il y avait plusieurs sections, comme la Kripo (section V), la Gestapo (section IV) et le SD (section III). J'étais également chargée de faire le ménage dans les chambres des officiers SD.
C'est dans ces circonstances qu'en août 1941, je fis la connaissance du SS-Sturmbannführer ROSEN qui dirigeait la section III. Il était germano-balte, comme moi.

Interrogée sur ce point : Je me considérais également comme germano-balte, car mes parents baignaient dans la culture allemande, ils avaient étudié dans le Reich, parlaient la langue allemande sans accent, étaient abonnés à la *Rigasche Rundschau*, nous envoyaient mes frères et moi à l'école allemande et traitaient principalement des patients germano-baltes. Nous ne pratiquions ni la foi juive ni les rites juifs. Presque toutes mes amies étaient germano-baltes. Et ma grand-mère maternelle était allemande – mais elle est morte avant ma naissance.
Le Sturmbannführer ROSEN apprit que j'avais étudié plusieurs semestres à l'Académie des beaux-arts de Riga. Son père, un peintre célèbre dans les vieilles provinces baltiques, y avait été professeur avant d'être déplacé. Les étudiantes le surnommaient « le Mestre », et j'avais suivi son cours pendant deux semestres, un cours en dessin de nu. Mes travaux avaient retenu son attention, et je l'admirais beaucoup.
C'est sans doute la raison pour laquelle le Sturmbannführer ROSEN était gentil avec moi. Un jour, il m'offrit une motte de beurre, alors que c'était strictement interdit.

Les massacres de Juifs avaient commencé dès l'arrivée des troupes allemandes. On voyait souvent des Juifs abattus par terre en pleine rue. Les exécutions étaient essentiellement assurées par des Lettons, sous les ordres de l'Oberst ARAJS. Les habitants les appelaient les « gars d'ARAJS ». Ou « *šāvēju vads* – unité de tir ». Comme les Allemands récupéraient les corps dans la foulée pour les éliminer, ces meurtres passaient presque inaperçus.

Depuis que j'étais au service de Mlle KRONBERG, je devais me présenter tous les jours, en compagnie d'une douzaine d'autres Juifs, dans la cour du KdS où nous étions affectés à nos postes de travail respectifs.
Avec M. WULFSSON et Mlle RUBIN, je travaillais au SD, sachant que M. WULFSSON était chargé des latrines de tous les étages. Il connut une fin tragique car, souffrant d'une maladie de la vessie, il se soulagea dans les latrines de la Gestapo, chose défendue aux Juifs. Il se fit prendre et fut exécuté dans la cour intérieure, pantalon baissé, sous mes propres yeux.
Jahuda GOLDBERG s'occupait du garage du SD. C'était un ingénieur de talent qui avait développé des moteurs d'avions lettons. Il assurait la maintenance du véhicule du commando qui se rendait en ville trois à quatre fois par semaine pour rafler des Juifs avant de les exécuter.
Meier STEIN, lui, était photographe, et dans un laboratoire au deuxième étage, il développait les clichés pris par le SD lors de certaines exécutions.
Parfois, le Sturmbannführer ROSEN m'ordonnait d'aider Meier STEIN à tirer les photos pour les coller soigneusement dans des albums destinés aux chefs d'unités SS. En secret, nous faisions des tirages supplémentaires – ci-joint cinq clichés à titre d'exemple.

En août 1941, mon père Julius HIMMELFARB, médecin bien connu à Riga, fut arrêté en pleine rue et transféré à la prison pour femmes, où on lui creva un œil. Je l'appris par des patients de mon père qui travaillaient là. Affaibli par cette blessure, il ne fut pas placé en détention spéciale comme les autres médecins juifs mais exécuté dans la forêt de Biķernieki au mois de septembre. Ma mère, autrefois pédiatre à l'hôpital national letton, perdit la vie en décembre lors de la grande opération commando menée au ghetto, alors qu'elle n'était qu'à moitié juive. Je n'ai plus jamais eu de nouvelles de mes deux frères, qui avaient fui en Union soviétique avant l'invasion allemande. Sans doute sont-ils tombés au front. Je suis la seule survivante de ma famille.

En octobre 1941, l'ensemble des habitants juifs de mon immeuble fut dénoncé par un Letton qui prétendait que nous cachions des objets de valeur chez nous. Nous fûmes tous arrêtés jusqu'au dernier et transférés au KdS, moi comprise, alors que j'y travaillais. Dans la cour, on nous fit aligner contre le mur avec les mains en l'air.
À ce moment-là, le chef du SD, le Sturmbannführer ROSEN, fit irruption dans la cour en demandant au sous-officier en charge s'il savait qui avait illustré l'*Éloge de la folie* du grand Érasme de Rotterdam. Le sous-officier ayant répondu par la négative, M. ROSEN se tourna vers moi. Je déclarai que c'était Hans Holbein. « Et savez-vous ce que nous autres hommes devons à la folie ? – Oui, c'est elle qui nous met en gaieté », répliquai-je. Je connaissais la réponse, car le père du Sturmbannführer, Mestre ROSEN, citait cette phrase à tout bout de champ en cours de dessin.
Sur quoi le Sturmbannführer ROSEN lança : « Et c'est en gaieté que vous devez rentrer chez vous ! »
Je m'en retournai aussitôt chez moi. Aucun des autres habitants de l'immeuble ne revint vivant.

Après cet incident, je fus envoyée au ghetto et n'eus plus le droit de travailler au KdS. Je perdis également mes fonctions auprès de Mlle KRONBERG.
Mais au début de l'année 1942, sur ordre du Sturmbannführer ROSEN, je fus affectée à l'établissement textile et gazage du numéro 9 du Kronvalda Bulvāris. Je pense que c'était pour me protéger. Cet institut SS appelé « Institut d'hygiène allemand de Riga » était dirigé par le Dr BLUDAU. Je devais bientôt constater que le Dr BLUDAU était un homme fort différent du Sturmbannführer ROSEN – j'y reviendrai. Travaillaient également à la désinfection des affaires des Juifs assassinés les personnes suivantes : le Hauptwachtmeister DRECHSLER, l'Oberwachtmeister HOFFMANN, l'Untersturmführer Karl BECKER, l'Untersturmführer ZERBUS, l'Unterscharführer DEIME et bien d'autres encore dont j'ai oublié le nom.

Les personnes citées ci-dessus travaillaient généralement en état d'ébriété. Sous l'emprise de l'alcool, ces hommes se vantaient de se livrer à diverses expérimentations gazeuses sur des cobayes juifs. C'est en effet à l'Institut d'hygiène allemand qu'étaient formés les spécialistes du gazage. Ils nous expliquèrent que tous les experts du gazage en activité aux quatre coins de l'Ostland étaient passés par cet établissement.
Je n'étais pas la seule Juive à travailler à l'Institut d'hygiène : m'est restée en mémoire Mme LEVINSON, sachant qu'il n'y avait pas d'autres femmes que nous. Nous étions toutes deux chargées de la désinfection, de la blanchisserie et de l'atelier de couture de la maison. C'est là que les vêtements juifs – pantalons, chemises, smokings, queues-de-pie, dessous de femmes et d'hommes – étaient triés avant d'être stérilisés. Une partie d'entre eux étaient encore maculés de sang. Sur place, je retrouvai notamment Jahuda GOLDBERG, l'ingé-

nieur en moteurs d'avion que j'avais connu au KdS. Il avait été transféré. Dans ses nouvelles fonctions, il s'occupait de l'entretien des deux camions à gaz de l'Institut, pour lesquels un grand garage souterrain était à disposition. Les spécialistes des camions à gaz étaient également formés à l'Institut d'hygiène.

Outre le nettoyage, le reprisage et la stérilisation des affaires juives, j'étais responsable de la réserve. C'est là qu'étaient conservés savon, lessive, ustensiles de ménage, etc. Cette pièce ne se trouvait pas à l'Institut d'hygiène, mais un pâté de maisons plus loin, au premier étage d'une annexe située au numéro 41 de la Ludzas Iela. Bien que ce soit contraire au règlement, l'Oberwachtmeister HOFFMANN me laissait généralement gérer le matériel sans surveillance, car il n'aimait pas faire les allers-retours entre les bâtiments. Il me remettait le trousseau avec toutes les clés. Ainsi, j'avais accès à la fois à la réserve et à son armoire blindée qui ne devait être ouverte que sur ordre. Y étaient stockés les produits de première nécessité les plus coûteux, comme des savons de luxe ou des flacons de parfum manifestement confisqués aux Juives exécutées.

Mais l'armoire contenait également de l'acide prussique. Les Allemands n'aimaient pas assurer eux-mêmes l'entreposage et le transport des doses d'acide, car c'était une activité dangereuse. Quand je devais manipuler l'acide, l'Oberwachtmeister HOFFMANN était systématiquement présent, mais il ne touchait jamais les doses lui-même. Il me laissait le faire. Il était généralement équipé d'un masque à gaz. Les Juifs, eux, n'avaient pas le droit d'en porter.

À l'été 1942, la majorité des stocks d'acide prussique fut transférée au camp de concentration de Salaspils qui venait d'ouvrir. Mais dans la Ludzas Iela, je continuai de gérer pas moins

de cinq caisses d'acide. Chaque caisse renfermait 18 doses de 1 500 grammes chacune. De quoi tuer 20 000 personnes, comme le Hauptwachtmeister DRECHSLER le déclara un jour.
Pour gazer les Juifs, on procédait de la manière suivante : une pièce isolée était aménagée avec des grilles aux fenêtres et une ouverture au plafond. C'est par cette ouverture qu'était introduit l'acide prussique. Puis la pièce était hermétiquement fermée, et les gens mouraient dans les émanations ainsi produites.
Les Allemands voulaient installer une chambre à gaz dans l'annexe du numéro 41 de la Ludzas Iela, juste à côté de la réserve. À cette fin, on choisit une grande pièce au rez-de-chaussée. Les fenêtres furent murées, et l'ouverture mentionnée plus haut percée dans le plafond. La chambre fut baptisée « salon ». C'était en juillet 1942.
Afin de vérifier l'efficacité de ce dispositif, un gazage probatoire fut organisé.

Le jour dit, je fus chargée de sortir deux doses d'acide prussique (l'une à utiliser immédiatement, l'autre en cas de besoin) de l'armoire blindée pour les remettre à l'Untersturmführer KRÜGER dans la pièce située au-dessus du « salon ». Près d'une douzaine d'officiers SS du KdS et du BdS étaient venus assister à la démonstration, et le Sturmbannführer ROSEN se trouvait parmi eux.
À mon grand effroi, on m'ordonna de servir à boire aux convives SS présents dans l'antichambre.

Ce faisant, je constatai que mes anciens collègues juifs du KdS avaient été choisis comme cobayes, dont le photographe Meier STEIN qui me fit un petit signe. Aucun d'eux ne savait ce qui les attendait. Ils étaient habillés normalement, en civil – Mlle RUBIN, par exemple, portait une jolie robe légère à pois jaune d'or. Sous le regard des officiers présents, on les fit entrer dans la chambre à gaz où une table de billard avait été installée pour faire diversion. On entendait encore leurs rires une fois la porte refermée. Puis les officiers SS mirent leurs masques à gaz. Et ils se relayèrent à la porte où un judas avait été installé. Sans doute observaient-ils ce qui se passait à l'intérieur de la chambre.

Interrogée sur ce point : Je peux déclarer sous serment qu'un tel gazage probatoire a bien eu lieu, quoique je ne sois plus en mesure de donner la date précise. Ce devait être au milieu de l'année 1942, je crois me souvenir du mois de juillet, mais peut-être était-ce déjà le mois d'août. Il faisait en tout cas très chaud. J'ignore encore à ce jour pourquoi les Juifs du KdS avaient été sélectionnés. Peut-être le commandement SS estimait-il qu'ils en savaient trop.
Pour ma part, je ne vis rien de la scène. Mais j'entendis bien les bruits étouffés. Comme toutes les personnes présentes. Jahuda GOLDBERG, qu'on envoya faire le ménage ensuite, me décrivit l'état de la pièce. Une fois l'acide prussique introduit, les cobayes avaient escaladé la table de billard, sans doute pour prendre une dernière bouffée d'air, et le tapis dut être changé tant il était souillé. Par la suite, le billard fut retiré de la chambre à gaz et mis à disposition du casino des officiers.

Peu de temps après, le Sturmbannführer ROSEN vint me trouver. Il semblait bouleversé et me fit comprendre qu'il n'approuvait pas ce qui s'était passé et que le gazage n'était selon lui pas applicable à grande échelle. Il trouvait la pièce totalement inadaptée, car l'annexe était située en périphérie de la ville. Les cadavres pouvaient difficilement être éliminés sur place, d'autant que le four de la cave n'était pas encore terminé. Le Sturmbannführer ROSEN déclara qu'il comptait m'éloigner de l'Institut d'hygiène car ma vie n'y était plus en sécurité.

Interrogée sur ce point : J'ignore les raisons pour lesquelles M. ROSEN se comportait avec autant de franchise à mon égard. Je n'étais pas la maîtresse du Sturmbannführer ROSEN. Jamais il n'exigea de faveurs physiques ou autres de ma part.
Je crois que s'il m'avait prise sous sa protection, c'était parce que je connaissais son père, le professeur ROSEN. Un petit dessin du Mestre était resté en ma possession, un portrait de moi qu'il avait réalisé deux ans auparavant et m'avait offert avec une dédicace. Je l'avais montré au Sturmbannführer ROSEN. La dédicace disait : « Toutes les relations partent en fumée. Mais l'art, pour durer, a besoin d'essentiel. Et seul l'homme l'est. »
Ci-joint ce portrait dédicacé.
J'étais, comme je l'ai déjà dit, l'une des étudiantes favorites du Mestre. C'est ainsi que le Sturmbannführer ROSEN m'encourageait à réaliser en secret des caricatures des officiers SS en garnison qui l'amusaient beaucoup. La caricature du directeur de l'Institut, le Dr BLUDAU, lequel était facile à croquer en raison de son nez crochu, le fit particulièrement rire.

Le Hauptsturmführer Dr BLUDAU était redouté de tous. Il ne pouvait pas me souffrir, car je portais des lunettes. Son hostilité envers les personnes à lunettes était de notoriété publique. En sa présence, je devais systématiquement ôter les miennes, alors que je n'y voyais presque rien.
Un jour que je n'avais pas mes lunettes, il m'ordonna de le dessiner. C'était une tâche ardue, car je ne distinguais ni les traits du docteur ni mes coups de crayon sur le papier. Je fis son portrait plus ou moins de mémoire.

Comme j'avais déjà réalisé plusieurs caricatures du Dr BLUDAU pour le Sturmbannführer ROSEN, il devait y avoir une certaine ressemblance, et le Dr BLUDAU me laissa indemne. Lors des sélections suivantes, il apparut clairement que les personnes petites, grosses ou à lunettes se trouvaient en première ligne. J'étais petite et à lunettes, mais Dieu merci, je n'étais pas grosse. Pourtant, je vivais dans l'angoisse.

Un jour d'été que j'avais retiré mon chandail avec l'étoile de David sur la poitrine pour ne garder que mon tablier avec l'étoile dans le dos, le Dr BLUDAU me menaça : « Si je vous revois encore une fois avec une seule étoile, vous pouvez dire adieu à la vie. »
Je me souviens encore de cette phrase, car l'expression « dire adieu à la vie » était incongrue dans sa bouche.
Les sévices du Dr BLUDAU étaient toujours soigneusement réfléchis. C'était un homme taciturne. Ses manières étaient posées et académiques, sa démarche paisible. Mais à la façon d'un coup de tonnerre dans un ciel serein, il flanquait soudain une taloche à l'un ou l'autre, et il n'y allait pas de main morte. Quant à moi, il ne me frappa jamais.
Mais il me fit bien pire.

Un soir, environ deux semaines après le gazage probatoire, alors que Jahuda GOLDBERG et moi-même allions quitter l'Institut, le Dr BLUDAU décida de nous contrôler. C'était le rôle des gardes lettons, qui d'ordinaire nous faisaient signe de passer sans y regarder de plus près. Mais ce jour-là, le Dr BLUDAU s'en chargea personnellement et scrupuleusement.
J'étais aux cent coups, car à la cantine, M. GOLDBERG et moi-même avions fait main basse sur une saucisse que nous avions séparée en deux. Le Dr BLUDAU me fit avancer en premier, il me fouilla et me palpa soigneusement. Me voyant

frémir, il me dit de ne pas faire de manières, car il était médecin. Et d'ajouter que je pouvais m'estimer heureuse qu'il ne procède pas à une « exploration rectale ». Il ne trouva pas la demi-saucisse, que j'avais cachée dans mon chignon à l'aide d'épingles à cheveux.

Ensuite, avec le même scrupule, il examina M. GOLDBERG. Il découvrit la demi-saucisse dans son caleçon. Sur ordre du Dr BLUDAU, M. GOLDBERG fut alors roué de coups sous mes yeux par l'Untersturmführer SCHMIDLE, originaire de Cologne. Mais il ne devait pas y aller assez fort, car le Dr BLUDAU décida de lui montrer comment s'y prendre, et sa démonstration se fit sur SCHMIDLE lui-même, qui se retrouva par terre mais se releva aussitôt.

Le Dr BLUDAU rendit la saucisse à GOLDBERG en lui disant : « Si d'ici demain matin tu as fait disparaître la saucisse à coups de langue, tu auras le droit de rester. Sinon, tant pis. »

M. GOLDBERG passa la nuit à lécher la saucisse comme un cornet de glace. L'Untersturmführer SCHMIDLE surveillait qu'il n'y mettait pas les dents. Le lendemain matin, la saucisse était toujours là. GOLDBERG fut emmené, et je ne le revis jamais.

Le Dr BLUDAU me gardait désormais à l'œil. Il me cherchait de plus en plus souvent des noises

D'abord, je ne compris pas pourquoi.

Mais un jour, il me fit descendre à la cave de l'Institut et me força à me dévêtir devant lui. Il m'ordonna de me pencher sur une table avec la tête en avant. Après quoi il me viola. Et ce faisant, il s'écria que c'était mon tour d'avoir « un air comique ».

C'est ainsi que j'appris que le Dr BLUDAU avait vu l'une des caricatures que j'avais faites de lui. Le Sturmbannführer ROSEN la lui avait montrée lors d'une soirée casino.

Le lendemain, dans ma chambre, je tentai de me pendre avec une corde à linge. Mais une voisine me trouva à temps et m'emmena à l'hôpital du ghetto.

À mon retour à l'Institut d'hygiène quelques jours plus tard, le Dr BLUDAU me convoqua aussitôt dans son bureau. Après m'avoir donné du savon et une serviette, il me dit de faire ma toilette et de me tenir prête dans la réserve de la Ludzas lela l'après-midi. Un canapé s'y trouvait. Je devais le couvrir d'un drap propre. Je savais donc que le Dr BLUDAU avait l'intention de m'avilir méthodiquement. Il me donna également la clé de la réserve qui m'était d'ordinaire remise par l'Oberwachtmeister HOFFMANN.

Conformément aux ordres, je me rendis à la Ludzas lela et montai à la réserve. Là, j'ouvris l'armoire blindée à l'aide de ma clé et en sortis une dose d'acide prussique. Je quittai l'annexe avec sans être contrôlée. Il me fallut vingt minutes à pied pour arriver au KdS sur la Reimersa lela. Les gardes lettons en faction me connaissaient, et à la mention du Sturmbannführer ROSEN, on me laissa passer.
À l'intérieur du bâtiment, je m'arrêtai dans le grand hall d'entrée. Ayant quitté mon poste sans autorisation, je me savais condamnée. Je comptais ouvrir la dose d'acide prussique et intoxiquer le plus grand nombre possible d'officiers SS en même temps que moi.
C'était toutefois une résolution absurde, car les SS n'auraient eu qu'à sortir à l'air libre, chose que ne pouvaient faire leurs victimes. Je n'y songeais pas, j'agissais à l'instinct. Je crois que je tremblais, mais je n'y prêtai pas attention et j'entrepris d'ouvrir la dose.
C'est dans ces dispositions que me trouva le Sturmbannführer ROSEN, sans doute appelé à l'entrée. Il me vit et me demanda

ce qui se passait. Les larmes jaillirent de mes yeux. Aussitôt, il m'entraîna dans une pièce vide au rez-de-chaussée et j'avouai tout, l'incident avec Jahuda GOLDBERG, ainsi que le viol survenu dans la cave de l'Institut d'hygiène et les autres vexations à venir. J'étais certaine d'être envoyée sur-le-champ à la prison pour femmes.

Mais il n'en fut rien. Le Sturmbannführer ROSEN me prit la dose d'acide prussique et convoqua le Dr BLUDAU au rapport. Je dus rester dans la pièce au titre de témoin. Le Dr BLUDAU se mit au garde-à-vous et le Sturmbannführer lui demanda comment il se faisait qu'une Juive ait eu accès au stock d'acide prussique. Et s'il était vrai qu'il m'en avait personnellement confié la clé.

Le Dr BLUDAU devint rouge de colère et réclama mon exécution.

Mais le Sturmbannführer se contenta de répondre : « Il va de soi que cette Juive sera exécutée. Mais si vous ne voulez pas que l'affaire parvienne aux oreilles du Kommandeur au risque de vous retrouver devant un tribunal SS, Hauptsturmführer, je vous conseille de demander incontinent à être muté au front. On donnera certainement suite à votre requête. »

Trois semaines plus tard, le Dr BLUDAU partit rejoindre la 6e armée.

Quant à moi, je ne fus pas exécutée.

*

Interruption de l'interrogatoire pour cause de pause déjeuner.

JOUR 9

Le mercredi 25 septembre 1996

S'il y a bien une chose qui ne m'intéresse pas dans cette ville, c'est ce que les gens s'infligent les uns aux autres.

À New York, on vit dans une artère de plusieurs kilomètres de diamètre où s'écoulent des flots de sang, d'ordures, de souvenirs et de merde.

Je me sens étrangement loin du monde. Il ne m'atteint pas, et je ne l'atteins pas. Action sans réaction. D'étranges silhouettes et objets autour de moi.

Je n'oublie pas le type mort dans le métro, j'imagine ses yeux écarquillés, je m'étonne de l'indifférence affichée par Jeremiah, qui a dû être la dernière vision de cet homme au moment de passer de vie à trépas.

Mais la violence ne se contente pas de jaillir des plaies béantes de cette ville, elle pulse sous sa peau, sous la peau de chaque individu, sous le matricule tatoué de chaque passante juive, et jusque sous ma peau à moi, faite de la peau d'Apapa. Combien de tantes Paula se cachent dans les embrasures de fenêtre qui grimpent jusqu'à la voûte céleste bleu curaçao ?

« Lorgne donc autour de toi, et tu verras toute la beauté qu'il y a dans les petites gens d'ici », m'a-t-elle dit gentiment et dans un allemand de Riga étonnamment bien ordonné alors que je venais de débarquer chez elle à l'aube, complètement hystérique. J'ai ouvert sa porte à la volée, si violemment que le numéro 505 est tombé par terre dans un bruit métallique et que tante Paula a dû le remettre en place à la colle forte.

Elle a calmé le jeu, forcément. Histoire de faire diversion, elle a attrapé son carnet de croquis et a caricaturé mon courroux, comme elle caricaturait celui du docteur Bludau cinquante ans plus tôt. Il y a de fortes chances pour que les traits d'Apapa aient eux aussi été immortalisés par ses soins, et dans le ballet entraînant de ses coups de crayon, le Sturmbannführer Rosen devait avoir l'air aussi suffisant et ridicule que moi tout à l'heure. Et il avait le même menton.

Tout en dessinant, tante Paula m'a fait remarquer d'un air pensif qu'elle voulait juste partager la vérité avec moi. Qu'Apapa était un homme bien. Qu'il l'avait aidée. Et que le reste était de l'histoire connue.

Non, pour moi, le reste n'est pas de l'histoire connue. C'est même de l'histoire totalement inconnue. Pourquoi le document n'est-il pas complet ? Pourquoi s'arrête-t-il comme par hasard « pour cause de pause déjeuner » ? Et quel était le menu de cette obscure pause déjeuner en compagnie de ce snob de monsieur le consul ? Que proposent les cuisines du National Arts Club ? Des pâtes ? Des pommes de terre pochées ? Du coq au vin ? Puis des bagels et un bon café balte ? Ce défilé de plats n'est-il pas de la manipulation émotionnelle ? Les émotions sont des armes mortelles.

Les mots sont des munitions. La pause déjeuner est le poste de premiers secours.

— Je t'en prie, mon petit chéri, je n'ai pas envie que ton père et toi vous cherchiez des poux à cause d'Apapa, a-t-elle soupiré d'un air chagrin. Apapa a trouvé la quiétude.

Apapa a trouvé la quiétude. C'est fou l'effet qu'a sur moi le folklore linguistique, comme une vague de chaleur – pour ne pas dire de quiétude.

— Félicitons-nous qu'il n'ait pas eu à vivre ce procès, a-t-elle renchéri. Après la pause déjeuner, monsieur le consul a appris le décès de ton grand-père. Un appel venu d'Allemagne. C'était un vrai gentleman, ce monsieur le consul. Il n'a pas poursuivi l'interrogatoire. Respect !

— Et tu veux que je gobe un truc pareil ?

— Je dis la pure vérité. *Believe me.* Sais-tu quel jour est mort ton grand-père ? Eh bien, regarde ici… (Son doigt de vieil elfe ceint d'un anneau d'or orné d'une perle tapotait le compte rendu que j'avais jeté sur sa table.) C'est ce jour-là qu'a eu lieu l'entretien. *Same day.*

C'était vrai. Mais j'ai beau être un grand admirateur du hasard et de ses possibilités dramatiques, je n'arrivais pas à croire à une réaction aussi spontanée et aussi bien inspirée de la part d'un haut fonctionnaire allemand. Il va de soi qu'il ne sert à rien d'entendre un témoin sachant que l'accusé vient de mourir. Oui, un consul doit saisir toutes les occasions d'économiser son temps et l'argent public. Mais avec autant d'à-propos ? Un succulent dessert l'avait-il encouragé à prendre cette décision ? Et dans ce cas, pourquoi le compte rendu avait-il ensuite été consciencieusement tapé à la machine ?

Il doit y avoir une anicroche, morale ou émotionnelle, qui pousse tante Paula à me cacher la suite de son témoignage, ai-je pensé, ulcéré. Une douleur, une gêne, une inquiétude, ou la conviction profonde que sa mauvaise foi est justifiée.

Cela dit, elle a un cancer et peut bien faire ce qui lui plaît, ce dont elle ne se prive d'ailleurs pas.

— Pour ce qui est de moi, a-t-elle déclaré, je ne vais pas tarder à casser ma pipe, et alors, place au fossoyeur. Quand je pense que d'aucuns disent qu'on peut s'y préparer. Des clous ! Il ne me reste que l'inconnu. Quoique l'inconnu ne soit pas forcément une mauvaise chose. Je vais faire mes bagages, embrasser le portrait de Mr. Hertzlieb et m'en aller le rejoindre.

Elle a posé sur ma joue sa main chiffonnée, froide et visqueuse comme du varech, et qui se décollait tout aussi mal.

— Je suis heureuse de t'avoir revu avant le grand départ, mon garçon. La vérité, c'est que tu viens d'une éminente famille. Ne te fais pas de mouron à cause du passé. Tu as ta vie devant toi comme un thé du matin encore fumant.

Elle m'a fait un clin d'œil – déformé par un sourire à mille lieues de ce qui se passait dans ma tête – et a susurré d'une petite voix :

— Et tu sais quoi ? Tes camarades de cinéma peuvent loger ici. Ils sont les bienvenus au club. Et toi aussi, évidemment.

— Oh non, tante Paula, je ne viendrai sûrement pas habiter ici !

— Mais bien sûr que si !

— Hors de question.

— J'ai parlé au manager. Et ton professeur aussi lui a téléphoné. N'est-ce pas faramineux ? Et arrête de gambiller, petit Jonas chéri, quand on se fait tirer le portrait, il faut bien se tenir tranquille.

— Je ne viendrai pas vivre chez toi pour entendre à longueur de journée des histoires à dormir debout au sujet d'Apapa.

— Mais rien ne t'oblige à faire une chose pareille !

— Exactement, rien ne m'y oblige.

J'ai pris la tangente.

Je suis allé promener mon chagrin sous un ciel boueux, tout le long de la 5e Avenue, sur les trois kilomètres qui séparent l'appartement de tante Paula de l'Institut Goethe. Mes os étaient lourds. Mes paupières au creux de mes genoux.

Je vais garder mes distances avec le National Arts Club. Je vais résister à l'envie de sortir ma caméra, de déballer les lampes Kino Flo 800 et, sous le feu des projecteurs, de bombarder tante Paula de toutes les questions qui s'imposent : *Pourquoi n'as-tu pas été exécutée, petite tante ? Pourquoi le Sturmbannführer Rosen t'a-t-il sauvé la peau ? Comment es-tu devenue la gouvernante de mon père ?*

Tout bon film ne repose-t-il pas sur des QUESTIONS INÉDITES ?

Le but premier de Lila von Dornbusch n'est-il pas de nous apprendre à tourner des films personnels qui interrogent nos propres racines en posant des QUESTIONS INÉDITES ? DES QUESTIONS INÉDITES EN LETTRES CAPITALES, comme Mah et Lila les aiment. Et cette consigne de faire d'abord tourner ces QUESTIONS

INÉDITES autour des organes sexuels, et plus précisément des nôtres, n'est-elle pas juste un préalable au fait de se confronter à des RÉVÉLATIONS gênantes et douloureuses ? Ne pourrais-je donc pas, avec l'attention que Lila porte au règne humain et avec l'audace qu'il exige de nous, TIRER AU CLAIR le passé de tante Paula ?

Quel genre de documentaire ça donnerait ? « Un jeune étudiant en cinéma découvre par hasard un secret de famille lié à une mystérieuse rescapée de l'Holocauste ! » « Détails macabres et perversions nazies ! » « Un réalisateur accablé par son propre sort se console avec le prix Max Ophüls ! »

Sauf que ce n'est pas possible.

C'est précisément le genre de film à la con sur les nazis que je me refuse à tourner. Le seul salut face au dégoût de moi-même qui me submerge, le seul autoréconfort qui me vient, c'est l'oreille.

L'oreille qui ne représente rien d'autre qu'elle-même : vingt grammes de cartilage et de chair.

Je me dis : Fais donc ce film génial ou raté inspiré par Lila von Dornbusch, champion du dilettantisme, penche-toi sur le mystère total, qui va bien au-delà du lobe d'oreille, propre à cet organe tragiquement sous-estimé. Décris la joie sexuelle qu'il te procure. Abandonne-toi au bonheur et non au malheur. Au bien. Et non au mal. À l'humain. Et non à l'inhumain.

On ne fait pas un film pour se donner mal à la tête ou envie de vomir.

À partir de maintenant, je passerai chacune de mes minutes à New York à penser aux oreilles.

Et au sexe avec les oreilles, évidemment.

Même si ce n'est pas facile.

Voilà pourquoi je suis allé me réfugier à l'Institut Goethe. Il faut bien commencer quelque part les recherches nécessaires. Et ce lieu est le seul à la disposition d'un étudiant en cinéma allemand aux intérêts curieusement placés.

Je suis monté au deuxième étage et me suis dirigé vers le petit bureau du département cinéma.

La sirène était assise seule dans la pièce, courbée sur sa table de travail, au milieu des effluves de shampoing à la pomme qui se dégageaient de ses cheveux. En me voyant entrer, elle a vite glissé quelque chose sous une pile de papiers, l'air d'espérer que je n'avais rien vu.

J'ai pointé du doigt l'affiche *GERMANY ROCKS* avec le château de Neuschwanstein scintillant dans la neige, et je lui ai annoncé que le problème du logement des Dornbuschiens, comme elle nous appelle, était réglé. Et à la manière royale de Louis II de Bavière.

— Le National Arts Club ? s'est-elle exclamée en entendant l'adresse. Quelle bonne nouvelle, tu vas enfin pouvoir quitter ce taudis et ses toilettes immondes.

— Non. Je reste là-bas.

— Chez ce taré et sa famille de cafards ?

— Il y a bien pire au club Neuschwanstein.

— Quoi ?

— Ma tante.

— Est-ce que tu as lu sa lettre au sujet de ton grand-père qui… ?

— Oui.

Je me suis assis. Pas le choix. Et je me suis rendu compte que les larmes me montaient aux yeux. Il faut se mordre l'intérieur des joues, ça détourne la douleur.

— Ça ne va pas ?

— Si, tout va bien.

— Tu veux que je t'apporte un thé ou tu préfères rester seul ?

— Je suis désolé, vraiment, ça va.

— OK.

— C'est une sacrée journée.

— Reste là. Hollie est absente aujourd'hui. Personne ne te voit. Moi aussi, au début, New York me mettait dans un état pas possible.

On était assis l'un en face de l'autre. Elle a attrapé son téléphone pour passer un appel sans intérêt, histoire de ne pas me mettre mal à l'aise avec sa sollicitude. Je n'avais pas l'air de la déranger. Elle sait faire comprendre ce genre de chose, sans utiliser les mots ni les yeux.

Elle a raccroché et je lui ai expliqué que j'avais besoin de renseignements sur l'oreille, de renseignements médicaux, biologiques, esthétiques et philosophiques, de renseignements solides en tout cas et si possible tirés de la littérature scientifique *ad hoc*.

— On n'a pas ça dans notre bibliothèque, a-t-elle répondu après quelques instants de réflexion. Mais tu pourrais aller au Museum of Natural History. Ils ont tout.

— C'est loin ?

— Non. Juste en face de chez nous. De l'autre côté du parc. Upper West Side. Super baleine bleue au plafond. C'est à un quart d'heure d'ici.

Elle a vaguement agité sa main miniature en direction de la fenêtre.

— On y a une vue magnifique sur Central Park et la *skyline* de la 59e Rue. On y va maintenant, d'accord ?

— Je ne veux pas t'empêcher de travailler.

— Mon travail, c'est toi. Et de toute façon, c'est bientôt la pause déjeuner.

Je pouvais difficilement lui expliquer pourquoi le concept de pause déjeuner ne m'inspirait guère de sympathie à l'heure actuelle, mais elle m'a montré le bureau de sa cheffe absente en ajoutant :

— Hollie a décidé que j'étais responsable de toi.

— Moi, j'ai besoin d'une responsable ?

— Tout le groupe, a-t-elle insisté. Il y a une soirée Dornbuschiens programmée dans notre salle de cinéma le 10 octobre. Vous allez montrer vos films, non ?

— Possible, j'ai oublié.

— C'est moi qui l'organise.

C'est vrai : en guise de carte de visite, nous sommes censés présenter aux New-Yorkais nos courts-métrages de deuxième année que le professeur von Dornbusch trouve « petits-bourgeois », « timorés » et « merdiques » tous autant qu'ils sont. Avant ça, Lila veut nous faire chanter tous ensemble *O Tannenbaum* sur scène, si possible nus, histoire que le public américain soit bien disposé à notre égard. La sirène responsable de nous ne se doute pas du moment hypnotiquement gênant qui l'attend. C'est donc en toute innocence qu'elle m'a fait traverser Central Park pour me conduire à l'impressionnant Museum of Natural History.

La vue de tous ces squelettes de dinosaures plantés dans le monumental hall d'entrée ne m'a pas franchement remonté le moral. Histoire d'ajouter un peu de piment, les restaurateurs les avaient mis en scène en plein combat : un squelette de barosaurus défendait un squelette de bébé barosaurus contre un squelette d'allosaurus affamé, belle allégorie de l'éternelle vanité des choses. Où que je regarde, il n'y avait que des os.

La grosse dame noire perplexe postée derrière le guichet d'information à qui j'ai demandé des renseignements (« *Where can I find the whole human knowledge about ears in New York ?* – Où puis-je trouver toutes les connaissances humaines sur les oreilles à New York ? ») nous a envoyés dans la section « *Human Biology* – Biologie humaine ». Mais je n'y ai trouvé qu'un diorama très inspiré avec des squelettes de Néandertal assis devant une télé.

Aucune trace d'oreille, de pavillon, d'otite, de tympan, de marteau, d'enclume, d'étrier ou au moins d'ouïe.

En revanche, nous avons appris qu'une baleine produisait quotidiennement deux cents litres de lait maternel pour nourrir son petit. Et que les gorilles ne buvaient pas – personne n'a jamais vu de gorille boire à l'état sauvage.

Ils ont carrément accroché une baleine entière dans le grand hall d'exposition. L'Amérique tout craché.

Les panneaux explicatifs sont très différents de ceux qu'il y a en Allemagne, des genres de bandes dessinées, histoire que même les analphabètes désireux de s'instruire s'y retrouvent quand ils sortent de leur ghetto en masse pour débarquer au musée. Devant les ours blancs, par exemple, il est écrit : *Les ours blancs aiment manger du poisson, des phoques, des œufs d'oiseaux et des Esquimaux.*

La sirène s'est aperçue que la bibliothèque du musée n'ouvrait que dans une heure. Pour se faire pardonner, elle a absolument tenu à me montrer sa salle préférée, la salle Alexander von Humboldt qui, en toute cohérence, est dédiée au grand naturaliste Alexander von Humboldt.

Elle m'a expliqué avec enthousiasme l'utilité des divers sextants, boussoles d'inclinaison, lunettes astronomiques, chronomètres de marine, baromètres et thermomètres alignés dans les vitrines que Humboldt avait embarqués avec lui jusque dans le Bassin amazonien – pas tout seul, mais avec l'aide d'esclaves qui mouraient comme des mouches et dont son délire fébrile lui permettait d'accepter les faveurs érotiques. Elle m'a raconté tout ça, persuadée que j'attendais des explications de sa part, alors que je n'attendais strictement rien d'elle, sinon qu'elle aille très bientôt aux toilettes – ça, je m'y attendais, car sa vessie a une capacité limitée, c'est bien la seule chose que je sache avec certitude.

Elle avait apporté un sandwich au beurre qu'elle a déballé et partagé avec moi, et on s'est assis dans un petit renfoncement, en face du pingouin empaillé de Humboldt.

— Mon père est professeur de zoologie, a-t-elle dit en mastiquant alors que j'étais déjà au courant. Il sait tout sur les pingouins.

— Franchement, ce n'est pas la peine de rester ici avec moi, lui ai-je assuré, grand prince. Je vais m'en sortir tout seul.

— Ah, j'ai tellement de mal à me motiver.

Curieuse remarque. Surtout que je croyais qu'elle avait une volonté de fer. Mais elle m'a répondu qu'elle avait besoin d'avoir « des responsabilités ». C'était chose faite – et elle m'a demandé de lui décrire comment étaient les cinq-autres, quels étaient leurs avantages et inconvénients, aussi bien en termes d'esthétique cinématographique que de caractère, et quelle était la meilleure manière pour elle de se mettre en condition.

— Tu n'en fais pas un peu trop ?

Le petit visage de sirène gâtée de Nele Zapp s'est contracté comme un poisson en train de vider ses poumons. Elle était plus susceptible que je ne l'aurais cru. Ses lèvres pleines ont fait une petite moue et ses doigts ont attrapé ses lunettes (pas ses lunettes de *slum*, les autres) pour les remettre nerveusement en place.

— Et alors ? a-t-elle rétorqué d'un ton sec. C'est juste que je suis une grande curieuse et que je veux tout savoir sur toi.

Après ça, j'ai appris qu'elle avait longtemps étudié à Francfort. Sept années d'études germaniques. Elle a vingt-neuf ans. Mais sait qu'elle fait bien plus jeune. Adore Emily Brontë. A également étudié le journalisme. Aime manger des sandwiches au beurre. Avant, c'était une petite fille malheureuse, instable, qui se mettait souvent dans des états inexplicables, mais plus depuis qu'elle prend beaucoup d'aspirine. Elle va régulièrement au Muséum d'histoire naturelle, parce que son père est professeur de zoologie. Ça, elle a bien dû le dire quatre fois. Peut-être même cinq. C'est pour ça qu'elle a une carte de fidélité au Muséum d'histoire naturelle de toutes les villes où elle habite, pour ne pas le décevoir. Certains la trouvent envahissante et oppressante, alors que son seul moteur, c'est une innocente soif de reconnaissance. Le problème, c'est qu'elle n'a pas la moindre idée de qui je suis et de ce qui me plaît.

— Désolé, mais tu ne m'as posé aucune question. Ça fait vingt minutes que tu parles comme un moulin.

— Vraiment ? Et pourquoi tu ne m'interromps pas ?

Après ça, comme prévu, elle a dû retourner aux toilettes. Elle m'a demandé de surveiller son sac à main en plongeant son regard vert algue dans le mien.

Dès qu'elle a eu le dos tourné, j'ai visé son sac, tripoté la fermeture et, à ma propre surprise, l'ai ouvert comme si de rien n'était.

J'ai trouvé : des barrettes, un peigne blanc avec tout un tas de cheveux blond foncé dessus, des petites boîtes à haschich en bois qui contenaient des épingles à nourrice, des bijoux indiens de pacotille et trois tampons (taille moyenne), dc la crème pour les lèvres et de la crème pour les yeux, une cassette avec des chants de baleine – c'est ce qui était écrit dessus (*Cachalot et baleine bleue. Gros bisous de Merschi*) –, deux sachets de camomille, plusieurs photos d'ignobles araignées d'Amérique du Sud, des sous-vêtements propres et autres accessoires relevant de l'équipement de base d'une jeune femme dynamique – mais aussi, contre toute attente, une chaussure d'homme sans sa jumelle.

C'est une douce consolation de s'immiscer dans la sphère privée de quelqu'un qui vous a vu au trente-sixième dessous. Si ça se trouve, ai-je pensé, la responsable a même fait exprès de dévoiler à son protégé les recoins les plus intimes de son existence. De fait, je ne voyais pas d'autre raison pour laquelle une sirène irait confier son sac à main à un inconnu plutôt que de l'emporter aux toilettes.

Je crois que Nele Zapp essaie de se rendre intéressante. Intéressante et mystérieuse. Mais pour que ça fonctionne vraiment, il aurait fallu un pied scié dans la chaussure.

À son retour, un individu à la mine aussi innocente qu'impassible lui a rendu ses effets personnels profanés en déclarant d'une bouche desséchée comme après une course de cinq mille mètres : « Écoute, je crois que je vais remonter à la bibliothèque chercher les livres sur les oreilles. »

Elle a répondu que ça lui avait fait très plaisir de passer la pause déjeuner avec moi et qu'elle espérait que j'allais un peu mieux qu'avant. Avec un sourire enjôleur, elle a attrapé son sac à main, jeté un coup d'œil dedans, froncé les sourcils et glissé d'une voix chantante : « Tu veux un numéro auquel me contacter ? »

Dans sa voix, il y avait à la fois la routine et une forme d'attente crayeuse. J'ai pris un stylo-bille, sorti mon carnet, et elle m'a dicté les chiffres avec son mélodieux accent francfortois. Ce n'était sûrement pas la première fois qu'elle donnait son numéro à quelqu'un, et dans son regard moqueur, on voyait qu'elle se demandait ce qui en sortirait ce coup-là.

Je ne suis pas tranquille. Nele Zapp est l'archétype parfait de la femme d'été.

Mais je mets sur le compte de la frustration sexuelle le besoin pressant que j'ai eu d'aller me soulager. Après les *goodbye*, je me suis trouvé de belles toilettes en bas du musée et me suis patiemment dévoué à ma queue esseulée.

Et l'espace de quelques minutes, j'ai été délivré de mon désespoir.

JOUR 9 (AJOUT)

Le mercredi 25 septembre 1996, minuit

À l'époque où Mah et moi venions de nous rencontrer, au tout début de notre voyage à destination l'un de l'autre, alors que nous explorions nos corps et nos âmes tel – la journée d'hier m'autorise cette comparaison – Alexander von Humboldt l'Orénoque (avec curiosité et méticulosité, dans un esprit à la fois conquérant et parfois fiévreux, forcément), j'ai dû lui dire combien de femmes j'avais connues avant elle.

Il n'y en avait pas eu tant que ça, car mes amours lycéennes avec Mona avaient limité les possibilités.

Pourtant, Mah n'en revenait pas : selon elle, je n'avais jusque-là aimé que des femmes d'été.

Le concept de femme d'été est difficile à expliquer. Et il n'existe que parce que Mah considère les généralisations et les simplifications comme une excellente manière de saisir la vie dans sa confondante diversité.

— C'est comme ça que les scientifiques travaillent, a-t-elle objecté face à mon scepticisme. Einstein a simplifié ses conclusions jusqu'à ce que la théorie de la relativité tienne en deux lettres. E égale *m* fois *c* au carré.

— Ça fait trois lettres.

— Je parle de celles derrière le signe égal.

— E égale femmes d'été fois femmes d'hiver au carré ?

— Tu te moques de moi ?

Je ne me moque jamais de Mah. Mais dans le reste de mon cercle de connaissances, cette façon de réduire la féminité humanoïde à deux lettres (et des consonnes, en plus) est plutôt réservée à des gens comme Markus Silberschmidt, le goal de notre équipe de bras cassés. Il est mathématicien et aime les modèles binaires, surtout dans les vestiaires. Toutes les femmes, qu'il appelle systématiquement « dames », y sont divisées en deux catégories : les « dames chèvres » et les « dames vaches ». Le seul critère de distinction étant la taille de bonnet de la dame en question.

Cela dit, pour Mah, Markus Silberschmidt n'est ni un homme d'été ni un homme d'hiver – c'est juste un connard misogyne. La catégorisation par saisons est l'apanage de son sexe. Elle appelle ça l'abstraction.

Selon Mah, la femme d'été n'est pas une vraie femme, c'est une projection créée par les types comme Markus Silberschmidt. Un genre de magazine porno ambulant qui se veut l'incarnation des fantasmes masculins. Une femme d'été a besoin d'être vénérée, bichonnée et soignée, elle a besoin d'un sécateur – elle pousse comme les haies sauvages et veut être taillée selon son bon plaisir – et d'engrais fait d'excréments (ou de billets) masculins.

Elle attend des hommes qu'ils suent sang et eau pour elle.

Les femmes d'été sont des femmes de beau temps,

elles connaissent la pluie mais pas le froid. Elles ont l'habitude qu'on prenne leurs rêves au sérieux. Elles ne brident jamais leur frivolité, elles sont gaies, dépensières et tout sauf émancipées. Elles ont souvent des nez pointus et menteurs, elles sont capricieuses et exigeantes, elles aiment les sacs à main et leur propre personne. Beaucoup d'entre elles sont domiciliées en France.

La femme d'hiver, elle, est autosuffisante. Elle vit dans un éternel pergélisol. Elle a poussé indépendamment du temps qu'il faisait. Elle a un grand talent pour les petits projets. Elle est fiable et responsable. Elle n'a pas besoin de sécateur, à quoi bon ? Elle est perpétuellement recouverte de neige. La femme d'hiver dompte ses nombreuses angoisses sans avoir besoin de personne, exception faite des psychiatres, des meilleures amies et des journaux intimes. Les hommes relèvent de la nature hostile. Les femmes aussi.

La femme d'hiver peut vivre seule, la femme d'été jamais.

Sur la brève et tortueuse Via Dolorosa qu'est la vie, la création n'est tenue de faire le bonheur de personne. *Dixit* la femme d'hiver. La femme d'été n'est pas de cet avis.

Les femmes d'hiver se voient comme des arbres nus dans une forêt d'arbres nus. Elles se sentent plus ternes qu'un ciel de novembre, même quand elles sont incroyablement belles, incroyablement intelligentes ou incroyablement fougueuses – mais c'est au fond d'elles que tout se passe.

Tout le monde a le droit d'admirer la femme d'été.

La femme d'hiver aime l'exclusivité forcenée.

Si elle vous laisse entrer dans son igloo, elle vous protégera à jamais. Mais il ne faut pas la berner, et surtout, il ne faut pas la tromper.

Mais où est la place de tante Paula dans cette prose de magazine féminin ?

Quand une personne a été violée, maltraitée et humiliée des années durant, que toute sa famille a été abattue ou gazée, que sa jeunesse a été ravagée par une apocalypse et qu'elle a enduré toutes les variantes de la cruauté humaine, cette personne peut-elle être une femme d'été ? Car seule une femme d'été se laisse peindre nue par Balthus. Seule une femme d'été épouse un banquier pour alimenter son art et prendre ses quartiers au très sélect et coûteux National Arts Club. Et seule une femme d'été, ou une sainte perverse, pardonne à mon grand-père de l'avoir questionnée sur Hans Holbein avant d'exécuter tous ses voisins.

Ce que je viens de découvrir est tellement dérangeant, tellement sidérant, tellement brutal pour l'âme et l'esprit que je voudrais en parler à Mah. Ne serait-ce que parce qu'elle est la seule avec qui je peux garder le silence sur tout ça.

Mais Mah n'appelle pas. Et je n'appelle pas Mah. Nous sommes à dix mille kilomètres l'un de l'autre. Et pour la première fois, je sens cette distance.

Sous prétexte qu'Apapa l'a épargnée lors de ses opérations d'extermination de masse à Riga, tante Paula s'attend à ce que je le voie comme la Mère Teresa de la SS, et je ne comprends pas pourquoi.

Peut-être que Mah comprendrait.

Elle a connu mon grand-père. En apprenant au téléphone l'existence de ma « nouvelle flamme » (formule usitée par les Baltes fantasques), il avait voulu savoir le nom de mon amie.

— Elle s'appelle Mah Kim Nangung, ai-je dit.

Apapa s'est tu un instant avant de répondre :

— Ah, quel dommage.

Puis il a demandé à parler à mon père.

Ils se sont rencontrés une fois, lors de notre réunion de famille annuelle sur le Keibelberg, en Franconie, où Apapa, endossant son costume d'architecte protestant vertueux, avait construit à la demande de l'Église évangélique de Bavière un lieu de rencontre pour la jeunesse. Mah avait été sciée par toutes ces chansons au coin du feu, ces histoires de Daugava, d'ordre des chevaliers baltes et de nobles ancêtres.

Apapa lui a fait un baisemain, et pas n'importe lequel, car le petit doigt de Mah s'est malencontreusement retrouvé dans la bouche de mon grand-père. Après ça, il a voulu l'inviter à danser une valse arthritique sur ses échasses de vieillard. Sauf que la valse, ce n'est pas vraiment le truc de Mah. Elle n'a jamais suivi de cours de danse. Elle n'a aucune idée de comment faire une révérence digne de ce nom. Elle sait danser le jerk, forcément. Elle sait aussi égayer les vieux croulants de la maison de retraite Pater-Rupert-Mayer avec de la gymnastique rythmique au son du vibrato de Zarah Leander. Elle connaît même par cœur *Davon geht die Welt nicht unter*, le tube numéro 1 des soins palliatifs.

Mais Mah n'avait pas envie de se donner en spectacle avec Apapa. Sauf qu'elle ne le lui a pas dit. Elle avait trop honte. Elle s'en voulait d'être une mauvaise danseuse et un péril jaune. Ça se voyait rien qu'à la manière dont elle bougeait sur la piste de danse – ou plutôt, dont elle ne bougeait pas. Elle restait plantée là, les épaules basses, pendant que mon grand-père racorni lui soufflait sa mauvaise haleine au visage et lui ôtait le rouge des joues.

Le lendemain, c'était le jour de la traditionnelle photo de famille. Les quatre-vingt-quatre membres présents de la famille Rosen se sont alignés en rangs turbulents mais souriants dans la cour de l'hôtel de Keibelberg. C'était le même photographe qui venait chaque année. Et il faisait toujours les mêmes blagues.

Mais alors qu'il descendait de son escabeau avec la photo dans la boîte, Apapa s'est avancé, a posé une main sur son épaule, s'est tourné vers nous et nous a crachoté de rester chacun à sa place, car il tenait à faire une « vraie » photo de famille.

Et de gratifier Mah d'un charmant sourire en lui faisant signe de s'écarter – pas comme on chasserait un moineau, il était bien trop chevaleresque pour ça. C'était plutôt un geste multifonction pour grands bals et célébrations de corporations étudiantes par lequel le *maître de plaisir** [1] signale à regret aux invités indésirables que la *piste de danse** est hélas pleine et les invite à tenter leur chance au prochain morceau.

Interdite, Mah a lâché ma main et a docilement quitté les rangs, me glissant entre les doigts. Comme si de rien n'était, Apapa est retourné d'un pas traînant auprès d'Amama et a souri de toutes ses dents à l'objectif – comme si vraiment de rien n'était.

Ce sont donc non pas quatre-vingt-quatre, mais

1. Les mots en italique suivis d'un astérisque sont en français dans le texte. *(N.d.T.)*

quatre-vingt-trois membres de la famille Rosen qui se sont fait tirer le portrait. Il aurait évidemment dû y en avoir quatre-vingt-deux, mais j'étais sous le choc, pétrifié et cloué au sol, même si mon cerveau et mon cœur de la taille d'un colibri auraient voulu suivre Mah.

Elle est restée toute seule hors cadre, dans une robe achetée pour l'occasion qui, sans être *cheap*, était colorée et contrastait pittoresquement avec la benne à ordures gris métal derrière elle, dans laquelle elle aurait à tous les coups sauté si quelqu'un de ma maudite famille le lui avait demandé.

Et pourtant, elle souriait.

Tout le monde souriait.

Je me suis laissé immortaliser sans Mah au milieu des miens. C'est l'impression que j'ai eue : de me faire immortaliser sans Mah. Et au lieu de crier sur tout le monde, ce que je n'ai fait que plusieurs heures plus tard, j'ai ri de voir le photographe trébucher – je suis certain qu'il l'a fait exprès, pour nous sortir tous de l'embarras.

Au milieu de la nuit, j'ai réveillé Mah, ou disons que je l'aurais réveillée si elle avait été endormie. On a plié bagage et on est montés dans la petite Renault qu'elle avait achetée avec ses économies d'infirmière.

Mah a toujours partagé avec moi ce qu'elle avait de précieux, sa Renault, son argent, ses aspirations et sa magnifique peur du changement. Et moi, je l'ai laissée porter seule ce que j'aurais dû partager avec elle – les secondes devant la benne à ordures.

Elle m'a pardonné, parce que j'avais profité de la disparition du photographe dans la salle de bains pour sortir les pellicules de son sac et les piétiner, sous les yeux de ma blonde tante Helga.

Je sais que sans ça, Mah, femme d'hiver, m'aurait quitté.

Les Vietnamiennes connaissent la famille, cette forteresse imprenable aux murs de loyauté en béton armé.

La lâcheté devant les pères est un impératif confucéen.

Je n'ai pas envoyé à Apapa la lettre écrite sous le coup de la colère qui se trouve encore aujourd'hui au fond de mon tiroir et commence par : « Cher Apapa, tu ne comprendras sans doute pas cette lettre… »

Trois mois plus tard, mon grand-père était mort.

Aujourd'hui, je suis allé à la bibliothèque du musée et, avec la carte de la sirène, j'ai pu emprunter quatre livres : *Les Réactions sexuelles* (de Masters et Johnson), *Ce que les oreilles nous disent. Risques. Chances. Génialité* (de Peter Moore), *L'Oreille. Anatomie, pathologie et physiologie de l'oreille pour audioprothésistes* (de trois médecins australiens, un classique) et *Qu'est-ce que le son ?* (d'un certain docteur Luther Lightinghouse).

J'ai tellement hâte de méditer sur la vie des oreilles.

JOUR 10

Le jeudi 26 septembre 1996

Donc j'ai joué dans le film de Kerstin.

Ce matin, elle nous a montré les rushes, à Redford et à moi, à l'American Film Institute. À la table de montage.

J'ai eu le privilège d'être assis à sa gauche, car l'acteur principal est toujours à gauche de la régie, comme l'a expliqué le professeur ricain de service. Lui était à droite de la régie, la place des gourous, producteurs et professeurs ricains narcissiques.

Le cameraman, c'est de la piétaille, et le pauvre Redford a dû aller s'asseoir au fond. De là, il jetait des peluches de son pull sur le professeur ricain et faisait grise mine en regardant l'écran sur lequel tremblotaient ses belles images muettes.

C'est incroyable la ressemblance qu'il y a entre papa et moi, et même entre Apapa et moi, sur celluloïd. Les rides sous les yeux. Le double menton. La proéminence des dents du dessus qui, de profil, nous donne à tous les trois des airs de lapin. Le portrait craché d'Apapa tel que tante Paula a dû le connaître, son couvre-chef à tête de mort renversé sur la nuque, presque comme une casquette de base-ball.

J'ai demandé à la réalisatrice comment elle voyait le film et quel montage elle avait en tête. Kerstin est du genre rustique et bruyant. C'est une bavarde, mais même avec deux cents mots à la minute, elle est incapable d'expliquer pourquoi elle fait courir un officier SS à travers New York. Elle a vaguement parlé d'« électrochoc nécessaire ». Peut-être qu'elle a simplement voulu faire le film éducatif le plus cliché possible sur l'Allemagne (sinon, elle aurait pu faire un film avec un Bavarois pure souche en culotte courte traditionnelle, sauf qu'il n'aurait pas eu de Luger Parabellum à la main).

Sur les rushes de la deuxième prise, on s'est aperçus qu'en me voyant faire des moulinets avec mon flingue, un flic du New York Police Department sur le trottoir d'en face portait instinctivement la main à son arme.

— *You're a lucky guy* – Vous êtes un type chanceux, a grommelé le professeur ricain en me fixant, *you could have been shot that day* – vous auriez pu vous faire tirer dessus ce jour-là.

Il n'était pas content du tout et il a passé un savon à Kerstin jusqu'à ce que les oreilles de cette dernière deviennent toutes rouges, ce qui a attiré mon attention de professionnel. Faire brailler un Sturmbannführer armé jusqu'aux dents sur Broadway sans autorisation de tournage, a-t-il sifflé, c'était « *flirting with disaster* – flirter avec le désastre ».

Même le fait que l'uniforme original soit de Hugo Boss ne l'a pas adouci.

Kerstin est une fille adorable, elle a le cœur sur la main et prend tout à la légère, elle aime grignoter des sucreries et, en guise de sirop pour la toux, elle boit du daiquiri à la fraise (une boisson rouge pleine de glaçons).

Ensuite, on a parlé de ses lobes d'oreilles écarlates, et elle a éclaté de rire parce qu'elle n'avait encore jamais parlé de lobes d'oreilles avec quelqu'un.

Elle me fait un peu penser à la femme de Humbert Humbert dans *Lolita* de Nabokov, qui finit écrasée par une voiture.

Kerstin a débarqué aux États-Unis avec deux chapeaux de paille sur la tête et une lance aborigène. Quand les douaniers lui ont demandé ce qu'il y avait dans ce long carquois enveloppé dans du plastique, elle a répondu : « *Oh, it's just a spear !* – Oh, c'est juste une lance ! », et ils ont hoché la tête avant de laisser passer cette drôle d'Allemande sans aller vérifier plus loin.

J'ai pris Kerstin et Redford à part pour leur expliquer que je rêvais de venir habiter chez eux. Et leur demander si c'était faisable.

— Tu veux habiter chez nous ? a répété Kerstin, stupéfaite, avec dans les yeux une lueur à la « Aide-toi toi-même ».

— Oui, s'est étonné Redford, je croyais que tu allais être logé dans ce club pour millionnaires ?

— Seulement les cinq-autres. Moi, je ne peux pas y aller.

— Et pourquoi ? s'est enquise Kerstin.

— Ma tante y vit. Ce n'est pas possible. Elle a un problème d'aura.

« Et je vais me retrouver à tourner un film à la con sur les nazis, comme toi », ai-je failli dire à Kerstin, mais je me suis retenu. Avec elle, les mots magiques comme « aura », « chakra » ou « moment d'illumination existentielle » fonctionnent bien mieux que la confrontation directe.

— Écoute, Jonas, a-t-elle lâché en soupirant. Je te trouve génial, vraiment. Mais je ne suis pas sûre que ce soit une bonne idée.

— Je dormirai par terre, ai-je supplié. Ou aux toilettes s'il le faut.

— On n'a pas de toilettes.

— Vous n'avez pas de toilettes ?

— Disons qu'on a un genre de parc aquatique ambiance Las Vegas, avec jacuzzi, bidet, doubles toilettes en marbre et tout le tralala, parce que le propriétaire fait une fixette sur le Waldorf-Astoria. Il habite le même loft que nous, à l'étage au-dessus. On ne peut pas te laisser emménager s'il est contre.

— Oui, a renchéri Redford, Kerstin et moi, on n'est pas les seuls à habiter là-bas, il y a aussi la sœur de Kerstin et son *lover*. Et avec ça, la baraque est pleine.

— Il faut que tu rencontres Jerry, Jonas.

— C'est qui, Jerry ?

— Le proprio.

— OK.

— Le truc, c'est que Jerry n'est pas un proprio comme les autres, mais je pense que tu vas lui plaire. En tout cas, n'oublie pas de le complimenter sur les tableaux qu'il a chez lui.

— Ils sont bons, ces tableaux ?

— C'est selon, a soufflé Redford en levant les yeux au ciel et en dessinant une moustache à la Salvador Dalí au-dessus de sa bouche.

— Tu ne veux pas venir dîner après-demain ? a

proposé Kerstin. Je vais faire à manger pour tout le monde. Je cuisine super bien, surtout le poisson que Jerry pêche dans l'Hudson. Au fait, qu'est-ce que tu penses du titre ?

— Du titre ?

— Le titre de notre film ?

— Pourquoi, il s'appelle comment ?

— *L'Insoutenable Légèreté du Luger.*

Hier soir, j'étais à deux doigts de craquer. J'étais tellement frustré, triste et seul que je me suis enfilé quatre bières Boston Lager dans la déprimante cuisine de Jeremiah.

Et qu'a fait le professeur Fulton devant mon état qui aurait réveillé la générosité de n'importe quel grippe-sou et la bienveillance de n'importe quel sadique ? Il a ignoré tous mes signes d'abattement et refusé de parler d'autre chose que d'Isadora Duncan et de Vaslav Nijinski.

Jeremiah affirmait (après m'avoir fauché une de mes bières qu'il a descendue d'un trait sans me demander mon autorisation) qu'en réalisant une figure de ballet sur la scène de l'Opéra de Paris juste après la Première Guerre mondiale, Isadora Duncan et Nijinski étaient restés plusieurs minutes dans les airs tellement ils étaient légers. Plusieurs témoins l'auraient confirmé indépendamment les uns des autres. Quand je me suis risqué à mettre cette histoire en doute, d'un simple froncement de mon sourcil gauche alcoolisé, Jeremiah a pris un air grave.

Il m'a dit qu'il existait des gens exceptionnels avec des talents exceptionnels.

Et qu'il en était le meilleur exemple.

Après ça, je suis allé sur mon canapé et j'ai essayé de me plonger dans le livre sur le son du docteur Lightinghouse. Mais c'était compter sans Jeremiah, ou plutôt sans sa voix, ou plutôt sans le son de sa voix amplifié par l'alcool dans mon sang. Il téléphonait à son *boyfriend* en bruit de fond, et le docteur Lightinghouse a bien raison de qualifier les voix de dangereux phénomènes de résonance – sans ça, elles ne pourraient pas briser des verres.

— *Hi !* beuglait Jeremiah dans le combiné. Tu n'imagines même pas combien ta jolie queue me manque. Oui, j'ai reçu tes dernières photos. Oui, je vais t'envoyer de l'argent. Je sais que tu en as besoin. Hein, quoi, je te manque ? Je ne te manque pas ! Tu vas avoir une gentille femme et des enfants. Et une fois sorti de là, tu vivras ta vie. Bien sûr que je vais t'envoyer de l'argent. Écoute, tes dernières photos m'ont bien plu. Ils ne t'ont pas encore complètement démoli, pas vrai ? Tu as toujours tout ce qu'il faut là où il faut ! Hé, je sais que tu vas tenir le coup ! Ne te laisse pas abattre !

Il a raccroché. Son nouveau *boyfriend* est portoricain. Il est en prison pour avoir planté un pic à glace dans la nuque de quelqu'un.

Je ne peux pas rester ici. Il y a trop de dégoût dans l'air.

Je ne sais pas pourquoi Mah ne m'appelle pas.

C'est quand même elle qui a inventé toutes ces conneries de grossesse, pas moi.

Et elle ne peut même pas me faire des excuses dignes de ce nom ?

Ce matin, Nele a appelé, mais j'étais énervé parce qu'elle n'est pas Mah.

Sa voix me cherchait, pleine d'espoir, sans son ironie forcée habituelle. Mais c'était peut-être juste à cause de notre rendez-vous de demain.

Après tout, Nele est responsable de moi.

Je vais écrire une lettre à tante Paula.

Pour lui dire que je ne veux plus la voir.

Le National Arts Club, c'est au-dessus de mes forces.

Le souvenir d'Apapa, c'est au-dessus de mes forces.

Et le souvenir de celui que j'ai été, c'est encore plus au-dessus de mes forces.

Autrefois, j'étais le chouchou d'Apapa.

Tante Paula a peut-être un grand cœur.

Mais on ne ferait que se rendre malheureux l'un l'autre.

Je dois lui écrire.

Ce qu'il lui faut, c'est la santé, la santé, la santé.

Ce qu'il ne lui faut pas, c'est moi.

JOUR 11

Le vendredi 27 septembre 1996

Aujourd'hui, c'est vendredi.

Je viens de voir Nele Zapp pour discuter des détails pratiques de la soirée. La soirée des Dornbuschiens.

On avait rendez-vous à 14 heures à la fontaine de Washington Square Park. Évidemment, il n'y avait pas de fontaine, juste une grande place pleine de guitaristes avec un jet d'eau qui ne fonctionnait pas.

Je suis arrivé en retard, et elle aussi. Ce qui est bien, c'est qu'on est arrivés en retard au même moment. Je l'ai vue en premier, et ce que j'ai vu m'a plu.

Je l'ai vue de derrière.

Elle portait à nouveau sa minijupe écossaise à carreaux verts avec des collants et des sabots noirs. Elle avait une veste vert pétant, et la première chose qui m'a sauté aux yeux, c'est sa taille de guêpe en dessous. Je crois bien qu'elle a aussi un derrière de guêpe, et je n'arrive pas à savoir si la jupe est censée le cacher ou le mettre en valeur. C'est soit l'un soit l'autre.

Quand elle s'est retournée, j'ai bloqué sur le gigantesque poil qu'elle avait au menton. Un unique poil d'au moins deux centimètres de long dont l'existence m'avait jusque-là échappé. Je n'arrêtais pas de le fixer, mais elle ne s'est pas laissé démonter. Ensuite, elle s'est même mise à jouer avec, comme si c'était une chaînette ou un porte-bonheur.

On a beaucoup ri.

C'était dans un café au sud de la place, et la serveuse avait l'air serviable. Sauf qu'elle n'a pas apporté ce qu'on avait commandé. Je voulais un café viennois et j'ai eu un café saupoudré de cannelle. Nele a eu un expresso au lieu d'un cappuccino, et elle avait demandé de l'eau en plus, mais à la place, elle a eu une double ration de gâteau.

Il y a un truc qui me fascine dans ses mouvements un peu saccadés, et aussi dans sa drôle de tête : elle a une crinière de girafe blond foncé aux reflets roux, très courte sur la nuque, mi-longue sur les côtés et très longue devant, si bien que des mèches n'arrêtent pas de lui tomber sur le nez, presque jusqu'au menton, et elle les dégage en soufflant du coin de la bouche.

Elle est bordélique et maladroite, ce qui lui donne des points en plus. Elle a fait tomber la boîte contenant le sucre avant de le ramasser par terre à la cuillère, avec deux fourmis qu'elle a transvasées dans son café où elles sont restées un moment à barboter sans qu'elle remarque rien.

Elle ne connaît pas son numéro de téléphone par cœur ni même son adresse. Son côté artificiellement angoissé me fait penser à Jessy. En plus, elle aime les hommes avec un fort instinct de protection, et en me disant ça, elle m'a regardé d'un air plein d'espoir.

On s'est vite retrouvés à discuter de choses personnelles, et Nele a déclaré que j'étais plein de secrets et qu'on sentait bien que je ne voulais pas me dévoiler.

Je lui ai dit que ce n'était pas vrai, et quand elle m'a demandé de lui parler de moi pour une fois, de raconter quelque chose que j'aurais préféré garder pour moi, j'ai répondu :

— J'ai fouillé dans ton sac à main.

— Quoi ?

— Avant-hier, au musée. Tu étais aux toilettes et j'ai fouillé dans ton sac à main.

Elle m'a toisé et j'ai compris qu'à partir de maintenant, on allait moins rigoler. Son angoisse artificielle s'était comme volatilisée. À la place, elle écarquillait les yeux.

— Pourquoi ?

— Franchement, je ne sais pas.

— Tu me prends pour une imbécile ?

— Non, pas du tout, il y avait une chaussure dedans, une chaussure d'homme, de cette taille-là.

Je lui ai montré avec les mains, alors qu'elle savait mieux que moi de quelle taille était la chaussure. Une mèche était tombée sur son nez et elle l'a soigneusement remise derrière son oreille qui, dans mon souvenir, n'avait pas du tout cette forme-là.

— Pourquoi tu me racontes ça ? a-t-elle demandé avec une consternation presque songeuse.

— Je me suis dit qu'il fallait que je m'excuse.

— Tu as volé quelque chose ?

— Non, bien sûr que non.

— Est-ce que c'est un genre de maladie ?

— Comment ça ?

— Comme la phobie des araignées ou l'addiction au jeu. Un genre de TOC que je pourrais te pardonner ?

— Non.

— Tu ne t'amuses pas à fouiller dans le moindre

sac qui traîne, comme un fétichiste du pied qui renifle toutes les chaussures de femmes qui lui tombent sous la main ?

— Non, et je n'ai pas reniflé ta chaussure d'homme, si c'est ce que tu crois.

La mèche s'est décoincée de derrière son oreille et est retombée sur son nez, comme un crabe dormeur qui retourne toujours vers la mer.

— Tu veux que je t'en colle une ?

— Ce n'est pas une bonne idée. J'ai un traumatisme crânien.

— Ce serait bien la seule explication à ton comportement.

— Non, c'est vrai. J'ai une espérance de vie limitée, et il ne faut pas que je me prenne de coups. Si tu touches ma tête, tu sentiras la cicatrice.

— Tu rêves. Hors de question que je te touche la tête.

— Peut-être qu'on pourrait commencer à parler de la soirée.

Son doigt s'est à nouveau entortillé dans son poil au menton, et j'ai eu peur pour lui. Elle reniflait et secouait la tête. Le poil était en danger. Je me suis demandé si je n'avais pas fait tout ce cirque juste histoire de créer cette intimité qui va toujours de pair avec la colère. Et honnêtement, la colère lui allait bien, parce qu'elle lui donnait l'air plus naturel, presque vrai et presque triste.

— Vraiment, je ne comprends pas. Mais que les choses soient claires : tu as abusé de ma confiance, tu en es conscient, non ?

— Oui, et je suis désolé.

— J'ai vu que tu n'allais pas bien. Je t'ai accompagné au musée. Je t'ai prêté ma carte de bibliothèque. Franchement, je trouve que j'ai été plutôt sympa avec toi. Et toi, tu me trahis ? Tu crois peut-être que ça va nous rapprocher, maintenant que je sais que tu es un crétin ?

— Peut-être que je n'ai pas envie que quoi que ce soit nous rapproche ?

— Est-ce que c'est une technique de drague particulièrement tordue ?

— Non, au contraire, crois-moi.

Elle m'a dévisagé. Ça travaillait dur derrière son front à la Moby Dick. Puis elle a gonflé les joues, a soufflé très lentement et, une fois complètement vidée de son air, a demandé :

— OK, j'imagine que tu as un porte-monnaie ?

— Pourquoi ?

— Est-ce que tu as un sac à main dans lequel je pourrais fouiller ?

— Non.

— Dans ce cas, tu as sûrement un porte-monnaie.

— Je vois, oui.

Je lui ai filé mon porte-monnaie informe. Comme c'était une ancienne pochette à porter autour du cou, il était quatre fois plus grand que la normale.

Elle a sorti tout ce qu'il y avait dedans. Mon passeport. Ma carte d'étudiant. Les médicaments contre les migraines de cheval que j'attends depuis des jours. Les capotes que je m'étais prises au cas où. Sans oublier les deux cent douze dollars que tout le reste de la terrasse a regardés avec intérêt, car les billets étaient agités par le vent et menaçaient de s'envoler d'une seconde à l'autre.

Nele a appelé la serveuse serviable, lui a glissé

cinquante de mes dollars dans la main, puis cinquante de plus, a lancé : « Le compte y est », et une fois la serveuse repartie radieuse et renflouée, elle m'a demandé si j'avais quelque chose à objecter à cette inélégante réhabilitation. J'avais quelque chose à y objecter, mais d'un autre côté, c'était l'argent de la chaîne de télévision, ce qui fait que mes tares et ma pénitence étaient pour ainsi dire subventionnées.

Au même moment, la sirène a remarqué la liasse glissée dans mon porte-monnaie.

— C'est quoi ?

— Laisse.

Elle a attrapé les papiers pliés en deux, a commencé à les feuilleter et s'est arrêtée sur le compte rendu de tante Paula. Et elle s'est mise à lire.

— Je n'ai aucune envie que tu lises ça.

— Mais je le lis quand même.

J'ai tendu la main à travers la table pour lui arracher les papiers. Je n'étais plus d'humeur à rire.

— Tu es un drôle de type.

Je n'ai pas répondu. Je sentais les regards des touristes de la table d'à côté qui étaient très allemands et ventripotents, on aurait dit les membres d'une association folklorique bavaroise oubliés là par la Steuben Parade.

Nele s'est approchée de moi en baissant la voix.

— Écoute, a-t-elle commencé tout bas, je suis en train de me dire que si tu es aussi intrusif, c'est peut-être parce que tu ne me trouves pas complètement chiante à mourir. Et que tu veux savoir qui je suis et quels défauts j'ai. J'en suis flattée, surtout que j'ai vraiment les pires défauts physiques et mentaux. Et puis, je ne suis pas particulièrement maligne, sinon je t'aurais déjà planté là au lieu de me casser la tête à trouver un lien entre ton insupportable suffisance et la sympathie que tu aurais pour moi. Mais tu sais ce qui est le plus scandaleux ?

Je n'en avais aucune idée et je le lui ai dit.

— Le fait que tu considères tes secrets comme beaucoup plus secrets que les miens.

Elle s'est écartée de moi avec son visage inondé de soleil, comme du métal en fusion, je ne veux pas dire de l'or, mais quand même – ses traits concentrés et sa superbe impassibilité, sa voix de miel, son inhabituelle gravité et le poison paralysant de ses paroles m'apaisaient. Était-il possible qu'elle ne m'en veuille pas tant que ça ?

Au bout d'un certain temps, je lui ai rendu le papier. Nele l'a pris en se redressant sur sa chaise. Ses membres de sirène curieusement disposés, elle affichait un air de supériorité, d'aisance absolue qui n'était pas du tout adapté à sa lecture. Tel un fakir, elle était assise sur la planche à clous de la vie de merde de tante Paula, et j'attendais que le premier clou s'enfonce dans sa chair.

Mais ce n'est pas ce qui s'est passé.

Au bout d'un long moment qui m'a semblé une éternité et pendant lequel j'ai rangé dans mon porte-monnaie tout ce qui m'appartenait – à part mon argent qui s'était envolé dans la nature –, au bout d'un long moment donc, la sirène a relevé la tête en clignant des yeux.

— C'est la chose la plus triste… a-t-elle commencé, sonnée, sans finir sa phrase et sans imprimer à sa voix ces trémolos tragiques que je méprise particulièrement dans toutes les histoires à la con sur les nazis.

Je n'ai rien dit, ne me suis pas levé, ne suis pas parti,

et je n'ai pas, même une seconde, été tenté de couper définitivement les ponts avec elle.

Elle a mis un petit moment à se ressaisir.

— Mais l'interrogatoire n'est pas complet. Il manque une partie, a-t-elle dit sur un autre ton.

— C'est possible. Mais ce ne sont pas tes affaires.

— Et ce Sturmbannführer Rosen ?

— Pas tes affaires non plus.

Elle a opiné du chef. Puis secoué la tête. Puis à nouveau opiné du chef en me rendant le témoignage consulaire de tante Paula.

Le soleil la gênait, on le voyait à ses paupières papillotantes, mais il chassait aussi l'horreur de son teint.

— Dieu merci, il n'y a pas ce genre de trucs horribles dans ma famille, a-t-elle fini par dire.

— Ah oui ? Que des antifascistes ?

— Des professeurs de zoologie.

— Oui, c'est bien connu, les résistants à Hitler étaient tous professeurs de zoologie.

Un guitariste se baladait devant nous en pinçant ses cordes et en chantant *As Time Goes By*. Quand il est arrivé à « *It's still the same old story, a fight for love and glory, a case of do or die* », la sirène s'est penchée lentement vers moi, a posé ses coudes sur la table et, de ses index en os de poulet, le droit et le gauche, a finalement touché ma tête. Je les ai sentis frôler de part et d'autre ma cicatrice boursouflée, et dans cette caresse, il y avait tout l'héritage zoologique de la famille Zapp.

— D'accord, a-t-elle dit doucement, les yeux débordants, sans cesser son exploration. Maintenant, on est quittes. Allons faire un truc sympa ensemble.

Parce que c'était ce dont elle avait envie, on est allés visiter le musée Guggenheim à SoHo, qui n'est pas loin de Washington Square. Comme je lui avais payé un café à cent dollars, elle m'a invité.

Dans l'exposition, il y avait des installations vidéo qui venaient toutes de Karlsruhe. Bruce Nauman, Bill Viola, Marie-Jo Lafontaine, ce genre d'inepties.

On est arrivés devant une œuvre de Bill Viola. *Threshold* ou quelque chose comme ça. Un sanctuaire. Une petite ouverture noire comme un four conduisait à l'intérieur d'une pièce sombre, en forme de porte des Enfers. Nele n'osait pas entrer. Elle refusait de mettre un pied dans l'installation, ce qui ne collait pas du tout avec son intrépidité zoologique.

J'ai dû me glisser en premier sous le lourd rideau.

À l'intérieur, trois écrans géants montraient des gens en train de dormir. Leurs visages en gros plan. Nele s'est mise juste devant moi, elle est tellement petite que je peux voir sans problème par-dessus sa tête, et on a passé vingt minutes à regarder dormir des gens avec vingt autres visiteurs qui respiraient en silence.

Je sentais la chaleur de son corps se mêler à la mienne dans le minuscule interstice qui séparait sa jupe verte de mon jeans.

À sa nuque, on voyait bien qu'elle profitait de l'obscurité pour laisser libre cours à ses larmes.

Quand on est sortis du Guggenheim, elle était redevenue elle-même. Le soleil l'a fait grimacer, mais il ne gênait plus ses paupières, il était plus bas dans le ciel et lui donnait plus de plasticité qu'avant.

Près de sa lèvre inférieure, pas loin de son poil au menton, il y avait un petit grain de beauté que je n'avais pas remarqué jusque-là. Elle en a sans doute d'autres sur le reste du corps. En général, c'est le cas.

— Tu aimes avoir le nez au vent et te laisser porter ! ai-je dit en guise d'au revoir.

— Exactement, a-t-elle répondu dans un rire insouciant. C'est comme ça que je reste jeune !

Elle m'a serré la main avec cérémonie et dit qu'elle m'appellerait demain.

On n'a pas parlé une seconde de la soirée qui était l'objet de notre rendez-vous.

JOUR 11 (AJOUT)

Nuit du vendredi 27 au samedi 28 septembre 1996

Jeremiah m'a réveillé en me disant que ma petite amie était en ligne. En vrai, il ne l'a pas dit, il l'a braillé depuis son lit. La pression acoustique de ses vociférations s'est répercutée à travers le minuscule couloir jusque dans mon rêve vulnérable aux émissions sonores (pour reprendre la terminologie de Mr. Lightinghouse).

J'ai filé dans le dépotoir de Jeremiah, enjambé son gros cul et attrapé le combiné. Comme je n'y voyais rien, l'appareil est tombé du rebord de la fenêtre. Certaines parties de moi dormaient encore, les yeux par exemple, et aussi le sens de l'équilibre.

— Keskia ?

— C'est moi.

— Attends, Mah !

— Il s'est passé quelque chose ?

— Le téléphone est tombé sur le pied de Jeremiah.

— Non, ce n'est pas ce que je veux dire.

— Qu'est-ce que tu veux qu'il se soit passé ?

— Dès que tu ne m'appelles pas, je me dis qu'il y

a un problème avec ta tête et que tu es au fond d'un caniveau en pleine crise d'épilepsie.

Son inquiétude s'est glissée en moi comme une clé de contact dans sa serrure, puis mon moteur a démarré et je me suis souvenu que si je ne l'avais pas appelée, c'était pour une bonne raison.

— Mah, je suis fâché.

— Je sais, Limaleh. Je suis désolée.

— Tant mieux.

— Je n'aurais pas dû te raconter cette histoire de grossesse.

— Et cette histoire de Mme Irrnich non plus.

— Non, cette histoire de Mme Irrnich non plus.

— Ça fait plaisir d'entendre ta voix.

— Oui, mais j'ai pris froid.

— C'est quand même ta voix.

— Je te manque ?

— Bien sûr.

— Est-ce que tu es seul ?

— Est-ce que je suis seul ?

— C'est la question que je te pose.

— Tu viens d'avoir Jeremiah au téléphone. Il est couché à côté de moi et me regarde avec des yeux hallucinés parce que je suis en ligne avec l'Allemagne à 2 heures du matin. Non, je ne suis pas seul.

— Tu sais bien ce que je veux dire.

— Tu es trop jalouse, ma chérie.

— OK, je vais essayer de prendre sur moi. Mais vraiment, ne te fous pas de ma gueule.

— Bien sûr que non.

— Il y a quelqu'un ?

— Non.

— Il n'y a rien ni personne dans cette fantastique ville qui te fasse de l'effet ?

— Eh bien, de temps en temps, dans la rue, un joli visage ou un caractère sexuel secondaire ou…

— Tu regardes les caractères sexuels secondaires des autres ?

— C'est la vie, non ?

— C'est le genre de truc qu'on dit quand les choses tournent mal : « Ah, dans ce film, il y a quelqu'un qui se fait éviscérer par les trous de nez. Mais bon, c'est la vie. » Je vais te dire ce que c'est, la vie : c'est la fiabilité.

— Oui, sauf que personne n'a envie de voir de film qui parle de fiabilité.

— Je parle de nous, Jonas, pas de cinéma. Personne ne veut voir de film sur les oreilles non plus, et ça ne t'empêche pas d'en faire un.

— Pourquoi ai-je le sentiment que le ton est en train de monter ?

— Parce que tu ne t'es absolument pas excusé ! Tu m'as traitée de bridée ! Tu ne veux pas que je vienne te voir ! Tu as crié que j'étais *too much* pour toi ! Tu m'as vraiment blessée, Limaleh, et maintenant, j'attends que tu panses mes plaies. C'est trop demander ?

— Non.

— Je ne vais pas bien.

— Quand je serai rentré, on ira au Reddick.

— Vraiment ?

— Et on prendra le plateau « Bonheur à Venise ».

— Avec deux jus d'orange frais ?

— Voilà. Et la table près de la fenêtre.

— Mais cette fois, c'est moi qui serai à gauche, avec la vue sur le château d'eau.

— OK, et on regardera ensemble les caractères sexuels secondaires des gens.

— Je n'arrête pas de me dire que tu risques de mourir d'un coup, en un claquement de doigts.

— Je ne vais pas mourir, ne t'inquiète pas.

— Je tiens vraiment à toi, tu sais. Tu m'as toujours soutenue, même le jour de ta réunion de famille.

— Dis-moi, ma chérie, qu'est-ce qui se passe ?

— Ton père m'a appelée.

— Mon père ?

— Oui, il y a une heure.

— Merde.

— Mais ne t'en fais pas, je ne lui ai pas donné ton numéro.

Jeremiah s'est tourné vers moi, rouge de colère, et s'est écrié « *Fucking asshole !* » en projetant une botte dans ma direction. La semelle a percuté mon front, pile à l'endroit où même un papillon citron ne peut pas se poser sans mettre ma santé en danger.

Au lieu de perdre connaissance, je me suis retrouvé avec les idées parfaitement claires, comme la première fois que j'ai pris de la drogue. Je suis quand même tombé, pas sur le service à fondue rouillé abandonné sur la couverture, Dieu merci, mais sur la couverture elle-même, dont seule l'odeur laissait à désirer.

Je suis resté couché là immobile, tel Batman poussé par le Joker au fond d'un volcan et qui chute de mille mètres de haut pour se retrouver dans la lave en fusion, tête en bas, les bras plaqués le long du corps, sans douter une seconde d'être bientôt secouru.

Malheureusement, mon seul secours était Jeremiah

qui a désespérément tenté de me masser, un peu comme il masse Chérie. On aurait dit qu'on m'avait injecté de la neurotoxine dans la colonne vertébrale. J'avais beau ne pas pouvoir bouger, j'entendais toujours tout ce qui se passait autour, l'hélicoptère en train de voler dehors, par exemple, ou cet abruti fini de Jeremiah qui sanglotait à côté de moi, ou encore Mah dont la panique fuitait du combiné.

Il ne fallait surtout pas qu'elle pète un plomb. Du regard, j'ai fait signe à Jeremiah de coller le téléphone à ma bouche. Il s'est approché de moi à genoux, en reniflant, et s'est exécuté du mieux qu'il pouvait. J'ai essayé de parler, mais il va de soi qu'on ne peut émettre que les sons proposés par notre cortex linguistique, et dans mon cas, il n'y avait même pas de quoi satisfaire un chimpanzé.

— Hm ? ai-je fini par articuler.

— Qu'est-ce qu'il se passe, mon amour ? Tu es tombé ?

— Mhm.

— Tout va bien ?

— Mhm.

— Tu me fais plus peur qu'autre chose.

— Papa ?

— Oui, il… il voulait te parler de ta tante.

— Ah.

— Il dit qu'elle a… Enfin, elle devait être très affectée. Elle a dit que tu ne voulais pas venir chez elle et que tu ne voulais plus la voir.

— Hm.

— C'est très important pour elle que tu viennes la voir. Je crois que c'est ce que ton père voulait te dire.

— Ui. Ah. OK.

Deux heures ont passé.

Le soleil va bientôt se lever.

Je suis encore couché sur le lit et Jeremiah me soigne – enfin, ce qu'il entend par « soigner quelqu'un ».

Il m'a préparé un café à partir de je ne sais quelle substance desséchée, et il prétend me faire faire des exercices de diction. « *I scream, you scream, we all scream for ice cream ! Tuesdays, Mondays, we all scream for Sundays !* »

Il ne lui viendrait pas à l'idée de m'emmener à l'hôpital, parce qu'il a la trouille que ça lui retombe dessus. Notamment d'un point de vue financier.

En revanche, il a chargé Puppy et Lucy de s'occuper de moi. Ils me lèchent gentiment le visage et les mains – d'après Jeremiah, la douce langue d'un chihuahua aurait plus de vertus médicales que tout le St. Patrick Hospital.

Ça me va bien.

Je n'ai pas peur de faire une attaque cérébrale.

Le pire, ce serait que Jeremiah éteigne la lumière, m'enlace de ses bras de boulangère et reste étendu à côté de moi.

Entre-temps, il a libéré son matelas de tous ses pots de yaourt, os de poulet rongés, bouteilles de vin, fourchettes à fondue et cassettes VHS. Il a même roulé en boule et sorti sur le balcon les rideaux qu'il avait retirés de leur tringle pour y fourrer ses pieds (la seule partie de son corps susceptible d'avoir froid).

Je n'en reviens pas de la lenteur à laquelle Jeremiah fait les choses et du temps qu'il passe à regarder dans le vide entre deux petites tâches ménagères.

Par exemple, à côté du lit, il y avait un grand verre

avec la pisse de Jeremiah dedans, sous prétexte qu'il n'aime pas se déplacer aux toilettes la nuit. Après l'avoir pris pour aller le vider, il s'est arrêté sur le pas de la porte et a regardé son urine comme s'il n'arrivait pas à croire à ce qu'il était en train de faire, l'air pénétré de souvenirs et de regrets.

Ensuite, il lui a fallu pas moins de dix minutes pour aller verser le contenu du verre dans les toilettes, tirer la chasse d'eau et revenir le mettre près du lit, histoire que je puisse pisser dedans à mon tour.

Quand Jeremiah a fait quelque chose de mal – non, c'est une prémisse incorrecte, car il fait pratiquement tout mal. Quand Jeremiah SAIT qu'il a fait quelque chose de mal, il pratique l'introspection sentimentale. C'est un principe emprunté à saint Augustin. Dans son cas, il va par exemple s'en prendre à la botte qui m'a blessé à la tête. Comme si la botte avait décidé de son propre chef et par pure malignité de se jeter sur moi et que Jeremiah avait tout fait pour l'en empêcher, mais en vain. C'est ainsi que Jeremiah adresse ses remontrances à la vilaine botte, tout en reconnaissant sa propre erreur : il aurait dû mieux élever sa botte.

Pour passer le temps, je regarde les photos au pied de son lit, il doit y en avoir mille, de très vieilles photos en noir et blanc. Elles proviennent des archives de Huncke dont Jeremiah a hérité – un carton de lettres, notes et centaines de photos en noir et blanc renversé par terre.

Sur une des photos, il y a tante Paula.

Ou disons que la jeune femme sur la photo lui ressemble trait pour trait. Elle porte une robe claire à l'américaine. Elle sourit au photographe. Comme si elle avait un estomac d'autruche à la place du cœur.

Capable d'avaler le gaz, les balles de pistolet et tout le Nouveau Monde. Les cheveux ébouriffés par le vent, elle pose devant un restaurant new-yorkais, entourée d'hommes à la dégaine de dockers. L'un d'eux doit être Huncke.

Si je pouvais parler, j'interrogerais Jeremiah.

Mais comme je ne peux pas, je garde la photo avec moi, et cloué dans ce lit, je noircis les pages de mon carnet et je prie pour que le professeur ne touche pas à l'interrupteur au risque de le retrouver, par je ne sais quelle opération du Saint-Esprit, couché à mes côtés.

Il s'est complètement entiché de moi.

Je donnerais tout pour déménager chez Kerstin et Redford sur Bleecker Street.

Et au plus vite.

Mais ce n'est pas possible.

Alléluia, quelle journée.

Ce n'est pas possible.

JOUR 12

Le samedi 28 septembre 1996

Pas de notes.

AJOUT AU JOUR 12, RÉDIGÉ LE JOUR 13

Le dimanche 29 septembre 1996

Hier soir, j'étais invité à dîner chez Redford et Kerstin.

Je rêvais d'être aussi invité à habiter chez eux. Raison pour laquelle j'ai serré les dents et traîné mes douleurs là-bas.

En plus d'être en retard, j'avais oublié leur numéro de téléphone. L'un et l'autre à cause de ma condition physique. Tous les trois mètres, je devais me retenir à un lampadaire.

J'ai fini par me retrouver sur Bleecker Street à crier à pleins poumons, ce qui n'était pas bien fort. Par chance, Redford m'a entendu.

J'ai aperçu à la fenêtre sa silhouette désormais familière de joueur de tennis, en train de lever les bras.

Il a ouvert la porte et m'a demandé pourquoi j'arrivais si tard. On a monté l'escalier sans que je trouve quoi répondre. Il a remarqué que j'avais du mal avec les marches. Mais je ne lui ai pas raconté ce qui s'était passé.

Je suis à nouveau capable de parler, d'une voix hésitante, un peu comme à l'époque du néolithique ou aujourd'hui en Suisse. Les consonnes ne séparent rien. J'utilise des fréquences inhabituelles. À un rythme inhabituel. Mais dès demain, ça ira mieux. J'en suis sûr.

Cette fois, pas besoin d'appeler un orthophoniste à la rescousse. Je n'ai pas de paralysies, je vois juste un peu en kaléidoscope. Hier, j'ai vomi trois fois, ce qui est normal.

Et aujourd'hui, une fois.

Mais j'avais quand même de l'appétit, et j'attendais le dîner avec impatience.

Lorsque je suis entré dans le gigantesque loft, une dizaine de personnes étaient assises autour d'une gigantesque table, à manger du poisson. J'ai eu droit à la dernière bestiole et à quelques applaudissements quand Redford a virilement annoncé à la cantonade que j'étais sexologue. Il s'est corrigé : apprenti sexologue. On a pris la sympathique habitude de se taquiner l'un l'autre, et je commence à me lier d'amitié avec lui.

Mais ce *nonsense* ne m'allait pas du tout.

Je ne me sentais pas de faire des efforts, et encore moins pour rien.

Sauf que Redford ne pouvait pas le savoir. Et les autres gobaient tout ce qu'il racontait sur moi en me lançant des clins d'œil amusés.

Mon voisin s'est aussitôt enquis du domaine de spécialité du « Doktor Rosen », et avec sa diction traînante post-traumatique, l'apprenti sexologue en moi a répondu : « Lobes d'oreilles et clitoris », ce qui est vrai à quelques détails près.

Ils avaient tous l'air très intelligents, et j'ai sorti la bouteille de Corona que j'avais apportée à la place d'une bouteille de vin en espérant que le sujet était clos.

Mon voisin était noir et venait de l'Allgäu. Il avait réussi à devenir maître de conférences en littérature américaine.

Il y avait aussi Doris Day *alias* Kerstin, qui a passé deux heures à s'époumoner sans la moindre pitié à l'oreille d'un futur médecin spécialiste.

À côté se trouvait la petite amie de mon voisin, à l'allure très britannique.

De l'autre côté de la table, la sœur de Kerstin, Janne, était assise avec son petit ami Harald Unterbier, un peintre léthargique venu de Saxe qui avait l'air usé d'un cultivateur d'olives du sud de la France.

J'ai trouvé la sœur de Harald intéressante. Elle s'appelle Susanne, a des cheveux lisses, presque noirs, un joli visage rond avec un petit nez et un ravissant sourire à la Lilo Pulver. Elle est mariée et porte une alliance énorme. Le mélange entre ce charme juvénile et l'énergie qu'elle dégage est fascinant. Elle a le port de menton d'une Massaï. Et des mains vigoureuses, musclées, avec des petits moignons de doigts. Elle adore râler contre l'Institut Goethe. Elle portait une chemise d'homme bleue aux manches retroussées, avec un jeans.

On s'est disputés pour des broutilles.

Alors que parmi cette tablée de surdoués imbus d'eux-mêmes, j'étais censé jouer le jeune sexologue aux dents longues, l'absurdité de la situation m'a sauté aux yeux.

On était tous plus rangés et quelconques les uns que les autres, allemands jusqu'au bout des ongles et, malgré nos simagrées, désespérément conformistes. Et pourtant, par le seul pouvoir des mots que, dans la belle tradition Dornbusch, je semais autour de moi comme autant de pétales de fleurs (« petites lèvres vaginales », « grandes lèvres vaginales », « orgasme rectal »), un changement se produisait en nous, et plus précisément dans notre imagination. C'est ce qui est curieux dès qu'on parle de sexe : on se met tous à déshabiller mentalement nos interlocuteurs. On était assis là à se demander ce que les autres valaient au lit, à imaginer nos organes sexuels les uns en présence des autres et les uns dans les autres, sans le moindre désir, par le même réflexe que les chiens qui se reniflent entre eux.

C'était précisément l'impression que je me faisais : un chien en train de renifler d'autres chiens en train de renifler, qui font pile ce qu'on attend d'eux. Une laisse autour du cou, de l'excitation sur commande, vide et étrangère à toute sensualité.

Et pendant que mon enveloppe corporelle débitait ineptie sur ineptie d'une petite voix fluette, ma mauvaise humeur augmentait. Car la seule chose dont j'avais envie, c'était qu'ils s'en aillent tous et me laissent planter ma tente dans ce fantastique appartement que Kerstin autrichianisait avec enthousiasme.

Jerry, le propriétaire du loft, a fini par descendre nous rejoindre.

Et avec Jerry, tout a basculé.

Jerry était ivre et sentait le talc Johnson's Baby que Jeremiah utilise. Il avait le même âge et pratiquement le même nom que lui.

Il parlait comme un moulin et exigeait que je l'écoute.

Je n'avais pas envie. Je ne sais absolument pas pourquoi il m'a mis le grappin dessus. Peut-être qu'il a senti ma faiblesse. Ou peut-être que Kerstin et Redford lui avaient dit que j'avais des vues sur l'appartement.

Les autres n'ont pas manqué d'informer Jerry de ce qui avait été dit sur le Doktor Rosen et sur ses compétences sexuelles. Il les a écoutés tranquillement avant de décréter que je n'y connaissais rien en baise. Il le voyait dans mes yeux.

Choqués, les toutous ont déguerpi la queue entre les jambes, mais personne n'a rien dit. Seule Kerstin continuait à jacasser en rongeant ses arêtes de barbeau et à anéantir la concentration du médecin assis à côté d'elle en changeant de sujet toutes les trente secondes.

En guise de riposte, j'ai demandé à Jerry s'il connaissait l'histoire d'Ernest Hemingway, qui était devenu impuissant et s'était tiré une balle dans la tête quand il n'avait plus réussi à écrire.

À quoi Jerry a répondu, avec un sourire en coin, qu'il était peintre mais n'arrivait plus à peindre. Il était lui-même impuissant, mais il avait une belle collection de films porno, alors que Hemingway ne collectionnait que les bois d'élan. Par le passé, il avait eu une vie sexuelle très intense, mais plus maintenant.

— À quoi tu penses avant de t'endormir ? a-t-il lancé.

— Je pense à la journée qui est derrière moi, et je me demande si c'était une bonne ou une mauvaise journée.

— Tu ne penses pas au lendemain ?

— Non. Je me laisse surprendre. Toi, tu penses au lendemain ?

— Non. Tu veux savoir à quoi je pense ?

— Oui.

— *Well.* Je me dis : Mais quelle magnifique chambre j'ai ! Je suis couché dans mon lit, et je me dis que j'ai une chambre magnifique ! Voilà à quoi je pense en m'endormant et à quoi je pense en me réveillant !

Il m'a montré sa chambre à coucher. Elle fait au moins vingt mètres de long, avec cinq mètres de hauteur sous plafond. Les murs sont couverts de croûtes des années 1970 et de la collection de masques de Jerry. Je me suis extasié sur tout, comme Redford m'avait recommandé de le faire.

Jerry a été marié deux fois. Il va tous les jours à la mer pêcher le barbeau et le *bluefish*. Il n'a plus besoin de travailler. Sa retraite lui rapporte suffisamment.

Il ressemble un peu à Jerry Lewis, mais en plus triste. De retour à table, il a descendu au moins une bouteille de vin blanc sans s'arrêter de parler.

À la fin, il m'a demandé de le frapper.

Je lui ai dit que je n'avais pas envie, que je n'avais aucune raison de le frapper.

Il a éclaté d'un rire narquois et m'a traité d'eunuque insipide qui roule des mécaniques mais n'a même pas le cran de cogner quand il le faut.

Il nous a tous insultés, nous et notre génération, sans réaction de notre part.

Après quoi Kerstin, toujours un bout de poisson à la main, l'a ramené dans sa magnifique chambre.

Il y a vingt ans, il était connu.

Il a un lit double avec deux oreillers et deux édredons, le tout en satin vert avec des bananes jaune fluo brodées dessus. Je ne sais pas s'il dort du côté droit ou du côté gauche. Je le crois capable de toutes les chimères. Il n'est pas exclu que, le soir, il continue à parler au coussin voisin. À cet âge-là, la solitude n'est pas belle à voir.

Mais est-ce que cinquante ans, c'est vieux ?

Est-ce qu'à cet âge-là, la vie est terminée ?

C'est peut-être mon destin de tomber sur des héros moribonds des années 1970 en plein New York. Peut-être qu'au lieu de faire un film sur le sexe, je devrais en faire un sur la mort des hippies, tout le contraire des histoires de nazis à la con.

Ce qui me plaît chez Jeremiah comme chez Jerry, c'est la franche désapprobation que leur inspire notre mode de vie, sous prétexte qu'ils le trouvent incompatible avec notre âge – âge qu'ils ont eux aussi eu, à leur grande époque. Leur cœur appartient à un petit nombre de personnes qui sont pour la plupart déjà mortes, et il n'est pas question de galvauder leur affection pour le bon plaisir des jean-foutre que nous sommes.

Ils sont insupportables, car à force de vivre dans un passé idéalisé, ils occultent les souffrances qu'ils font subir au présent et à leur propre personne. Avec Jeremiah, je n'en avais pas bien pris la mesure. Je le trouvais juste grotesque, simple adieu monumental à une brève époque d'espoir et de confiance désormais révolue.

Au moment des au revoir, Kerstin m'a dit d'un air triste que Jerry était en colère. Il préférerait laisser tous les cafards de New York emménager chez lui plutôt que le Doktor Rosen. Ça n'a rien à voir avec moi. C'est juste que sa femme a mis les voiles avec son sexologue.

Pas son sexologue à elle, son sexologue à lui.

Redford tirait la tronche et battait sa coulpe.

— Mais je ne savais pas. Je ne savais pas, bredouillait-il.

Aujourd'hui, Jeremiah attend la visite d'un prostitué. À 17 heures. Il faut que j'aille traîner mes guêtres ailleurs pour la soirée. Je vais sans doute aller au cinéma. Le meilleur endroit dans ce genre de cas. L'occasion de réfléchir à la suite.

Lila atterrit après-demain. À 17 heures. Les cinq-autres n'arriveront que dans la nuit, par un autre avion.

Je me rends compte que la moitié du séjour est déjà passée.

Tante Paula, dont la photo au milieu des archives de Huncke continue de me turlupiner, me pèse sur la conscience qu'elle troue du bout de ses cigarettes.

Et ce qu'il en reste est obscurci par l'inquiétude bien intentionnée, éplorée, horripilante, un peu asexuée de Mah.

Je suis devenu ami avec Redford et Kerstin, il y a entre nous cette bienheureuse complicité qui ne se trouve qu'en voyage. Partir à la conquête de l'inconnu avec des inconnus, ça vous fouette le sang.

C'est sans doute la même chose pour Nele, avec en prime tous les ingrédients d'une douloureuse attraction sexuelle.

Hier, elle était à une première de film. Les gens lui ont demandé ce qu'elle faisait dans la vie. Elle a répondu qu'elle était stagiaire à l'Institut Goethe. Les gens ont pincé les lèvres en faisant « Oh » comme si elle leur avait dit qu'elle avait le sida. Échange d'amabilités.

Après quelques verres de vin, Nele s'est transformée

en sirène tout droit sortie de l'Atlantique. Elle se jetait à la tête des gens en disant : « *Oh, I'm the biggest movie star in Germany !* – Oh, je suis l'actrice la plus célèbre d'Allemagne ! »

Elle a récupéré des dizaines de cartes de visite et signé trois autographes.

Elle aime bien faire des choses interdites, mais seulement quand ce n'est pas dangereux, un bon exemple de compensation. Elle a testé à peu près toutes les drogues. Selon elle, il n'y a que la coke qui vaille vraiment le coup.

Ici, les écureuils sont immondes. On dirait qu'ils ont été croisés avec des rats. Certains sont tout noirs et ont de longues queues fines. Je me demande si les rats peuvent s'accoupler avec les écureuils.

Aujourd'hui, il y avait un article dans le *New York Times*. Il disait que les casquettes de base-ball des Dodgers de Brooklyn étaient portées aux quatre coins de la planète. Que toute l'humanité voulait être capitaliste. Que le socialisme était dépassé. Et il décrivait le monde dans cent ans.

JOUR 14

Le lundi 30 septembre 1996

Quand Lila va atterrir après-demain, je vais passer un sale quart d'heure.

La soirée cinéma des Dornbuschiens est pour dans dix jours. Rien n'est encore prévu, il n'y a ni invitation, ni programme, ni rien.

J'ai filé à l'Institut Goethe. J'avais rendez-vous avec Nele Zapp pour prendre enfin les choses en main.

À mon arrivée dans son bureau du deuxième étage, sa place était vide. Hollie Lehmann était encore en train d'arroser les plantes prodiges, et quand je lui ai demandé où se trouvait sa stagiaire, elle m'a regardé de travers. Puis elle m'a expliqué dans son dialecte du Vorarlberg que « Mlle Zapp » était aujourd'hui souffrante et n'avait donc pas de temps à me consacrer. Quel dommage, monsieur Rosen.

Une fois redescendu dans le hall, alors que j'allais sortir, j'ai entendu quelqu'un me courir près. Je me suis retourné et je suis tombé nez à nez avec la sirène, qui portait à nouveau sa jupe improbable. Elle avait pleuré. Le vigile nous a dévisagés, d'abord elle puis moi.

— J'ai super honte d'être tout le temps en retard, a-t-elle reniflé.

Et pendant qu'elle disait ça, un fil scintillant d'humidité lui dégoulinait du nez. Je dois dire qu'elle a un vrai sens du comique involontaire.

On s'est traînés ensemble jusqu'au Metropolitan Museum et on s'est assis sur les marches devant l'entrée pour manger un hot-dog chacun. Malgré son visage bouffi par les larmes, elle avait étonnamment bon appétit, et je lui ai donné la moitié de ma saucisse dont elle n'a littéralement fait qu'une bouchée.

— Ne me demande pas ce qui se passe, a-t-elle dit.

— OK.

— J'ai eu une liaison à la con, a-t-elle ajouté en se léchant les doigts.

Je n'ai pas pu m'empêcher de rire.

Elle m'a regardé, interloquée. Puis elle a fini par se rendre compte toute seule de ce qu'elle venait de dire.

Histoire de lui faire oublier sa gêne et moi mon petit pincement au cœur, on a parlé saucisses – étant francfortoise, elle en connaît un rayon. Elle raffole des saucisses de Nuremberg. Elle n'aime pas du tout la saucisse au curry. Parce qu'elle préfère croquer dans les saucisses à pleines dents. C'est ce qu'il y a de mieux, le bruit d'explosion et les petites éclaboussures dans la bouche.

Quand j'ai suggéré de parler de la soirée, elle a fait signe que non et m'a demandé de lui remonter le moral.

— Et comment je suis censé m'y prendre ? ai-je lancé, perplexe.

— Tu n'as qu'à rester là, a-t-elle répondu.

Elle sait vraiment être charmante.

Faute de meilleure inspiration, je lui ai raconté tout ce que j'avais appris sur les oreilles au cours des derniers jours.

Les oreilles sont les premiers de nos organes à terminer leur développement.

Les oreilles sont composées de cartilage plus ou moins dense et correspondent à des zones bien irriguées à fort potentiel érogène.

D'où le fait que beaucoup d'oreilles deviennent rouges ou roses pendant l'acte sexuel. Voire changent de forme. Les miennes, par exemple, entrent en érection quand j'ai un rapport. J'ai l'impression de toucher des gouttes en gélatine.

La plupart des femmes dont j'ai été amoureux voulaient qu'on leur mordille les oreilles, qu'on les suçote, les humidifie comme des timbres, les triture, les pétrisse tendrement entre le pouce et l'index, et qu'on essaie de regarder par les trous qu'elles se sont fait percer par des coiffeurs étrangers à l'âge de treize ans. À l'origine, c'est un truc de pirates. Ce sont les pirates du Moyen Âge qui ont apporté l'acupuncture chinoise en Europe. Ils portaient tous de grosses boucles dorées, sous prétexte que le lobe est relié au cortex visuel.

Avec une grosse boucle dorée à l'oreille, on distingue bien mieux une escadre anglaise armée jusqu'aux dents qui se pointerait à l'horizon.

Si on leur pince les lobes en plein acte sexuel, les femmes myopes voient bien même sans lunettes.

Et les femmes myopes se touchent bien plus souvent les oreilles que les autres femmes pendant les rapports.

Les personnes aux lobes soudés sont plutôt portées sur le sexe anal.

Les personnes aux lobes charnus et détachés sont plutôt portées sur le sexe oral.

Ce n'est pas une découverte faite par les Chinois, mais une théorie fondée sur mes observations personnelles.

Il existe bien sûr des formes hybrides.

Mais personnellement, je ne me suis jamais bien entendu sur le plan sexuel avec les femmes aux lobes soudés.

Les gens aux lobes détachés ne sont pas discrets pendant l'acte sexuel. Ils aiment faire du bruit.

Les gens aux lobes soudés, eux, ont souvent un don pour la musique.

C'est curieux. Je n'ai pas d'explication à ça.

Les contacts érotiques entre oreilles et organes sexuels sont relativement rares.

D'après Masters et Johnson, un nombre étonnant de femmes aiment qu'on leur éjacule dans l'oreille.

Mais je ne peux pas le confirmer.

Ce n'est pas évident de stimuler un clitoris avec l'oreille jusqu'à l'orgasme.

De la même manière que pénis et vagin constituent une unité sexuelle, il y a une symbiose entre bouche et oreille. De tous les croisements sexuels, c'est le plus poétique.

L'oreille est délicate, vulnérable et pleine de dignité.

Elle attend une perle ou un chant.

Elle ressemble à une plante carnivore, à un cratère de lune, à une clé de fa.

L'oreille a besoin de chaleur et de protection.

Quand elle gèle, elle tombe.

L'oreille est une parabole.

Nele avait écouté mon monologue.

Elle ne disait rien.

Toutes les trente secondes, elle s'essuyait le nez avec la serviette de son hot-dog et n'arrêtait pas de la chiffonner, jusqu'à se retrouver avec une grosse boule blanche entre le pouce et l'index qu'elle a examinée avec attention.

Une fois son inspection terminée, elle m'a regardé et m'a demandé si j'avais une petite amie. Ça sortait tellement de nulle part que j'ai juste répondu : « Oui, elle s'appelle Mah », sur quoi elle a souri et fait passer la boule de papier dans son autre main.

— Tant mieux, a-t-elle dit.

Elle m'a expliqué que les documents étaient dans son bureau, et après être rentrés à l'Institut, sous l'affiche du château de Neuschwanstein, on a discuté de la projection du 10 octobre et rédigé ensemble un brouillon d'invitation sans échanger le moindre mot personnel, comme si une partie de nous avait pris le dessus sur notre confusion imbriquée et, au lieu de la remplacer, s'y était superposée dans la certitude de la voir bientôt céder.

À mon retour à l'appartement, Jeremiah m'a donné un fax que Mah lui avait envoyé à l'université. Le fax disait :

Mon Limaleh adoré,

J'espère que tu vas bien. Notre dernière conversation téléphonique m'a un peu inquiétée, parce que tu es tombé et tu parlais tout bizarrement à la fin.

Comment tu te sens ? On se reparle bientôt, d'accord ?

Malheureusement, je n'arrive pas à te joindre.

Ta tante Paula m'a contactée parce que tu ne l'appelles pas. Ton père a dû lui donner notre numéro. Elle avait l'air désespérée. Sincèrement. Elle se fait beaucoup de souci pour toi. Tu ne veux vraiment pas aller t'installer dans sa résidence ? Apparemment, tout est réglé. Avec son aide, ton prof a casé tout le monde là-bas. Dans les chambres d'artistes morts. Je ne pense pas qu'il faille avoir peur des âmes des morts, et encore moins dans leur chambre, c'est mon avis de professionnelle.

Elle a une voix sympathique. Qu'est-ce que ça veut dire, « déficeler » ? Elle dit qu'elle veut tout déficeler avec toi. C'est drôle la manière dont elle parle, à l'ancienne et avec un accent américain. Je ne pense pas qu'elle sera tout le temps sur ton dos. Mais apparemment, il y a une seconde partie au document qu'elle t'a transmis. Je sais que tu en as très peur.

Ce que je préfère chez toi, c'est tes angoisses, tu le sais bien.

Pourquoi tu ne vas pas t'installer dans ce club artistique ? Pourquoi tu ne parles pas avec ta tante ? Ce serait comme dire bonjour à tes angoisses. Et après, tu leur diras au revoir.

Tu me manques terriblement, et je t'aime fort. Sans toi, ça fait tout vide ici. À bientôt et prends soin de toi.

Avec tout mon amour,
Mah

JOUR 15

Le mardi 1er octobre 1996

Hier, quand je suis entré après avoir toqué deux fois et avec Nele à ma suite, ça sentait le tabac brûlé.

Tante Paula était assise à son chevalet, le visage impassible, enveloppée d'un nuage de mauvaise humeur et de fumée bleu-gris. Elle avait une clope au bec et faisait son propre portrait, les yeux rivés sur un miroir dans lequel elle nous a regardés entrer. Au lieu de lancer « *Come in !* » ou « *Yes !* », elle a poussé un gémissement, soit à cause du mégot qui scellait ses lèvres, soit à cause de la tumeur.

De loin, son autoportrait ressemblait à un avis de recherche : « Aidez nous à retrouver la méchante reine, dix mille dollars de récompense ! »

Dans un coin se dressait une sculpture en glaise grise à la mine sombre qui n'était pas là la dernière fois. Une sorte de buste stylisé à la Modigliani. On aurait dit un masque africain sans bouche, mais avec le nez d'Apapa, de papa ou de moi.

L'idée que mon appareillage génétique, ou au moins mon nez et son moule, ait pu être façonné il y a deux cents ans dans les marais et forêts de pins du Baltikum m'était encore plus désagréable que l'âcre fumée.

Tante Paula s'est levée sans ôter la cigarette de sa bouche. Elle a serré la ceinture de sa robe de chambre bleue, s'est avancée en vacillant sur ses jambes fatiguées et nous a montré ses mains crayeuses avec une tête qui voulait dire : « Mieux vaut que je ne vous touche pas. »

— Alors, qui est-ce que tu nous as débusqué là, *my dear* ? a-t-elle articulé dans son sabir à elle en faisant danser le mégot sur sa lèvre inférieure.

— Je m'appelle Nele Zapp, bonjour à vous, m'a devancé la sirène.

Elle a esquissé un genre de révérence qui n'a impressionné personne. Elle a donc poursuivi :

— Je travaille à l'Institut Goethe et je suis responsable des Dornbuschiens que vous avez invités chez vous. Je me suis dit qu'il fallait que je vous remercie.

— *You are from Frankfurt ?* – Vous êtes originaire de Francfort ?

— Ça s'entend ?

— Oui, j'ai été torturée par un officier SS qui parlait exactement comme vous.

Elle était vraiment « malcontente », comme on dit dans le Baltikum. La sirène a cligné des yeux, décontenancée. Tante Paula a lâché sa cigarette et tapoté la cendre au-dessus d'une tasse de thé à moitié pleine avant de se tourner vers moi.

— Alors, tu emménages ici, *honey* ? Pourquoi diable tu ne m'as fait pas signe de tout ce temps ? Doux Jésus, quelle vilaine syntaxe !

— Mais je suis là.

— Et pourquoi pas seul ?

— Je peux partir, a aussitôt proposé Nele.

— Non, ai-je répliqué en me tournant vers tante Paula – j'ai incliné la tête, car j'avais lu que ça donnait l'air plus sympathique. J'ai expressément demandé à Mlle Zapp de m'accompagner. Notre dernière entrevue m'a un peu retourné, tu sais. Surtout à cause du document.

Elle a opiné du chef en jetant un regard en coin à Nele. À ce moment-là, sa pupille s'est rétractée comme celle d'un reptile et tante Paula a plongé ses yeux dans ceux de sa victime en disant :

— Avez-vous lu le document aussi, *little lady from Frankfurt* ?

Nele ne savait pas quoi faire, à part garder les muscles de son visage sous contrôle.

— Oui, elle l'a lu aussi, ai-je répondu avant d'ajouter : Sinon, je ne l'aurais pas amenée.

La pupille de tante Paula est revenue à la normale, et son regard s'est assombri. Son devoir accompli, le mégot a sombré dans le thé en grésillant.

— Est-ce que vous folâtrez ensemble ?

— Folâtrez ?

— Batifolez !

— Tante Paula, c'est ma responsable ! On se connaît à peine ! Et tu as eu Mah au téléphone hier !

— Jamais je ne me fierais à quelqu'un que je connais à peine, et je connais à peine quelqu'un tant que je n'ai pas batifolé avec lui.

— Oh, a dit la sirène en faisant la moue, cette phrase pourrait être de moi.

Je ne sais pas pourquoi elle n'allume pas de temps en temps son cerveau avant de parler, c'est vraiment dingue.

En guise de réponse, tante Paula s'est ôté une miette de tabac de la lèvre avant de la laisser tomber sur la moquette, juste devant les jolis sabots de Nele. Peut-être qu'en fin de compte, cette entrevue à trois n'était pas une bonne idée.

Dans l'espoir de sauver la situation, j'ai brandi mon sac à dos dans les airs.

— Je t'ai apporté une photo que j'ai trouvée chez mon propriétaire, ai-je dit sur un autre ton. Une photo qui me trotte dans la tête depuis.

— *Show me* – Montre-moi, mon petit chéri.

Elle était déjà en train de s'allumer une autre cigarette.

J'ai ouvert le sac à dos, en ai sorti *Qu'est-ce que le son ?* de Mr. Lightinghouse, je l'ai feuilleté, j'ai trouvé la photo soigneusement dissimulée à la page 233 et je l'ai tendue à tante Paula. Elle a dû aller chercher d'autres lunettes, avec des verres épais comme des culs de bouteille de whisky, et s'est collé le cliché sous le nez.

— *Where did you find that ?* – Où est-ce que tu as dégotté ça ?

— Dans les archives de Herbert Huncke. Il y a des photos partout dans l'appartement. Mon proprio le connaissait bien. C'est pour ça qu'il a hérité de ses affaires.

— *His name ?* – Son nom ?

— Jeremiah Fulton.

— *Never heard of him* – Jamais entendu parler de lui.

— Il a aussi tout un tas de lettres de Huncke.

— *So sorry that he passed away* – Quelle tristesse qu'il soit mort.

— Tu le connaissais ?

— Huncke ? Oui, bien sûr.

Son doigt s'est immobilisé près de la tête de Huncke qui, sur la photo, faisait la même taille que son ongle – qu'elle aurait pu couper et coller dessus.

— À mon arrivée à New York, j'ai d'abord étudié à Columbia. Ginsberg y était, avec toute la clique. *They were all my age, travelling around the country* – Ils avaient tous mon âge, bourlinguant à travers le pays.

Je lui ai montré un autre visage sur la photo.

— Et Kerouac ?

— J'ai passé trois jours à batifoler avec lui.

— Tu étais avec Jack Kerouac ?

— Ou quatre, oui. La photographie a dû être prise à cette époque. C'était sur la 3e Avenue. Il se nommait Hamilton, ce bar.

— Tu es en train de me dire que c'est toi sur la photo ?

— *Sure, honey.*

Tandis que je me penche avec elle sur le cliché, que je l'admire sous les traits de cette jeune femme mince qui a le sourire de Giulietta Masina dans *La Strada*, que je regarde de travers ce Zampano de Kerouac planté à côté d'elle, vêtu d'une chemise de bûcheron, dont le format timbre-poste lui donne une mine renfrognée, que je m'étonne de la tête d'Allen Ginsberg qui, à l'époque, avait encore une crinière noire en tire-bouchon et portait les mêmes lunettes qu'aux funérailles de Huncke, tandis que j'examine la morgue de Lucien Carr, la morgue d'un superbe meurtrier blond, que je contemple les autres jeunes filles, blotties contre les hipsters comme contre des jeunes hommes normaux (même Herbert Huncke, cette tantouze sèche et sans lèvres, main dans la main avec Ginsberg, avait une plantureuse Italienne contre lui), tandis que je m'émerveille de cette jeunesse sur papier glacé que Mah aurait trouvée d'un ennui absolu parce que la jeunesse est toujours débile, j'ai pensé avec un soupçon de mélancolie à la vie débridée que j'aurais rêvé d'avoir, à la débauche de plaisirs à laquelle ma tante s'était adonnée, tout juste rescapée de l'enfer de tous les enfers.

Les autres ne veulent pas qu'on prenne trop de plaisir. Ils pensent que c'est mauvais pour ce qu'on a, surtout quand on a connu le pire. Ils ne veulent pas non plus le pire, personne ne veut voir l'autre souffrir plus que de raison. Le désir sans bornes et la douleur sans bornes sont aussi inquiétants l'un que l'autre. C'est l'absence de bornes qui nous fait peur. Il faut dormir, faire profil bas, consommer, aspirer à la possession et nous faire au sort de tous les bornés – autrement dit, nous entasser dans des boîtes à sardines et, en compagnie de nos voisins sardines, rêver d'un long fleuve tranquille, rêver d'être rejetés dans ses eaux pour partir à l'aventure à joyeux coups de nageoires.

— Je n'arrive pas à croire, tante Paula, que tu connaissais tous ces gens.

— Je ne les connaissais qu'un brin. Jusqu'à ce que Mr. Hertzlieb vienne voleter comme un papillon dans mon ventre.

— Pourquoi tu n'étais pas aux funérailles de Huncke ?

— J'y aurais certainement été si j'avais pu, plutôt que d'aller montrer mon cancer à l'hôpital. Ginsberg m'avait conviée. Nous n'avions pas eu le moindre échange depuis une éternité, *no contact at all*. Il trouve mes tableaux torchonnés, ce gredin. Mais pour ce qui est des annonces de trépas, il m'a bien servie, vraiment. Je suis allée deux fois sur la tombe de Jack. Vers la fin, Jack était devenu un odieux personnage, un antisémite, *you can imagine that* ?

Je me suis demandé comment tante Paula et Jeremiah Fulton s'entendraient s'ils se retrouvaient en présence l'un de l'autre. Seraient-ils deux fois moins imbuvables ou deux fois plus ? Ou est-ce qu'ils mettraient un peu d'eau dans leur vin ?

— Comment tu es passée de ta vie d'avant à ta vie avec les beatniks ? ai-je demandé.

Elle a cligné des yeux et m'a dit sans répondre à ma question :

— *Do you want to see it ?* – Tu veux le voir ?

J'ai tout de suite su de quoi elle parlait. Mon estomac s'est serré comme un petit poing. L'espace d'une milliseconde, je me suis senti mal, mais j'ai tenu le coup en inspirant lentement et en appuyant sur ma clavicule avec mes doigts, comme Mah m'a appris. Mah sait exactement comment faire pour calmer rapidement les vertiges causés par ma tête.

— Si tu veux, je te déniche l'autre moitié, ai-je entendu tante Paula dire. Le document à-partir-de-midi.

La sirène a déclaré qu'elle aimerait bien être là quand je lirai le document à-partir-de-midi, mais qu'avant, elle devait aller aux toilettes.

LE DOCUMENT À-PARTIR-DE-MIDI

L'interrogatoire de Mme Hertzlieb née Himmelfarb se poursuit après la pause déjeuner.

Mme Hertzlieb demande à apporter une précision : Après avoir affirmé qu'il n'y avait pas eu de relation intime entre le Sturmbannführer ROSEN et moi-même, je souhaiterais me corriger. C'est l'inverse qui est vrai.

Les raisons pour lesquelles j'ai gardé cette information par-devers moi jusqu'à ce jour sont d'ordre privé. Jusqu'ici, personne n'en a rien su. Je ne souhaite pas nuire au mariage de M. ROSEN qui m'a jadis sauvé la vie, et à plusieurs reprises. Cela étant dit, l'objet de cette procédure m'inquiète. Voilà pourquoi je veux, après mûre réflexion et sans souci des convenances, livrer un témoignage exhaustif.
Je demande toutefois à ce que ces précisions ne soient pas divulguées dans le cadre d'un éventuel procès, car elles n'ont rien à voir avec l'affaire en elle-même.

Pour ce qui est des nombreux reproches formulés à l'égard de M. ROSEN par différentes sources, je ne puis me prononcer. Quand des témoins déclarent qu'à Riga, le Sturmbannführer ROSEN s'est rendu coupable de divers crimes, et qu'il

aurait fait bien pire que le Dr BLUDAU, je ne saurais souscrire à ces propos. Je n'ai jamais rien su de tels incidents. Je suis parfaitement incapable d'imaginer que M. ROSEN ait torturé des Juifs ou ordonné de brûler vif un détenu.
On m'a lu le témoignage de Mme HERSCHEL, mais je ne souhaite pas commenter.

Je ne conteste pas le fait que le Sturmbannführer ROSEN ait eu droit de vie et de mort. À l'époque en question, c'était le cas de tous les officiers SS stationnés à Riga. En Lettonie, le KdS, comme le SD, était même une sorte d'État dans l'État. Ce service œuvrait de manière totalement indépendante des autres instances de l'administration civile lettone et agissait à sa seule discrétion. Le KdS ne recevait d'ordres que de sa centrale berlinoise. Il était, à ma connaissance, directement rattaché à Heinrich HIMMLER.

Tant que le Kommandeur du KdS n'avait pas vent du vol d'acide prussique, le Sturmbannführer ROSEN, troisième officier le plus haut placé du service, était libre de traiter mon cas comme il le souhaitait. Il décida de m'aider.
Ce qui n'allait pas sans risque pour lui.
Sans doute pour ne pas se mettre plus en danger, il me conseilla juste après les événements de me sauver du convoi qui me conduisait chaque matin du ghetto au travail, et ce au péril de ma vie. Il ne pouvait que me fournir une adresse où me réfugier. Tout le reste dépendait de moi.

Le professeur KRUMINS était un vieil ami letton du Sturmbannführer ROSEN, ou plutôt de son père, le Mestre professeur ROSEN. Il faisait partie de l'opposition lettone et était persécuté par le SD.
Le Sturmbannführer ROSEN proposa au professeur KRUMINS

de mettre fin aux représailles. En contrepartie, il devait me loger quelque temps dans son appartement sur la Marijas Iela.

Le samedi où j'étais censée me réfugier chez M. KRUMINS approchait. Comme je ne possédais rien, je n'avais pas de dispositions spécifiques à prendre. Je décousis toutefois les étoiles de David de mon manteau, ainsi que le Sturmbannführer ROSEN m'avait recommandé de le faire. Puis je les rattachai de manière lâche. Ainsi, il était facile de les arracher d'un coup sec.

Le lendemain matin, je pris comme d'habitude place dans mon convoi. Les soldats arrivèrent et nous réceptionnèrent. Les portes du ghetto s'ouvrirent. Nous quittâmes le camp. La Daugavpils Iela qui en remontait était encore sombre et déserte.

Au bout de quelques centaines de mètres, nous arrivâmes au kiosque à journaux au coin de la Jēkabpils Iela. Il n'était que faiblement éclairé. Les gardes toléraient que quelques Juifs et Juives sortent du convoi pour acheter le journal du matin, ce à quoi les escortes allemandes ne s'opposaient jamais. Je profitai de la confusion ainsi induite dans le convoi pour arracher l'étoile sur mon dos, avant de sortir du rang comme pour aller chercher un journal et de m'arracher la seconde étoile de la poitrine. Je restai une fraction de seconde au kiosque, tournai les talons et fis mine de rejoindre mon rang. En vérité, je me contentai de longer le convoi et de disparaître, sans me retourner une seule fois, dans l'obscurité d'un parc situé entre deux églises russes. Personne n'avait rien remarqué.

À mon arrivée chez les KRUMINS, qui habitaient sur la Marijas Iela, le jour pointait déjà. Je montai l'escalier jusqu'à leur appartement sans savoir que je n'en redescendrais que deux ans plus tard.

Dans la cage d'escalier, je ne croisai personne. Quand je parvins au palier des KRUMINS, la porte s'ouvrit doucement et le professeur en personne m'accueillit avec un sourire chaleureux. C'était un monsieur élancé et de grande taille, avec une fine moustache de mousquetaire grisonnante. Il ressemblait même un peu au Mestre.

Le professeur KRUMINS était architecte et artiste, et il se rendait chaque matin à l'université. En dépit de l'occupation, l'établissement ne ferma pas ses portes durant les années de guerre. M. KRUMINS avait étudié à Karlsruhe et à Berlin, et parlait un allemand impeccable. Aux murs de chez lui étaient accrochés nombre de ses travaux, principalement des paysages. Il maniait de surcroît la plume et le crayon avec habileté. Il me donna bientôt des cours dans diverses techniques que je maîtrise encore aujourd'hui.

Il avait de l'humour et racontait volontiers toutes sortes d'anecdotes cocasses sur ses étudiants. Il avait toujours aux lèvres la dernière boutade politique, généralement antinazie. Nous ne parlâmes jamais de celui qui m'avait envoyée à son adresse.

Le Sturmbannführer ROSEN me rendait visite en secret deux fois par mois. Cela se faisait en toute discrétion : je loqeais dans l'ancienne chambre de bonne, accessible depuis la cage d'escalier par une petite entrée indépendante.

Je dois préciser qu'à l'époque, j'éprouvais des sentiments pour le Sturmbannführer ROSEN. Il se comportait avec moi en chevalier. Mais il m'avertit que je ne devais sous aucun prétexte tomber enceinte. Lorsqu'il ajouta d'une voix sombre et éteinte que dans ce cas, il ne pourrait plus rien pour moi, je frissonnai.

Le professeur KRUMINS n'aimait pas les Allemands. S'il avait le régime nazi en horreur, c'était aussi parce qu'il y voyait la renaissance de cet empire colonial qui avait réduit les Lettons en esclavage huit cents ans durant.
Néanmoins, il ne tint jamais de propos désobligeants à l'encontre du Sturmbannführer ROSEN. Il décrivait même son père, le Mestre, comme « le plus cher ami de [sa] jeunesse ». Sous les tsars, ils avaient tous les deux étudié ensemble à Berlin pendant plusieurs semestres.

Le professeur était veuf depuis quelques années. Mais ses deux filles, toutes deux dans la vingtaine, habitaient encore l'immeuble. Velta, l'aînée, étudiait l'architecture et avait épousé un artiste avec lequel elle occupait un petit appartement au troisième étage.
Ilga n'avait que quelques années de plus que moi. Elle travaillait comme journaliste pour la gazette lettone *Latvija* et traitait principalement les sujets de mode. Elle m'avait laissé la chambre de bonne pour s'installer dans le bureau de son père. Plus jolie que sa sœur, elle était pleine de vie et avait un fort tempérament. Elle était en outre lesbienne, ce que son père ne devait pas apprendre.
Ilga me confiait sa vie amoureuse compliquée. Peut-être nourrissait-elle des sentiments tendres à mon égard.

À l'exception de ces trois Lettons et du Sturmbannführer ROSEN, personne ne connaissait le secret de ma cachette. Pas même l'époux de Velta.
Quand il y avait de la visite (et il y en avait souvent, ainsi que des fêtes entre artistes), je devais me retirer dans ma chambre, fermer la porte et prendre garde à ne pas faire de bruit.
Mon seul contact avec le monde extérieur était la BBC.

Une fois par jour, nous écoutions tous ensemble la « station ennemie », et j'étais étonnée que la famille me fasse confiance, alors même que je connaissais bien le Sturmbannführer ROSEN et que je le fréquentais régulièrement. Nous attendions tous avec fébrilité le jour où l'Armée rouge prendrait Riga.

À l'été 1944, le Sturmbannführer ROSEN m'apprit que la guerre tournait mal pour les Allemands et que la Wehrmacht risquait de devoir bientôt quitter la Lettonie. Il était très abattu, car il ne pensait pas pouvoir m'emmener dans le Reich avec lui.

Un soir de début octobre 1944 – les troupes soviétiques étaient déjà devant les faubourgs nord de Riga –, alors que je m'apprêtais à aller au lit, on sonna impétueusement à la porte de l'appartement. « C'est fini » fut tout ce qui me vint à l'esprit. J'entendais des voix allemandes, des hurlements. C'était la Gestapo.
Au lieu de monter dans la soupente que le professeur KRUMINS avait aménagée pour moi, je restai pétrifiée dans ma chambre. La porte s'ouvrit à la volée. C'était le Sturmbannführer ROSEN. Il était seul. Il posa un doigt sur ses lèvres, me montra ma soupente d'un air furieux, lança dans son dos à l'intention de ses hommes « Rien ici ! » et claqua la porte. Je restai toutefois clouée au sol.

Au bout de dix minutes, les voix se turent. La porte de l'appartement s'ouvrit et se referma bruyamment.
Je me précipitai à la fenêtre, tirai les persiennes et vis dans l'interstice un SS et un commissaire de la Gestapo que je ne connaissais pas (c'était peut-être KÜGLER) quitter l'immeuble, suivis du professeur KRUMINS avec une petite valise à la main. Le Sturmbannführer ROSEN sortit en dernier. Je me souviens encore de mon étonnement en le voyant tirer son pistolet

de son étui. Je ne comprenais pas ce qu'il se passait. Mais le Sturmbannführer ROSEN s'écria : « Restez où vous êtes ! » Aussitôt, le professeur KRUMINS s'immobilisa et se retourna. Pourtant, le Sturmbannführer répéta son ordre. Avec un sourire, M. KRUMINS répondit mot pour mot : « Mais je reste où je suis, mon cher. »
Alors, le Sturmbannführer ROSEN tira deux coups, et le professeur s'effondra dans la neige.
Je crois qu'un cri m'échappa, car l'agent de la Gestapo que je ne connaissais pas leva les yeux vers ma fenêtre. Je m'écartai et ne vis donc pas la suite, mais j'entendis les hommes parler tranquillement entre eux. Puis la voix claire d'Ilga KRUMINS s'éleva dans les airs, comme un loup qui hurle à la mort. Elle se précipita dans la rue sans cesser de crier et les SS lui ordonnèrent d'un ton brusque de rentrer dans l'immeuble, sans quoi ils l'emmèneraient avec eux.

Le jour suivant, le Sturmbannführer ROSEN se présenta dans ma chambre. Il m'expliqua que la Gestapo avait ciblé le professeur KRUMINS contre sa volonté, car on ne voulait pas livrer des opposants vivants aux mains des Russes. Pour empêcher que, sous la torture, mon hôte ne révèle ma cachette et ne mette ainsi en difficulté le Sturmbannführer, M. ROSEN s'était vu au regret de devoir exécuter le professeur « en pleine fuite ». Il n'avait pas eu le choix. M. ROSEN me fit ses adieux. Mais lui serrer la main fut au-dessus de mes forces.

Le soir du 11 octobre 1944, je restai un long moment à la fenêtre à observer la retraite des Allemands. Toute la chaussée était occupée par des camions chargés de caisses et d'armoires, de tables et de coffres. De temps à autre surgissaient des bidasses à cheval qui, à bout de fatigue, tenaient à peine sur leur selle. L'infanterie foulait le trottoir d'un pas

vacillant. Ce n'étaient que silhouettes vaincues et crottées. Sur les camions, des torches en feu éclairaient la débâcle d'une lumière jaune. Les Allemands étaient en fuite.
À l'arrivée des Soviets, deux jours plus tard, nous fûmes définitivement libérés. Mais Velta KRUMINS et Ilga KRUMINS étaient au plus mal. Ilga, en particulier, ne parvenait pas à accepter la disparition de son père. Elle mourut un an plus tard, ainsi que je l'appris par la suite. Je n'en sais pas plus à ce sujet.

Je fus incarcérée par le NKVD en janvier 1945, après que des rescapés juifs eurent signalé que j'avais travaillé pour les Allemands dans l'établissement de gazage. On ne s'expliquait pas que j'aie survécu. Ce que je racontai au sujet du Sturmbannführer ROSEN ne paraissait pas crédible.
Je fus accusée de collaboration et condamnée à cinq années de prison.
Mais à l'automne 1945, suite à l'envoi du contingent, je fus libérée et on m'autorisa à partir en Palestine. C'est dans ce but que je me rendis d'abord à Munich, où je fus affectée au camp de personnes déplacées de Wolfratshausen.

À Munich, je croisai par hasard le Sturmbannführer ROSEN sur la Marienplatz. Pour obtenir sa dénazification, il avait besoin de témoignages en sa faveur, et je me déclarai prête à l'aider. Sans indiquer ses véritables fonctions à Riga, j'attestai que pendant la guerre, il avait fait son possible pour secourir les Juifs, à commencer par moi.
À la suite de cette rencontre, je fréquentai le couple ROSEN pendant une longue période.
M. ROSEN et moi-même ne reprîmes pas nos anciennes accointances, quoiqu'il en ait parfois manifesté le souhait. J'étais en effet devenue la gouvernante de la famille. Je m'oc-

cupai de ses jeunes fils de 1946 à 1948. Il m'arriva de loger au domicile de M. ROSEN.
En mai 1948, j'obtins mon visa pour les États-Unis, et je suis depuis citoyenne américaine.
À l'hiver 1948, je repris mes études d'art interrompues en 1939, avec l'aide d'une bourse Rockefeller.

Interrogée sur ce point : Je répète qu'en ce qui me concerne, je n'ai rien de désobligeant à dire à l'encontre de l'ex-Sturmbannführer ROSEN. C'est de mon plein gré que j'ai eu une liaison avec lui.
Le Mestre disait toujours que le cœur est le cerveau des anges et des idiots. Je n'ai jamais oublié ce que le Sturmbannführer avait fait à M. KRUMINS. Mais je n'ai pas non plus oublié ce qu'il avait été prêt à risquer pour moi.
Je serais bien incapable d'expliquer pourquoi j'ai laissé une telle intimité s'installer entre la famille ROSEN et moi-même après la guerre. J'avais de l'affection pour les garçons, c'est certain. Je n'ai pour ma part pas eu d'enfants. Mon mari disait toujours que ce n'était pas la chose à faire dans un monde comme le nôtre.

Lu, approuvé et signé
Paula Hertzlieb

JOUR 16

Le mercredi 2 octobre 1996

Jeremiah n'a pas bien pris la nouvelle. Il m'a demandé pourquoi je voulais le quitter.

— Mais Jeremiah, c'est vraiment tout petit ici.

Selon lui, son appartement n'est pas tout petit, il est tout confort. Il m'a énuméré les efforts d'hospitalité qu'il avait faits au cours des deux dernières semaines, que ce soit dans sa cuisine, dans sa salle de bains, dans son salon ou dans sa grotte à coucher qu'il a pratiquement vidée. Il est allé jusqu'à aligner sous mes yeux tous les produits de nettoyage achetés spécialement pour moi, dont le Blue Tool Bowl Cleaner et une bougie parfumée en verre avec des notes de mûre que j'ai dû me coller sous le nez. Mais même la nouvelle brosse à chiottes qu'il m'a fourrée dans la main pour que je tire ses poils n'a pas réussi à me faire changer d'avis.

Jeremiah s'est affalé sur sa chaise électrique, a fait monter Lucy et Puppy sur ses genoux, et ils s'y sont mis à trois pour essayer de m'hypnotiser.

— Tu as failli me tuer, Jeremiah, ai-je dit, pas du tout réceptif. Je sais que tu ne penses pas à mal, mais je crois justement que c'est arrivé en grande partie parce qu'on manque de place ici.

Il m'a demandé si j'étais en train de lui reprocher d'avoir été réveillé par les appels que je reçois d'Allemagne à 2 heures du matin.

— Mais tu ne t'es pas juste réveillé ! Tu as pris ta botte et tu me l'as jetée à la tête. À deux mètres de distance ! Autant me tirer dessus au bazooka.

Il a répliqué qu'à son époque, si des génies comme Allen (il pensait à Allen Ginsberg), Neal (il pensait à Neal Cassady) ou Carl (aucune idée d'à qui il pensait) avaient eu la boîte crânienne abîmée comme moi, ils se seraient flanqué eux-mêmes des coups de botte enthousiastes sur la tête et auraient appelé ça « expansion de conscience » au lieu de pleurnicher.

En signe de bonne volonté, il a quand même proposé que je prenne à l'avenir son lit douillet et que lui dorme sur le canapé du salon.

— Mais Jeremiah, ce n'est pas juste une question de lit ! me suis-je écrié, énervé. Il y a aussi que ce quartier craint à mort. Nom de Dieu, j'ai été agressé dans ton hall d'entrée ! On m'a menacé avec un couteau ! Ton ami s'est fait descendre il y a un an ! Et dehors, des couillons incendient les voitures qui ne leur plaisent pas !

Il a éclaté d'un rire rauque et déclaré que j'étais une personne sans la moindre originalité, sans la moindre volonté de repousser mes limites, d'explorer mon côté sauvage, ma Wild Bear Mountain intérieure (la seule montagne qu'il ait jamais vue de ses yeux – sans monter dessus, évidemment – et qui est pour lui l'image même de la sauvagerie). Je ne suis que bâillements et jérémiades, un poids terrible pour lui, y compris au niveau mental, et surtout pour ses animaux, car il est évident que je n'apprécie pas leur prodigieuse humanité à sa juste valeur.

Mais il faut quand même qu'il me montre le Lower East Side, ou au moins ce qu'il reste du Lower East Side, histoire que j'aie une chance de remettre en question mon existence sans imagination, verrouillée par les normes hétérosexuelles.

Il n'en démordait pas.

Et le professeur Fulton m'a fait visiter le Lower East Side. Il m'a montré les rues et les places. Le Tompkins Square, où Ginsberg, Kerouac, Cassady et toute la bande traînaient dans les années 1940. L'endroit où lui se trouvait lors du dernier grand combat de rue il y a huit ans, pendant que les troupes de *cops* encerclaient les SDF, les gangsters, les hippies, les pisseuses, les junkies et les Portoricains pour les réduire en bouillie à coups de matraque. L'endroit où on l'avait couché avec sa fracture au nez, juste à côté de l'orme sacré.

Comme il n'a pas l'habitude de marcher plus de deux cents mètres à la suite, on est entrés dans un café sur l'Avenue A et je lui ai payé une bière pour qu'il reprenne des forces. Je tiens à ce qu'on se sépare en bons termes.

Je lui ai dit que j'allais rester encore quelques jours chez lui et que je saurais seulement cet après-midi à quelle date je peux déménager au National Arts Club.

On s'est assis dehors sur la terrasse. Le soleil brillait et, au grand mécontentement des autres clients, il s'est mis à attirer les moineaux en leur donnant à manger des miettes de gâteau trouvées dans le cendrier.

Il sentait le cafard et la mélancolie, et il avait l'air deux fois moins gras que d'habitude.

Soudain, il a pointé du doigt une fenêtre au premier étage de l'immeuble trapu. L'encadrement était peint en rouge vif et Jeremiah m'a raconté qu'après la guerre, Bill Burroughs avait vécu précisément derrière cette fenêtre rouge, au-dessus du café où on était installés.

— *The wonderful motherfucker* – Ce merveilleux fils de pute, a-t-il grommelé sans transition.

Et j'ai appris qu'il y a plusieurs décennies, à l'époque où Jeremiah était beau et maigre comme un clou, et Burroughs laid et maigre comme un clou, ils avaient noué ensemble une triste liaison. Mais l'amant de longue date de Burroughs (qui portait le joli nom de Grauerholz, Jim Grauerholz, je crois) l'avait mal pris, et depuis, c'était silence radio, à part quelques lettres.

Je n'ai jamais lu *The Naked Lunch*, et je ne connais pas non plus l'adaptation de Cronenberg.

Je sais seulement que Burroughs écrivait ses poèmes avec son propre sang et ce genre de conneries – une fois, il a fait exprès de se couper un doigt au sécateur parce qu'il voulait écrire une nouvelle sur un doigt coupé et que ça sonne vrai.

Mais je ne connaissais pas l'histoire tordue de son mariage.

Si Jeremiah me l'a racontée, c'est pour que je comprenne les dégâts qu'on peut faire à deux mètres de distance. C'est comme ça qu'il m'a présenté les choses.

— *Two meters !* a-t-il dit.

Et sur ce, pendant que les moineaux voletaient autour de nous, de toute l'énergie de sa mémoire usée jusqu'à la corde, réduite à l'essentiel, il a commencé son récit.

La femme de Burroughs s'appelait Joan, c'était une intellectuelle brillante qui multipliait les partenaires, aimait les excès et était, comme son mari, salement toxico. La photo d'elle que Jeremiah a sortie de sa poche de fesse pour me la montrer n'était pas spécialement évocatrice et ne collait pas vraiment avec sa description. Une Eva Braun bien sage, je dirais, peut-être à cause de sa coiffure.

Burroughs, lui, était un morphinomane lunatique et efflanqué qui, bien que pédé comme un foc, avait fait un fils à son épouse.

À l'été 1950 ou dans ces eaux-là, la famille, complètement sur la paille et sans la moindre perspective d'avenir, habitait une ferme près de Mexico où elle cultivait des citrons et du cannabis.

Joan et Bill Burroughs organisèrent une fête qui consistait essentiellement à saouler au gin leurs quatre ou cinq amis pseudo-artistes. Alors que les invités vautrés dans des fauteuils bredouillaient entre eux, Burroughs s'affala sur l'unique canapé en face de sa femme. Environ deux mètres les séparaient l'un de l'autre. (Jeremiah n'arrêtait pas de répéter : « *Two meters !* » La distance a son importance, comme on le verra par la suite, et correspond effectivement à celle qui séparait mon front de la maudite botte avant que cette dernière ne s'envole.)

C'est ainsi que Burroughs fit part à Joan de son nouveau projet. Il voulait partir vivre dans la jungle en Amérique du Sud pour nourrir sa famille en chassant l'opossum et le tapir. Comme mentionné précédemment, on était en 1950.

Joan, plus réaliste que lui, répondit qu'ils allaient crever de faim dans la forêt vierge, car Burroughs tremblait trop pour toucher quoi que ce soit. À quoi Burroughs rétorqua : « Je crois que c'est l'heure de notre numéro de Guillaume Tell, non ? »

Comme personne au Mexique ne sait qui est Guillaume Tell, un obscur terroriste suisse du Moyen Âge, aucun des invités ne saisit l'allusion. Jusqu'à ce que Joan pose un verre d'eau en équilibre sur sa tête. Un verre plein à ras bord.

Elle pouffa de rire. Et avec ce petit rire (un rire qui devait en dire long), les autres dans leurs fauteuils comprirent ce que Joan et Bill comptaient faire. Mais il était trop tard pour intervenir.

Burroughs, qui était un fanatique d'armes, sortit son revolver de sa poche et, à la tragique distance de deux mètres pile, visa le haut du verre. Le coup de feu fut assourdissant. C'était une toute petite pièce. Ils n'avaient pas de quoi se payer plus grand.

Joan bascula dans son fauteuil, en arrière puis en avant. Le verre tomba sur le tapis, intact, et décrivit un cercle sur le sol. Au bout d'un certain temps, quelqu'un finit par dire : « Je crois que tu l'as touchée ! »

Leur fils était sur le pas de la porte, en pyjama, et il avait tout vu.

On trouva un petit trou sur le front de Mme Burroughs. Au lieu de ressortir, la balle était restée coincée dans sa tête bien faite, chose qui arrive rarement. Surtout quand le coup de feu est tiré à deux mètres de distance (« *Two meters, you got that ?* » haletait J. en boucle).

Plus tard, Joan fut enterrée avec sa balle au cimetière

américain de Mexico que Jeremiah trouve absolument génial et festif, et qui est représenté dans le luxueux recueil qu'il m'a offert. Il y a été une fois, et depuis, il affirme que les anglicans ont tenté de rivaliser avec les magnifiques cimetières mexicains, d'où la luxuriance semi-tropicale de l'endroit.

Toujours est-il que la famille de William Burroughs est l'une des plus riches d'Amérique, car son grand-père a fondé la Burroughs Corporation et, avec IBM, fabriqué les premiers ordinateurs du monde. Il y avait donc assez de fric pour blanchir en bonne et due forme le mouton noir de la famille Burroughs. Des milliers de dollars partirent à destination du Mexique, les experts en balistique furent achetés, les témoins prêtèrent de faux serments, et la justice était tellement corrompue que Burroughs fut relâché après seulement treize jours de prison.

Il était libre – il ne revit plus jamais son fils, s'enfuit aux États-Unis et y chopa des hémorroïdes carabinées, au point qu'il finit par ne plus porter que des pantalons marron foncé.

Après avoir vidé sa bière – la troisième –, Jeremiah Fulton a décrété que j'en avais assez vu et entendu sur le Lower East Side. Et d'ajouter que mes yeux n'avaient pas la bonne couleur, ils n'étaient pas injectés de sang comme ils auraient dû l'être. J'étais de toute évidence mort de l'intérieur et inaccessible aux fils d'or de l'esprit qu'il comptait entrelacer pour moi sur le métier à tisser du zen. Le National Arts Club était tout ce que je méritais.

Bizarre qu'il me fasse une scène pile à ce moment-là.

Je l'ai remercié poliment pour cette édifiante histoire.

Il m'a demandé si je pouvais au moins le raccompagner. Mais je suis resté assis au soleil, à lorgner sur la fenêtre rouge d'où j'aurais pu suivre Jeremiah des yeux jusqu'à l'Avenue C – et son âme regardant en arrière telle la femme de Loth, il s'en retournait lentement chez lui, statue de sel ventripotente et emmitouflée dans son trench-coat, paralysée par l'ivresse et le souvenir.

JOUR 16 (AJOUT)

Le mercredi 2 octobre 1996

Arrivée Lila.

Il est descendu d'un *yellow cab*, accompagné de son fidèle serviteur Josef Heiger, chargé de trimballer toutes ses valises.

Septième Avenue, au croisement de Christopher Street.

Au kiosque à journaux.

On s'est serrés dans les bras sous la bruine tiède qui éclaboussait la ville depuis la fin de l'après-midi, comme jaillie d'un gigantesque flacon de nuages noirs venus de la mer en train de défiler au-dessus de nos têtes.

Lila était plus mince que dans mon souvenir, plus renfrogné aussi. Il portait une casquette de base-ball et un tee-shirt noir. Et trouvait que j'avais glandé, un vrai profiteur, la preuve étant selon lui que je n'avais encore rien filmé.

Sachant qu'il est la personne qui sait le moins écouter au monde, surtout quand il s'agit de faits qui piétinent ses convictions (ce qui le force d'autant plus à s'y tenir), je n'ai pas réagi et me suis laissé gentiment insulter. Il ne pouvait pas savoir ce que je suis en train de vivre.

On s'est posés dans un *diner* non loin de là, sur des bancs en plastique rouge devant une baie vitrée où la pluie fine dessinait un tableau digne des rêves les plus fous de Jackson Pollock : sans toile, sans peinture, sans pinceau, sans titre, sans signification.

Josef Heiger est resté faire le pied de grue à l'entrée pour surveiller les valises. Je crois que Lila l'a emmené juste pour ça. Un gentil larbin osseux qui parle comme un animateur télé.

J'ai pris un Coca avec des glaçons alors que j'aurais préféré m'envoyer dix whiskies en flammes, et Lila n'a rien mangé parce qu'il n'y avait pas de feuilles de salade. Il m'a dit qu'il avait adopté un régime de cochon d'Inde. Il était stressé et m'a expliqué qu'il y avait eu des problèmes avec les cinq-autres.

L'idée de faire des films sur le sexe n'était plus d'actualité.

— Vous êtes trop bourgeois et pas assez radicaux. Allez faire des films sur des plombiers ou des chauffeurs de taxi.

Quant à mon projet de film expérimental sur les oreilles, il a trouvé que c'était « du flan ». D'un air hautain, il m'a donné la liste de ses nombreux amis homos new-yorkais qui feraient selon lui un bon sujet de portrait filmé.

Tout en s'arrachant deux poils de nez, il m'a proposé un couple du nom de Bob Heide et John Gilman. « Ce sont deux vieilles folles qui vivent dans un musée des années 1960 sur Christopher Street et sont capables de te dire où James Dean s'est bourré la gueule et où Elizabeth Taylor a posé une pêche. »

Je vis déjà dans un musée des années 1970, en compagnie d'une vieille folle hétérophobe qui ne peut pas s'empêcher de me bassiner à longueur de journée avec les rites de gerbe, de baise et de beuverie des stars hollywoodiennes, pour la simple et bonne raison qu'elle fait partie de ce système – mais Lila n'a rien voulu entendre.

— Il faut que tu filmes un portrait. Avec de vraies gens dedans. Ce film sur les oreilles, c'est des conneries. On a reçu des subventions de 3sat, il va falloir assurer derrière.

J'en suis resté sans voix.

Depuis que je suis à New York, je ne pense qu'à ce stupide film sur le sexe.

Bien sûr, je pense aussi aux tragiques histoires de nazis à la con de tante Paula, je pense à ses relations improbables avec les poètes Beat, je pense à mon enfer familial dont le professeur von Dornbusch ne devinera jamais l'existence : une fournaise souterraine pleine de démons hurlants qui ont le nez d'Apapa, le nez de papa, mon nez à moi ou celui de mes enfants à naître – qui ont tous le même nez, donc, et qui portent à tous les coups en eux la même colère, la même haine, une haine transgénérationnelle qu'un druide celte a implantée dans notre patrimoine génétique au temps des invasions barbares.

Oui, voilà à quoi je pense.

Même si je n'ai pas envie d'y penser.

La seule chose à laquelle j'ai envie de penser, c'est

à ce stupide film sur le sexe. Dans les circonstances actuelles, j'aime et j'ai besoin de penser aux oreilles.

Et quitte à tout remettre en question, je me demande s'il ne serait pas plus malin de m'attaquer aux liens entre Paula Hertzlieb, Apapa, un établissement de gazage, des dessins à la craie et la Beat Generation, entre le vagin, l'amour, la culpabilité et le syndrome de Stockholm plutôt qu'à un plombier ou à un chauffeur de taxi new-yorkais.

Après m'avoir embrassé pour me dire au revoir, tante Paula a tapoté ses mains pleines de craie sur la veste noire de Nele Zapp en lui murmurant tout doucement à l'oreille : « Si vous êtes aussi irrésistible, c'est parce qu'il n'y a pas la moindre ombre qui plane au-dessus de vous. »

Et le cauchemar a commencé.

Le document jusqu'à-midi était une minuscule graine dans mes débris crâniens, et le document à-partir-de-midi est en train de la faire germer en moi. Telle une plante mutante incontrôlable, elle s'est mise à proliférer pour envahir tout le sol de ma conscience.

Je subis les assauts de l'enfant que j'ai été et qui a connu Apapa.

Le moelleux fauteuil de Nuremberg en crin de cheval où Apapa s'enfonçait, avec moi sur les genoux, et me donnait des grains de raisin à picorer.

Sa manière de manger en s'essuyant soigneusement les lèvres avec un linge blanc pour raconter l'histoire du roi Arthur.

Sa main vigoureuse, tachée par la vieillesse, posée sur mon épaule.

Les serviettes en papier sur lesquelles cette main dessinait avec art des chevaux au galop.

Le Parteitagsgelände de Nuremberg avec l'endroit où il s'était un jour retrouvé face à Hitler et qu'il me désignait de son bras tendu, ravi de mon regard vitreux.

La tisane et la tarte aux fraises sur la véranda les après-midi ensoleillés.

Je m'imagine en train de renverser la tisane et la tarte aux fraises sur Apapa avant de l'étrangler à mains nues, et à cette pensée s'en ajoutent d'autres, chacune plus absurde et plus brutale que la précédente. J'égorge mon grand-père à la lame de rasoir. Je le piétine à mort avec ses chaussures de ski, qui sont toujours dans le garage de papa. Je lui attrape la tête et la fracasse contre un rocher. J'ai vraiment besoin de me changer les idées.

— Qu'est-ce qu'il y a, espèce de clampin ? a demandé Lila. À quoi tu rêves ?

Je rêvais de planter ma fourchette dans la main de mon professeur de cinéma, aussi naturellement que le type de la table d'à côté saupoudrait du sel sur ses frites. L'espace de quelques secondes, toute l'agressivité qui bouillonnait en moi s'est retournée contre Lila. J'avais une sensation de chaleur dans l'estomac, car Lila voulait me priver de mon seul moyen de me changer les idées – le plan initial de faire un film sur le sexe, qui venait d'ailleurs de lui (« Ce sont les zizis, les minous et les trous de balle qui font tenir le monde »).

La tentation de faire une scène à table était électrisante.

Mais je me suis ressaisi – avec un sourire, j'ai dit à Lila que j'étais prêt à me plier à sa demande absurde et à me lancer dans un nouveau film à condition de pouvoir réaliser les deux projets : les oreilles et ses conneries.

Lila était partant et m'a demandé d'arrêter de jouer avec ma fourchette.

Un jour, sa mère qui a quatre-vingt-dix ans et qui habite avec lui m'a dit qu'elle avait survécu à deux guerres mondiales. Et qu'il était la troisième.

On est tombés d'accord pour filmer le portrait d'Eike Birk, un écrivain allemand qui figure tout en haut de la liste des heureux élus et que Lila admire beaucoup.

Je n'avais encore jamais entendu parler de lui.

Lila l'a appelé sur-le-champ, un coup de fil précipité, affolé, qu'on peut aussi qualifier de spontané. C'est sans doute sa plus grande qualité – cette incroyable énergie qu'il sort de nulle part.

Quand la femme de Birk a décroché, Lila a pris une voix mielleuse. Il lui a dit que j'étais « sensationnel », « beau comme un dieu » et « le plus grand talent de ce siècle », et que je donnerais ma vie pour avoir le privilège de réaliser un film sur son captivant époux. C'est sa manière à lui de prendre des rendez-vous.

Mme Birk a proposé que je passe demain pour me présenter à la famille.

Le mercredi 2 octobre 1996, 2 heures du matin

Le soir, quand j'ai débarqué au National Arts Club pour accueillir le groupe, j'étais encore sur les dents. J'ai aperçu les cinq-autres à travers une porte en cristal. Une bande d'inconnus échevelés dont j'avais presque oublié les visages et la gestuelle. Tous épuisés après les quatorze heures de vol. Tous intimidés par cette ville qui vous prend tout de suite aux tripes.

Blêmes et balourds, Cosima, Hans-Jörn et Thommie étaient plantés au beau milieu du hall Art déco. Les autres (Aisosa, Heidi dont le petit copain est un crétin et le responsable de production Tim Schöffel) étaient installés dans de spacieux fauteuils. Lila et Josef Heiger n'étaient pas venus. En vrai, les cinq-autres sont sept ou neuf, en fonction de l'idée qu'on se fait des chiffres.

Sous le plafond de six mètres de haut, il y a une coupole en glace, aussi colorée qu'un abat-jour Tiffany géant, qui n'est là que pour vous faire sentir comme un roi. Les murs sont lambrissés et couverts de précieux tableaux. Il y a des statues en marbre partout, et les tapis sont tellement moelleux qu'on n'entend pas ses propres pas.

Et je n'ai donc pas entendu les pas de Nele qui surgissait de derrière une colonne en revenant pour la énième fois des toilettes.

Nos regards se sont croisés, et j'ai remarqué l'énorme ballon de vin rouge à sa main. Elle a porté le verre à sa bouche et l'a vidé d'un bon quart de litre. Un valet est apparu pour la resservir en bordeaux. Elle arborait un grand sourire légèrement demeuré, et je me suis rappelé qu'elle était allée chercher les autres à l'aéroport.

Aldon Ruby, l'un des jumeaux corrompus à la tête du club, a fait un discours de bienvenue. Il avait les manières irréprochables d'un alcoolique, portait un nœud papillon doré et des lunettes aux verres bleus. Tout le monde écoutait du mieux qu'il pouvait.

Aldon est un Juif homosexuel plein d'esprit qui se sent obligé de caser au moins deux blagues par phrase. La première question qu'il m'a posée, c'est si j'étais venu en sous-marin. Un clin d'œil à ma coupe de cheveux. Peut-être qu'il a une idée de l'état d'esprit dans lequel je suis.

Pendant qu'autour de lui, mes camarades épuisés étaient à deux doigts de craquer, l'infatigable Aldon parlait de l'emballage du Reichstag par Christo (qui est membre du club). Il a également mentionné son cher ami Bill Clinton, et son encore plus cher ami Martin Scorsese, qui a tourné ici *Le Temps de l'innocence*.

Le nom de « miss Holtzbrinck » revenait à une fréquence insensée.

— Miss Holtzbrinck vient d'écrire un livre et, croyez-le ou non, de se trouver un éditeur, hihihi.

Je me suis souvenu que les Holtzbrinck possèdent le plus grand empire éditorial d'Allemagne.

Lila von Dornbusch était lui aussi régulièrement cité : « Lila ne vient pas d'Allemagne, il vient (hihihi) d'un microcosme. » Ou : « Lila sait tout, hihihi… mais il le sait de moi. »

La sirène était la seule à ne pas ricaner avec Aldon. Durant la demi-heure qu'a duré le discours, elle a descendu environ une bouteille de vin.

Incroyable qu'elle tienne encore sur ses jambes.

Pour finir, Aldon a présenté tante Paula, en dernier, car c'était l'invitée d'honneur. Elle portait une robe mandchoue, un machin tissé en satin et mohair couleur orange et rouge qui lui arrivait aux chevilles, à manches courtes et col montant, avec sur la poitrine deux dragons qui se dévoraient mutuellement la tête. Telle une petite impératrice chinoise, elle nous a lancé un sourire magnanime depuis son fauteuil à oreilles.

— Mrs. Hertzlieb, notre chère membre, délirait Aldon, a plaidé votre cause avec éloquence et générosité – en tout cas, mieux que Lila von Dornbusch ne l'a fait, hihihi. Nous vous avons donc réservé tous les lits qui se sont récemment libérés – je pense, très chère Mrs. Hertzlieb, à votre bonne amie miss Cartwright, quelle fin regrettable –, tous nos lits libres jusqu'au dernier, et nous espérons que vos jeunes et splendides corps seront chez nous comme chez eux.

Il a battu des mains, enthousiasmé par lui-même, et lancé à tante Paula :

— Vous avez une mine splendide, ma chère, un vrai vase de la dynastie Tang, et votre splendide chambre ne se libérera jamais !

Il avait dû toucher un point sensible – le fantasme d'immortalité de tante Paula –, car elle a pris congé de la compagnie sans mot dire, une main déployée en éventail.

J'ai regardé autour de moi. L'endroit est tellement élitiste, décadent et aristocratique qu'au bout d'un moment, ça devient compliqué de ne pas exploser.

Cette dinde de Heidi a récupéré une gigantesque suite au onzième étage qui était occupée par un couple de chanteurs d'opéra avant qu'ils se suicident en simultané. Deux spacieuses chambres, une salle de bains digne de *Gatsby le Magnifique*, un téléphone. Tentures de damas aux murs. Tapis persans au sol. C'est là qu'elle va ramener son petit copain. À l'œil.

— Franchement, la production n'a pas besoin de bureau.

Elle a dû direct défendre son pré carré, ce qui l'a mise dans tous ses états. Vouloir avoir toujours plus n'est pas joli. Vouloir être toujours plus non plus.

Elle a filé à l'anglaise, avec plus d'empressement et d'impatience que les autres, dont les prédécesseurs étaient bêtement morts dans des chambres simples de taille réduite.

Il n'est resté que Nele, moi et les gens en marbre.

— On va se promener ? a-t-elle proposé.

— Il est minuit.

— Oui, justement.

— Tu es saoule.

— Oui, justement. Je vais m'accrocher.

Elle s'est agrippée à moi d'une main, et de l'autre, elle a tendu son verre vide au valet à côté d'elle pour qu'il le remplisse.

On est sortis dehors, elle, moi et le verre plein à ras bord qui avait l'air d'avoir des pattes et piaffait d'impatience entre ses doigts.

La bruine avait rafraîchi l'atmosphère, un avant-goût d'automne aidait la nuit à s'endormir. Il n'y avait plus personne dans les rues humides, à part peut-être quelques *serial killers* solitaires. La lune blanc cassé surgie des nuages était suspendue au-dessus de Manhattan, lourde comme la langue de Nele.

Elle a dit :

— Pourquoi tu ne cries pas ?

Je l'ai regardée, troublé.

— On dirait que tu as tout le temps envie de crier et que tu n'y arrives pas.

Je n'ai pas su quoi répondre.

Elle a dit :

— Ou est-ce que tu cries à l'intérieur ?

Elle a soupiré, hoché tristement la tête comme si j'avais répondu, et murmuré :

— C'est pour ça que je ne comprends pas pourquoi tu ne goûtes pas le bordeaux que je suis en train de boire – moi aussi j'ai envie de crier.

Elle m'a tendu son verre, mais je n'avais pas envie.

Elle a dit :

— Tu aimes ces gens ?

Une voiture de police nous a dépassés.

Elle a dit :

— Il y en avait une qui sentait le vomi, je crois que c'est la fille qui a eu la suite.

Oui, Heidi, j'avais senti aussi.

Elle a dit :

— Les artistes morts sont plus aimables. Ce n'est pas pour rien que Hollie Lehmann s'est spécialisée dans le XIXe. Personne ne va se ramener en lui demandant un lit à baldaquin.

— Mah non plus ne porte pas les étudiants en cinéma dans son cœur.

À la main au creux de mon bras, une main qui exerçait une légère pression, j'ai remarqué que ma petite phrase avait fait son effet.

Elle a dit :

— Tu es vraiment obligé de parler sans arrêt de ta copine ?

— Je ne suis pas obligé de parler du tout.

— En plus, tu es toi-même étudiant en cinéma.

— Honnêtement, c'est toi qui parles sans arrêt.

Elle est restée muette une minute. Les murs nous renvoyaient l'écho de nos pas.

— Tu sais comment je me sens quand tu dis des choses comme ça ?

Elle se fichait bien que je veuille le savoir ou non.

— Comme une fourmilière dans laquelle on met un coup de pied.

Elle m'a lâché le bras – je crois que c'était un genre de punition –, et on a continué à marcher côte à côte.

Elle a dit :

— Après tout ce que tu as appris sur ton grand-père, ce n'est pas étonnant que tu te comportes comme un connard. Ce qu'il a fait, ce n'est pas en harmonie avec l'histoire de l'Univers, c'est…

— Pas la peine de parler de mon grand-père, vraiment, ai-je coupé. En ce moment, c'est le bordel dans ma vie. Les étudiants que tu as vus, ou mon professeur de cinéma, ou toutes les lumières de la ville, tous ses immeubles et ses plaisirs, c'est ça qui n'est pas en harmonie avec l'histoire de l'Univers. L'histoire de l'Univers, c'est de la merde, du début jusqu'à la fin. Et en vrai, je n'ai aucune envie d'aller me promener.

Elle a pilé, légèrement vacillante, comme si je l'avais bousculée. Puis elle a vidé son verre d'un trait, l'a jeté dans un caddie cassé et est repartie. Elle aime qu'on la suive. Et elle aime encore plus qu'on la rattrape.

— Est-ce que tu te rends compte à quel point tu es négatif ? a-t-elle demandé une fois que je suis revenu à son niveau.

— Bien sûr, c'est pour ça que j'ai autant de talent.

— Peut-être que l'histoire de l'Univers nous réserve aussi des surprises.

— Tu penses à une éclipse solaire ?

— Non, je pense au bonheur. Tu ne vois pas que le bonheur est à la portée de chacun ? Est-ce que tu sais où je trouve le mien ?

— Tu es vraiment une femme d'été.

— Quoi ?

— Je voulais dire : tu es vraiment bourrée.

— Par exemple, moi, je te vois comme une sacrée dose de bonheur. Et toi, tu me vois comme une sacrée dose de malheur. Parce que je risque de mettre ta – ouvrez les guillemets – « relation » – fermez les guillemets – en danger. Huhuh !

En faisant ce « Huhuh », elle a mouliné des bras comme une magicienne, et on a tourné sur la 5e Avenue pour continuer tranquillement vers Central Park.

— Je trouve ça trop mignon que tu veuilles rester fidèle à ta copine chiante, et le fait que tu me voies comme une menace pour ta fidélité, je prends ça comme un compliment, ça m'excite même un peu, mais crois-moi : il ne se passera rien.

— Elle n'est pas chiante.

— Je te garantis qu'il ne se passera rien. Franchement, tu n'es pas mignon à ce point.

Elle s'est arrêtée et m'a embrassé. Si ses paroles sonnaient faux, le baiser ne m'a pas donné cette impression, mais peut-on embrasser pour de faux ?

Après ça, elle a repris mon bras, visiblement de meilleure humeur. C'était comme si elle avait vidé mon âme d'un million de mouches noires, en une seule seconde.

Au bout de vingt minutes durant lesquelles on n'a pas échangé un mot – on aurait vraiment dit un vieux couple –, on est arrivés à Central Park. Elle m'a entraîné à l'intérieur du parc, alors que tous les guides touristiques disent que c'est la dernière chose à faire à cette heure-là.

Il n'y avait pas un chat.

Parce qu'elle avait encore envie de faire pipi, elle s'est agenouillée devant un buisson d'intérêt botanique avec son panneau explicatif, et j'ai dû vérifier galamment que personne ne la voyait.

Puis il a fallu la suivre plus loin dans le parc, même si je trouvais que c'était n'importe quoi.

Et là, alors qu'on avait laissé les lampadaires derrière nous et qu'on était en train de contourner un gros et épais bosquet avec des feuilles aux reflets noirs, on est tombés sur le cheval. Il était planté au milieu du chemin, sellé, perplexe, solitaire et blanc, comme illuminé de l'intérieur. Il n'était pas attaché. Ses rênes pendaient dans le vide. Ses yeux brillaient comme si on y avait versé de l'huile de moteur. Sur son tapis de selle, il était écrit *NYPD* en caractères jaunes brodés. Un cheval de police montée sans policier pour le monter.

J'ai regardé autour de moi. À part nous, il n'y avait personne.

La main tendue, Nele s'est avancée lentement vers le cheval qui n'a pas bougé. Elle s'est laissé renifler le dos de la main, a caressé les naseaux de l'animal, lui a tapoté le cou, a attrapé les rênes, posé sa basket dans l'étrier et est montée dessus avec un grand sourire.

— Descends de là tout de suite ! ai-je ordonné d'une voix crayeuse.

— Bon sang, je suis complètement saoule.

— Il doit être en train de pisser sur l'arbre d'à côté, le flic.

— Je m'occupe juste un peu de lui.

— Descends de là !

— Tu vois, encore une sacrée dose de bonheur pour moi !

— Quand le type reviendra, il te descendra direct.

— Non, il te descendra toi, parce que tu attires le malheur. Bon, et maintenant, je vais galoper un peu.

Nele a lissé sa jupe, a fait délicatement tourner le cheval, l'a plié à la volonté de ses jolies cuisses, a claqué doucement de la langue et est partie au trot, comme si de rien n'était. J'ai observé sa silhouette passer au galop, cheveux brillants. Ça se voyait qu'elle avait l'habitude de monter. Cheval et cavalière se sont envolés, engloutis par la pittoresque végétation et les ténèbres impénétrables de Central Park.

Cette fille avait dû se procurer de la coke quelque part. Aucun bordeaux au monde n'a un effet pareil.

Après avoir fait quelques mètres, j'ai vu de la lumière ; je me suis précipité à la borne de taxis et j'ai appelé la police.

JOUR 17

Le jeudi 3 octobre 1996

Aujourd'hui, j'ai vu Eike Birk.

Entretien préliminaire.

Ça n'a pas été très concluant. Les paroles de Birk sont impeccables, mais c'est peine perdue avec moi, un peu comme la bougie parfumée aux notes de mûre avec Jeremiah. Au lieu de champs humides de rosée, l'esprit de Birk erre à travers des métaniveaux en roche lunaire. Une vraie tête de mule, unique en son genre. Il porte un joli chapeau. Qui m'irait mieux à moi. Son crâne est trop en forme d'œuf. Il n'a pas d'habitudes. Il ne fait soi-disant jamais les mêmes choses, pas même boire une bière. Parfois, il va se promener. Hypertension.

Ses filles m'intéresseraient plus.

Eike Birk dit être un grand écrivain, exceptionnellement talentueux. Et même le plus talentueux de tous. Il prétend que *Colonie Germany* est parfaitement authentique, il n'a rien enjolivé, pas un mot.

Je n'y crois pas une seconde. Dans sa pièce, la conseillère du ministre-président Stolpe raconte tout et n'importe quoi. Et un Wessi envoyé à l'Est fait un numéro de cabaret pas crédible pour un sou. Le maire de Luckau parle de ses poules en mortier. C'est absolument bouleversant.

Birk disait des phrases du style : « Je n'arrivais pas du tout à comprendre ce qui était en train de se passer sous mes yeux. Pourquoi les trois premières scènes n'avaient-elles pas lieu sur le plateau ? Pourquoi *La Cerisaie* de Tchekhov y était-elle jouée ? Que signifiait le train qui faisait des allers-retours ? Pourquoi Mikhaïl Gorbatchev faisait-il deux mètres de haut, avait-il vingt ans et arborait-il une queue-de-cheval ? »

Maintenant, j'ai deux films sur le feu. Le portrait du talentueux Mr. Birk et, pour me changer les idées, le film sur les oreilles au sujet duquel Redford et Kerstin viennent de me questionner. Je suis allé dîner chez eux. Il y avait du poulet avec du riz au curry. Kerstin était un peu flagada. La ville la vide complètement.

Redford voudrait photographier Lila, car il adore se servir de son objectif pour mettre la personnalité des stars à nu.

Et moi, je m'occupe de Ghostbuster.

Ghostbuster, c'est le nom du cheval.

Et Sherwood, c'est le nom du *cop* qui monte Ghostbuster. Jim Sherwood. À minuit, alors qu'il faisait sa ronde à cheval le long du réservoir de Central Park, le *cop* Jim Sherwood a été victime d'une crise cardiaque. Il s'est évanoui et est tombé de sa selle. Un Noir accro au crack l'a vu, a balancé son joint et ranimé le *cop* en lui faisant du bouche-à-bouche – le type va recevoir une médaille, même s'il a gavé les poumons de Sherwood de marijuana jusqu'à ce qu'ils recommencent à pulser –, mais personne ne s'occupait de Ghostbuster, qui a pris peur devant les clochards et poussé un hennissement avant de se faire la malle. Dans les profondeurs du parc.

C'est ce qu'on m'a raconté hier soir, au poste de police de Central Park où j'ai été emmené. Il était peut-être 1 ou 2 heures du matin.

Il s'est passé un truc dément.

Je m'étais déjà baladé dans le coin, et j'avais trouvé ça bizarre, ce poste de police en pleine verdure. Et me voilà en train de franchir la porte en verre, un petit couloir et une antichambre jaune migraine – on m'a accueilli sous les néons, salué et donné du « sir », quelqu'un s'est levé de sa chaise et j'ai débarqué dans une pièce où j'étais déjà assis.

J'avais peut-être six ou sept ans de plus que moi, j'étais un peu plus baraqué, mais j'avais exactement ma tête de Berlinois, et mon nom était Captain Wollsteen, mais je pouvais m'appeler Mike. Je parlais un anglais irréprochable et je venais du Massachusetts, mais j'avais des ancêtres allemands originaires de l'Odenwald.

On se ressemblait vraiment comme deux gouttes d'eau, les hommes autour de nous hallucinaient et ne pouvaient pas s'empêcher de se marrer – même si, à ce stade, il n'était pas certain que Jim Sherwood s'en sorte.

Et ça m'est revenu : il y a quelques jours, un flic m'avait salué d'un air respectueux au bord du Turtle Pond, sans doute parce qu'il me prenait pour Mike Wollsteen, le Captain.

Pendant que mon sosie poussait des gloussements ravis, je lui ai expliqué qu'une Allemande ronde comme une queue de pelle issue du milieu des zoologues francfortois, amatrice de documentaires, aussi inoffensive et déjantée que le solo de guitare de Jimi Hendrix présentement crachoté par le poste de radio d'un *sergeant*, avait kidnappé Ghostbuster, étalon de cinq ans, qu'elle était probablement en ce moment même en train de galoper à travers les broussailles avec l'animal, et qu'il ne fallait s'il vous plaît pas l'abattre.

Mais il a d'abord fallu que j'accepte de faire une petite séance photo avec le Captain.

On n'a retrouvé ni Ghostbuster ni Mlle Zapp, et à 3 heures du matin, le Captain m'a fait reconduire en voiture de police jusqu'au ghetto de Jeremiah.

Ce matin, à la première heure, j'ai appelé l'Institut Goethe.

La sirène n'était pas là.

Hollie Lehmann a décroché le combiné et déclaré de son ton revêche que sa stagiaire s'était fait porter pâle. Oui, elle avait parlé avec elle. Non, Mlle Zapp n'avait pas la voix de quelqu'un qui s'est fait arrêter par la police. Mlle Zapp avait plutôt la voix de quelqu'un qui a passé une nuit blanche au Cat Club ou au Palladium et qui n'a pas assez d'aspirine à la maison.

Et merci de transmettre toutes ses salutations au professeur von Dornbusch.

JOUR 18

Le vendredi 4 octobre 1996, 10 h 45

Je suis posé dans un petit café sympa au coin de l'Avenue A et de la 9e Rue. Un mix cntre Kreuzberg et la Côte d'Azur.

À côté de moi, une Liza Minnelli blonde version chien errant. Tu portes un drôle de manteau. On dirait une chemise fine trop longue sur laquelle on aurait vaporisé du vernis transparent. Carreaux rouge-brun sur fond noir. Escarpins vertigineux. Petits yeux. Une bouche plutôt ordinaire avec une grosse lèvre inférieure de traviole. Et tu t'en vas. Collier de chien au ras du cou. Tu as tes rats avec toi.

Nele Zapp de Francfort-sur-le-Main.

On a fini par s'avoir au téléphone hier.

Sa honte est sans limites, tout comme le trou dynamité dans le petit rocher de sa mémoire.

De ce que sa petite voix penaude et friable en sait, la nuit d'avant, Ghostbuster et elle sont allés jusqu'à Great Lawn. Les secousses et le vent brassé en cavalcadant – ça existe, « cavalcader » ? En tout cas, c'est le mot qu'elle a utilisé – en cavalcadant, donc, mais aussi le ciel étoilé au-dessus d'elle lui ont fait reprendre ses esprits. D'un coup, elle a dessaoulé, et elle a paniqué en se retrouvant en pleine nuit au milieu de Central Park, juchée sur le cheval d'un *police officer* qui avait toutes les chances de s'être pris une balle. Elle a regardé la *skyline* à l'horizon – le princier San Remo, le royal Eldorado, l'impérial Majestic – et est restée bouche bée en voyant briller la lune de Manhattan, aussi blanche, calme et innocente que le destrier qui la portait.

Ensuite, elle se rappelait seulement avoir débarqué sur la 86e Rue avec l'animal, parce qu'une Cadillac leur avait filé sous le nez en klaxonnant. Et ils étaient arrivés à une station de métro, le cheval et elle, tremblant de tous leurs membres qui étaient au nombre de huit.

Au moment où Nele attachait le canasson en uniforme à un lampadaire, des types du nettoyage de la voirie remontaient l'escalier du métro d'un pas lourd, avec leurs seaux et leurs balais à la main. Mais aucun d'eux n'a adressé la parole à la fille-feuille-de-tremble – on est à New York, ici. Elle est descendue dans la station et, le cœur battant, est retournée chez elle en A-Train, comme un lapin, m'a-t-elle assuré.

La police est venue chez elle hier matin.

J'avais été obligé de donner le nom et l'adresse de l'Allemande azimutée. Mais il n'y a pas eu de plainte. Elle était seulement chargée de me saluer de la part d'un certain Captain Wollsteen, qui avait deux messages à me transmettre.

Le premier : le *cop* Jim Sherwood a survécu.

Le second : son cheval aussi.

On n'avait ni l'un ni l'autre envie de raccrocher.

Je ne savais pas si elle se souvenait du baiser, celui donné sur la 5e Avenue en état d'ébriété. Mais je sentais qu'elle sentait ce que je sentais.

Les voix peuvent te vriller la cervelle à jamais, peu importe ce qu'elles disent. C'est Mr. Lightinghouse qui me l'a appris. J'étais certain que, comme moi, à l'autre bout du fil, elle regardait dans le vide, de ses beaux yeux à l'éclat un peu ironique qui s'accrochent parfois dans les barbelés de ses cils avant d'éclater comme des bulles de savon. Quand on est au téléphone, c'est facile de savoir ce que l'autre regarde. Mais pas ce qu'il a sur lui.

Pourquoi elle porte toujours les mêmes fringues ? Cette minijupe écossaise et la veste moulante vert pétant ? On dirait un python sur le point de faire sa mue. Kerstin l'a dit hier : les hommes sont irrésistiblement attirés par les femmes qui sentent le chaos, le désordre et la destruction. Et quand on vole un cheval de police pour aller cavalcader sous la lune à travers Central Park, on pue le chaos, le désordre et la destruction, quelles que soient les fringues qu'on a.

En même temps, au Guggenheim, elle n'ose pas entrer dans une installation où on voit des gens dormir sur des écrans.

Et elle promène des chaussures d'homme dans son sac à main.

— Je voulais t'en mettre plein la vue avec mes conneries, a-t-elle soufflé dans le combiné. Je suis un vrai mec, tu sais.

— Tu es surtout cinglée.

— C'est ce que je voulais dire.

Si on se laisse aller, on sera en couple d'ici la fin

de la semaine. On sera assis dans ce café à se tenir la main. Moi et la foldingue.

Mais ça n'arrivera pas.

J'ai hâte de revoir Mah.

Surtout parce que j'ai décidé d'avoir hâte de la revoir. Mais d'un autre côté, je redoute un peu sa santé mentale de fer.

C'est sûr qu'au début, on sera comme des étrangers. Parfois, quand elle rentre à la maison et qu'elle se blottit contre moi sans avoir pris de douche, elle sent l'hôpital, une odeur un peu aseptisée, mais une odeur quand même.

Elle m'a encore écrit une petite lettre touchante.

Sur le fax, il y avait un cœur.

Je suis plein de tristesse.

Je me suis encore pris la tête avec Lila, méchamment cette fois. On dirait un rat de laboratoire à qui on a injecté une surdose d'amphétamines.

Chaque jour, il rameute ses étudiants autour de lui.

On se retrouve assis là, complètement surexcités, à parler tous en même temps, et rien ne se passe. Et comme il ne se passe rien à part qu'on parle tous en même temps, la surexcitation atteint des sommets.

On se réunit le matin, dans la suite de Heidi qui sent toujours le vomi, et on déblatère au sujet des portraits qu'on compte filmer.

Personne ne se plaint qu'on ait laissé tomber l'idée du film sur le sexe. Je crois que la seule chose qu'ils veulent, c'est jouer aux touristes à New York.

Thommie fait un truc sur les cimetières et sur la vieille dame qui est morte dans son lit.

Aisosa trouve son cadavre à elle ennuyeux, surtout

qu'il a passé l'arme à gauche à l'hôpital. Elle préfère faire un film sur Hope Lemaitre, une artiste branchée de l'Action Painting du même tonneau que Jeremiah.

Hans-Jörn est fatigué. Les cheveux aussi longs qu'Absalon avant de rester coincé dans son arbre, il attend de sortir de sa torpeur, et on regarde des bribes de pensées se former dans sa bouche sans être passées par la case « cerveau ».

Heidi, qui ne se brosse manifestement jamais les dents, fait de la lèche à Aldon Ruby avec un portrait d'Aldon Ruby.

Et Cosima n'a pas d'inspiration, mais elle veut me filer un coup de main à la caméra. Ça me va très bien, surtout qu'on se connaît à peine et que je lui ai foutu les jetons il y a deux ans, à l'Académie du film, en menaçant son ex bizarre.

Pourtant, leurs bavardages creux sont difficiles à supporter, sales étudiants pourris gâtés au cœur rongé par le cholestérol, bande de béni-oui-oui rabat-joie qu'on n'a aucune envie d'écouter.

Toute l'intensité des dernières semaines – et c'étaient des semaines intenses – est retombée.

Et allongé dans mon lit, je pense à Ghostbuster, pour ne pas penser à Apapa.

JOUR 19

Le samedi 5 octobre 1996

Dernier matin chez Jeremiah Fulton.

Réveillé par un mauvais rêve.

Jeremiah est déjà dans la salle de bains. Je l'entends secouer son flacon de talc pour bébé.

Au pied de mon canapé, Puppy et Lucy remuent leur moignon de queue, impatients que je sois parti. Comme c'est jour de fête, ils ont même arrêté de tousser.

Le salon a presque l'air d'une habitation humaine. J'ai laissé pas mal d'ordre derrière moi. Aucun cafard en vue depuis plusieurs jours.

Je me lève pour sortir sur le balcon. Dans la lumière du matin, l'East River luit sous mes yeux, terne comme un tablier de plomb. Je suis énervé et de mauvaise humeur.

Jeremiah arrive sur le balcon en traînant des pieds et vient s'accouder sur la rambarde à côté de moi, à moitié nu. Il a Chérie dans les bras, ce petit chat qui aboie. Et une feuille de papier à la main.

— *Are you in trouble ?* – Tu as des ennuis ? demande-t-il.

En deux semaines, c'est la première fois qu'il me pose une question.

— *I don't know* – Je ne sais pas.

— *In love ?* – Tu es amoureux ?

— *Maybe* – Peut-être.

— *Here is a poem for you* – Tiens, un poème pour toi, grogne-t-il en me montrant la feuille.

— *Oh*, grogné-je en retour, *thank you.*

Il hoche la tête.

Avant que j'aie pu tendre la main, il froisse le papier en boule et le jette sur Manhattan, l'œil noir. Lui, Chérie et moi nous penchons, pour suivre du regard la chute de la boulette ballottée par le vent.

Et là, le chat saute à son tour. Mais Jeremiah le rattrape en plein vol, comme une balle de base-ball – il le chope par les pattes arrière et le tire sur le balcon. La bestiole atterrit sur un barbecue rouillé.

Le plus dingue chez lui, c'est ses réflexes.

Il m'a vraiment écrit un poème. Au moins, il a écrit quelque chose.

C'est un tragédien dans l'âme.

La boulette de papier gît désormais sur un parking sécurisé par des barbelés. Peut-être qu'un de ces gangsters latinos analphabètes va tomber dessus, et si jamais il sait lire, peut-être que cette lecture le bouleversera tellement qu'il ne tuera plus personne, ou seulement des policiers.

Jeremiah me regarde en grommelant :

— *It was not a good one* – Il n'était pas bon.

Quel taré.

N'ai-je pas eu l'air suffisamment comblé ? N'ai-je pas assez appelé de mes vœux son poème ? Ou est-ce que je ne le mérite pas ?

— *Are you ready ? We have to go !* – Tu es prêt ? Il faut qu'on y aille ! a-t-il aboyé avant de tourner les talons.

Il est aussi vulnérable qu'une méduse, et pas moins léthargique. Sous toute cette chair translucide se cache l'enfant qu'il a été et qui a peur de tout et de tout le monde, surtout de moi.

Qu'est-ce qu'il a bien pu m'écrire ?

On sort de l'immeuble, je porte mon gros sac marin.

Il mouline des mâchoires sans rien dire.

Le samedi 5 octobre 1996, soir

Tout à l'heure, j'ai cassé la figure à Lila.

Il nous attendait dans un café, Jeremiah et moi. Il avait ressorti sa casquette de base-ball, et il nous a serrés dans ses bras sans entrain. J'ai posé mon sac marin. On s'est assis. Il y a eu des palabres insignifiantes entre les deux professeurs, et j'étais étonné de la servilité de Jeremiah. Il jalouse la célébrité de Lila de tout son cœur, et pourtant, il a l'air complètement fasciné par elle, comme un gros lapin hypnotisé par un serpent. Un lapereau dans un fossé.

D'un coup, Lila s'est mis à m'insulter.

Il a déclaré que j'avais glandé comme pas permis, un vrai tire-au-flanc qui avait passé deux semaines au lit à se tripoter la nouille au lieu de travailler.

Je ne sais pas ce qui lui a pris. Comme il parlait en anglais, Jeremiah comprenait tout, et il ne tenait qu'à lui de répondre : « Lila, tu dérailles complètement. Ton étudiant a rénové ma cuisine, nettoyé les traces de merde des quatre dernières années dans mes toilettes, promené mes animaux et retrouvé quatre ou cinq fois mes lunettes de Mahatma Gandhi au milieu de la décharge à ordures dans laquelle je vis, il a supporté mes humeurs, ma misanthropie, mes complexes et mes conversations coquines au téléphone, survécu à un hold-up et, au passage, joué au larbin pour les cinq-autres avec le succès que l'on sait – il a également pour projet, en dépit de son espérance de vie plus que limitée, de tourner un premier film sur les oreilles à New York, un deuxième sur un écrivain contemporain sans intérêt, et peut-être même un troisième sur des histoires de nazis à la con, et figure-toi que ton étudiant zélé écrit frénétiquement un journal intime qu'il ne relira jamais, il est travailleur, consciencieux et un peu perturbé émotionnellement, et il n'y a rien de mal à dire sur lui, à part le regrettable fait que je ne l'ai jamais vu nu. »

Évidemment, Jeremiah n'a rien dit de tout ça. Il s'est contenté d'un pâle sourire. Et personne ne se doutait, personne ne pouvait se douter de l'état préoccupant dans lequel je suis, sachant que je suis moi-même à peine capable de l'analyser.

Peut-être que le nerf de la guerre, quand on fait du cinéma, c'est de développer sa résistance à l'incertitude, et qu'y a-t-il de plus incertain que les retombées génétiques d'un SS-Sturmbannführer dont on est le descendant ?

Enfin, il y a une question peut-être encore plus difficile à trancher : par qui a-t-on le droit de se laisser embrasser ?

Et tous ces doutes sont source de stress et de bile noire, de mucosités et d'humeurs dans la rate, le cœur et le cerveau, et avec cette mixture qui bouillonnait en moi, les choses se sont envenimées avec Lila jusqu'à ce qu'il me coupe la parole, sur un tel ton de duchesse que je lui ai demandé en allemand s'il voulait mon poing dans la gueule.

D'un coup, il n'a plus rien dit.

Jeremiah s'en est mêlé :

— *Mr. Rosen's eyes have a beautiful blue when he is furious* – Les yeux de M. Rosen sont d'un très beau bleu quand il est en colère.

Et là, Lila a arrêté de ne plus rien dire et a eu une phrase lourde de conséquences :

— Désolé, mais si tu veux être réalisateur, il va falloir t'endurcir, Jonas !

Et il m'a mis une pichenette sur le nez.

Un jour, à l'époque où je jouais encore au docteur avec mon amie d'enfance Valerie Soraya Puck, non loin des abattoirs, on s'était fait surprendre par ces connards de la Husarenstraße qui avaient tous un ou deux ans de plus que nous. Ils sont venus se camper devant nous en réclamant le droit d'ausculter à leur tour ma copine avec leur majeur – et pour la première fois de ma vie, j'ai compris ce que « voir rouge » voulait dire. Car « voir rouge » n'est pas seulement une expression galvaudée. Quand tu vois rouge, il y a des vaisseaux sanguins qui éclatent derrière ton œil, et tout ce que tu vois devient monochrome, comme si tu fixais un aquarium contaminé à l'oxyde de fer, et à ce moment-là, tu es vraiment capable de tout, tout ce que tu ne ferais jamais en temps normal, d'où le fait que j'ai attrapé une barre en métal et l'ai abattue sur le crâne d'un de ces connards rouge rouille de la Husarenstraße que j'aurais rendu encore plus rouge rouille si ma mère n'était pas intervenue.

Et c'est exactement ce qui s'est passé avec Lila juste après la pichenette : il a viré de la même couleur que son nom, tout ce qui l'entourait s'est coloré (la framboise qui faisait office de serveuse apportait une bière lilas à travers la salle lilas), et j'ai moi-même été surpris de la blancheur de mon poing qui a jailli vers lui, contre sa mâchoire, au ralenti – j'ai cru que ma vue me jouait des tours.

Le professeur von Dornbusch s'est retrouvé prostré par terre à couiner tandis que je sautillais devant lui en vociférant :

— DÉSOLÉ ! MAIS TOI AUSSI, SI TU VEUX ÊTRE RÉALISATEUR, IL VA FALLOIR T'ENDURCIR, LILA !

L'agent de sécurité a déboulé aussi sec, un genre de Mike Tyson qui s'est jeté sur moi, matraque brandie. Mais Jeremiah s'est héroïquement interposé en s'écriant : « *No, bro, he's gonna die !* – Non, mon pote, il va mourir ! »

La matraque a fait un drôle de bruit en percutant le front de Jeremiah, et histoire de calmer Mike Tyson, j'ai écarté mes cheveux pour lui présenter ma cicatrice de Frankenstein qui fait tenir le puzzle de mon crâne. L'effet sédatif a été immédiat : il s'est arrêté net, et au milieu de toute cette confusion, j'ai lancé « *Everything is alright !* – Tout va bien ! » pendant que mon hôte tombait à genoux en gémissant : « *Poor boy* – Le pauvre garçon. » Et moi de répéter : « *Everything is alright.* »

On a filé sans demander notre reste, et j'étais le seul à ne pas saigner.

Ensuite, on s'est retrouvés tous les trois sur un banc au soleil. Les uns à côté des autres. Moi au milieu. Un papillon butinait un truc couleur miel dans la poubelle. J'étais certain qu'ils allaient me virer du séminaire et me coller dans le prochain avion pour Berlin, où je serais mis à la porte de l'Académie du film.

Quel connard fini vous êtes, Mr. Rosen.

Un vrai talent pour concentrer et démultiplier la souffrance des autres. Chapeau.

Et en vous se répand un soulagement pervers, rose comme votre nom, et même un rose sentiment de bien-être, une sorte de rose paix intérieure.

Ça vous a fait du bien de taper sur quelqu'un. Et cette impression de faute impardonnable est en parfaite harmonie avec les attentes que vous avez envers vous-même. Être la chair de sa chair. La haine de sa haine. Il est plus que temps que vous vous reconnaissiez dans votre Apapa, Dieu n'ait pas son âme.

À côté de moi, mes deux professeurs gémissaient de douleur. Lila pressait un mouchoir contre son nez cassé. D'un ton prudent et enrhumé, sans soulever son mouchoir, il a marmotté à l'intention de Jeremiah :

— *What do you mean, « He's gonna die » ?* – Comment ça, « Il va mourir » ?

Jeremiah avait le sourcil ouvert et ça dégoulinait dans son œil comme une canalisation qui fuit.

— *Mr. Rosen will be dead in six months. Look at him !* – M. Rosen sera mort dans six mois. Regarde-le !

Il a pointé son doigt boudiné vers ma tête, la seule du banc à être dans une forme olympique.

— *By April he'll be dead.*

— Tu seras mort d'ici avril ? m'a demandé Lila dans un allemand étonné.

— Je suis désolé. Je suis absolument désolé, Lila ! Je ne comprends pas ce qui m'arrive. Je suis complètement à côté de mes pompes. Mon grand-père était un tueur SS.

— Et qu'est-ce que ça a à voir avec moi ?

— Ça n'a rien à voir avec toi. Ça a à voir avec moi !

— Et maintenant, je suis censé faire quoi ? Te coller un zéro ou un truc comme ça ?

— Me sanctionner n'est pas suffisant. Aucune sanction ne le sera. Crois-moi, si j'avais pu te tuer, je l'aurais fait. Je prends l'avion pour rentrer demain, OK ?

Je l'espérais presque. Même maintenant, je sens cet espoir m'envahir, et je me rends compte qu'une partie de moi veut quitter ce rêve américain qui est en train de devenir de plus en plus absurde et, je le sens, de changer ma vie à jamais.

— Pourquoi tu seras mort d'ici avril ? a répété Lila d'un ton plus ferme.

Il a enlevé son mouchoir de son nez. Ce n'était pas beau à voir.

— Je ne sais pas si je serai mort d'ici avril.

— *The doctors have told him the terrible truth* – Les médecins lui ont dit la terrible vérité, sanglotait Jeremiah.

Cette fois, j'avais toute l'attention de Lila, et c'est impressionnant de voir à quel point la sensation subjective de la douleur peut être atténuée par des processus purement psychocomportementaux comme l'étonnement.

— Mais j'ai tous les certificats médicaux dans mon

bureau, a répliqué Lila d'une voix nasillarde mais presque enjouée. Tu es en parfaite santé, oncle Jonas.

— Il est plus gentil avec moi depuis qu'il croit que ma santé n'est pas si parfaite que ça, ai-je répliqué en jetant un coup d'œil innocent à Jeremiah qui ne comprenait pas un mot.

— *What are you Krauts talking about ?* – Qu'est-ce que vous racontez, les Krauts ?

Et à ce moment précis, assis entre mes deux tantouzes de professeurs, à observer les blessures sanguinolentes causées par mes soins, j'ai compris ce qui faisait un bon enseignant (et un bon père aussi) – l'indulgence.

Il n'y a personne de moins indulgent que Lila von Dornbusch, mais il était tellement sidéré d'avoir été brutalisé, tellement enthousiasmé par l'idée qu'un de ses étudiants simule une maladie mortelle afin d'en tirer un avantage d'ordre prosaïque qu'au bout du compte, emporté par la compassion, il s'est tourné vers moi et m'a serré dans ses bras.

Et comprenant mal ce geste, Jeremiah m'est lui aussi tombé dessus, je me suis retrouvé tendrement enlacé par deux pères indignes, leur sang frais gouttant sur mes joues, et on pleurait tous les trois, comme de vieux hippies, sur ce banc de West Village, dans l'indifférence totale du reste du monde.

CARNET 3

5 octobre – 18 octobre 1996

JOUR 19 (AJOUT)

Nuit du samedi 5 au dimanche 6 octobre 1996

N'ai pas été mis à la porte ni renvoyé à la maison par avion. Ai emménagé au National Arts Club.

Impossible d'imaginer plus grand contraste avec Alphabet City. On peut sortir dans la rue à toute heure du jour et de la nuit. On ne vous propose de drogue nulle part. Vue d'ici, la ville a l'air aussi sûre que Donaldville.

La médiocrité de Jeremiah me manque. Il me manque, lui. Changement de planète.

La superstar Jessica Lange habite en face, dans un palais de marbre. Il paraît que les murs de sa suite sont blanc immaculé, sans décoration, sans lambris, sans plinthes ni rien du tout. Trois cents mètres carrés de surface, meublés en tout et pour tout d'une ribambelle de matelas et d'une série de sièges en tuyaux recourbés sur lesquels il ne faut pas s'asseoir sous peine de se retrouver avec le dos coincé comme après une prise de karaté (*dixit* Aldon Ruby, hihihi, qui va parfois petit-déjeuner avec elle).

Il y a à l'inverse une sorte de dépravation morbide tapie dans les murs victoriens où j'ai été relégué.

Les gens qui vivent et meurent ici ont des têtes de vieux riches stupides. Leur snobisme déteint jusque sur les tableaux accrochés aux murs, dont la plupart représentent également des têtes de vieux riches stupides.

Les domestiques sont nombreux, fringants, souples et incroyablement bien faits de leur personne, comme des jeunes loups venus faire leur fête aux moutons. Une bonne partie des jeunes qui travaillent ici comme portiers, gardes du corps, cuistots sont originaires des ghettos les plus pauvres, de Harlem ou du Bronx. L'un d'eux, José de son petit nom, m'a montré ses blessures par balles et par arme blanche, avec un grand sourire aux lèvres.

Lila prétend méchamment que parfois, Aldon Ruby le fait monter dans sa chambre.

Aujourd'hui, dans l'ascenseur, je me suis retrouvé avec un millionnaire qui avait trois mille dollars sur lui. Au lieu de me saluer, il m'a tourné le dos. J'ai eu l'impression d'être un *boy* indien au temps des colonies britanniques et j'ai direct eu envie de *mutton curry*.

Ai une chambre qui, comparée au capharnaüm de l'Avenue C, est l'image même du luxe. Sommairement meublée, mais grande et vide de toute immondice. Dommage que ça sente la vieille personne. Une odeur de cadavre. Pourriture douceâtre.

La dame qui est morte dans mon lit il y a quatre semaines avait une maladie contagieuse.

Mah serait comme un poisson dans l'eau.

Qu'est-ce qu'on a ici ? Deux lits recouverts de courtepointes hongkongaises, grinçants, mous comme de la ouate. Une armoire en chêne décapée jusqu'au grain. Deux chaises toutes simples. Un bureau. De la moquette verte qui n'a pas été aspirée depuis des années et donne l'impression d'avoir été découpée dans le sol imprégné de transpiration d'un court de tennis. Un unique tableau, accroché de travers, dans un cadre doré, fait de carton rouge avec écrit *GRAMERCY PARK THANKSGIVING* en caractères d'imprimerie dorés. L'escalier de secours devant la fenêtre. Au plafond, une vieille conduite de gaz du début du siècle est raccordée à deux coupelles en cuivre qui éclairaient la pièce il y a cent ans. Aujourd'hui, c'est un néon qui s'en charge.

Ma première visite a été tante Paula.

Elle s'est fait annoncer par le téléphone de la maison, ligne avec laquelle on ne peut appeler que les autres résidents, le personnel ou le répondeur d'Aldon Ruby. Les communications extérieures doivent passer par le portier.

Tante Paula est entrée dans un bruissement, vêtue de son kimono et munie d'un carnet de croquis.

Je lui ai proposé une chaise, mais elle s'est assise sur le lit en face de moi avec un sourire. Là, elle a rebondi deux fois pour vérifier la qualité du matelas, levé les deux pouces d'un air satisfait, envoyé valser ses pantoufles de ses pieds chaussés de gris et, malgré son chignon, s'est laissée tomber sur l'oreiller comme si elle avait quarante ans de moins.

— Mon petit chéri, a-t-elle lancé dans son balte chaleureux, les yeux rivés au plafond, qu'est-ce que tu dirais de partir à l'Ouest ?

— Je ne comprends pas la question.

— Eh bien, que comptes-tu faire de ta vie ?

Je comprenais encore moins cette question-là. Après s'être légèrement redressée, tante Paula a attrapé son carnet, sorti un crayon gras des profondeurs de son kimono et entrepris de me croquer. Elle aime bien bavarder au son du crayon qui hachure le papier.

— C'est comme tripatouiller une devinette, *honey*, a-t-elle dit. Quand on *look at you*. On voit une quête en toi ! C'est dans chacun de tes gestes, un coup ici, un coup là. Et même sur ton visage, cette quête, c'est là-dedans (avec son crayon, elle s'est donné une chiquenaude à la racine du nez), comme dans le museau des ratons laveurs.

— La seule chose qu'ils quêtent, c'est de la nourriture.

Elle n'a pas répondu.

— Forcément, on se demande ce qu'on peut accomplir encore dans le temps qui nous est imparti, et ce matin, en me posant cette question, *honestly*, je me suis dit : peut-être que nous devrions aller à l'Ouest.

Entendre la première personne du pluriel dans ce contexte ne m'a pas rassuré. Je me suis levé et lui ai proposé un verre d'eau, ne serait-ce que pour éviter d'avoir à lui demander ce qu'elle irait chercher à l'Ouest – pas de l'or, j'imagine.

— *What do you think ?* – Qu'est-ce que tu en penses ? a insisté tante Paula.

Je me suis rassis avec un verre d'eau qui s'est vite vidé.

— Où tu veux aller, au juste ? ai-je fini par répondre pour noyer le poisson.

— Colorado, Utah, Wyoming, Montana, Idaho, Dakota du Sud, Nevada, Arizona et Californie bien entendu, avec San Francisco, Santa Barbara et Los Angeles.

— C'est tout ? ai-je gémi.

— Peut-être une petite embardée par le Mexique.

Je ne sais pas même si j'ai envie de revenir trépasser ici. (Elle a palpé la courtepointe sur laquelle elle était couchée.) Quoique, on est bien soigné, *room service*, *New York Times* repassé tous les matins. Mais ensuite, on se retrouve seul avec ses cauchemars.

Elle était en train de dessiner mes yeux, en plissant encore plus les siens, et sa voix aussi s'est faite plus basse et plus concentrée.

— Je ne suis pas partie bourlinguer avec Jack, Ginsberg et les autres. Ils voulaient toujours être par monts et par vaux. C'était une bande de vagabonds, *very attractive* – très séduisants. Mais aussi malades dans l'âme et avec un, un, comment dit-on « *craving* »... ?

— Une soif, ai-je proposé.

— Oui, avec une soif que rien ne pouvait étancher à part *speed and gasoline and fusel and all the stars over the Rocky Mountains* – la vitesse, le gasoil, le tord-boyaux et toutes les étoiles au-dessus des Rocky Mountains. Ils brûlaient tous de l'intérieur, comme des puits de pétrole, des puits de pétrole dynamités, c'est comme ça qu'ils brûlaient. C'est cocasse qu'on se rencontre enfin, Jonas, et précisément maintenant. Et c'est cocasse tout ce que tu déclenches autour de toi.

Elle a levé les yeux, m'a signifié d'un geste de redresser la tête. Et elle a ajouté, penchée sur ses hachures :

— Et si on prenait la route tous les deux ?

— Tous les deux ?

— Tu ne crois pas qu'on aurait de quoi deviser ?

Je me suis vu en train de penser au SS-Sturmbannführer Rosen dans les High Plains, en compagnie d'une tante Paula agonisante, et j'ai aussitôt répondu :

— Je rentre en Allemagne dans une semaine et

demie. D'ici là, il faut que mon film sur les oreilles soit dans la boîte.

— Je t'offre une Chrysler et quelques petits dollars. Disons cent mille.

— Très drôle.

— *Not at all.* Une Chrysler. Et cent mille dollars. On traverse le continent, *you and me*. On passe la nuit dans des gargotes pouilleuses et des Hyatt de luxe, tu prends le volant et, quand l'heure sera venue, tu t'occupes des funérailles et de tout le tralala. Et au lieu de jaser de ton film sur les oreilles, tu n'auras plus que Hollywood et Beverly Hills en tête, car là aussi on ira.

Je l'ai regardée avec incrédulité, et sur les traits de la jeune femme que j'avais vue sur la photo de Huncke, j'ai ajouté ses rides, ses cicatrices, ses plis – je n'arrivais pas à croire qu'il s'agissait d'une seule et même personne.

— Tu possèdes cent mille dollars, tante Paula ?

— Eh bien, à dire vrai, c'est l'argent de Mr. Hertzlieb, une modeste partie. Et il m'a chargée de bien placer sa fortune, mais tel que je connais Mr. Hertzlieb, il estimera que les Rocky Mountains sont un investissement judicieux.

— J'ai une vie à Berlin, tante Paula. J'étudie là-bas, je vis là-bas, j'ai une copine là-bas.

— Mais elle peut venir.

— Elle a un travail.

— Elle n'est pas infirmière ?

— C'est ça.

— En soins intensifs ?

J'ai hoché la tête, effaré et la bouche pleine de cendres.

— Eh bien, on serait une unité de soins intensifs

sur roues, n'est-ce pas, *sunshine* ? Et une infirmière nous serait bien utile.

— Mah ne fera jamais ça. Elle n'aime pas voyager. Et laisser son employeur en plan, laisser ses patients en plan pour un voyage d'agrément… Non, tu vois, elle est trop responsable pour ça.

— En ce cas, emmène la *little lady from Frankfurt* qui est venue dans ma chambre l'autre jour et qui est toujours vissée aux cabinets. Elle est égocentrique, irresponsable et mignonne à croquer. Et j'espère que tu sais combien elle te guigne, mon cher imbécile de neveu. Imagine seulement comme elle te guignera une fois que tu auras mes cent mille petits dollars !

Après ça, j'étais paumé.

Tante Paula au bras, j'ai débarqué d'un pas lourd au beau milieu d'un *opening*, sorte de grand-messe sans prêtre célébrée dans le grand salon du club et sa trentaine de tables rondes avec nappes blanches et argenterie sous des lustres.

Cette audience destinée aux membres du club a lieu une fois par semaine, et chaque fois, un artiste mondialement connu fait un petit discours. Cette fois, c'était l'écrivaine Siri Hustvedt. Sauf que tante Paula et moi l'avons loupée, parce que tante Paula était d'avis que c'était la chose à faire. Et elle a ajouté que les membres n'avaient que Bill Clinton et Bob Dole à la bouche, à se demander lequel des deux devait devenir président, alors que Ralph Nader était le seul candidat digne de ce nom, un Vert qui voulait abolir la Volkswagen et la Porsche au profit du moteur à propulsion. Tante Paula déteste les constructeurs allemands. D'où la Chrysler qu'elle veut m'offrir.

On s'est installés à la table des étudiants en cinéma où il y avait encore deux places libres. Lila n'était pas venu parce qu'il se trouvait trop amoché, et il avait envoyé Josef Heiger lui chercher une pommade cicatrisante spéciale importée du Guatemala dans les pharmacies new-yorkaises.

— *You are looking so orange !* – Vous êtes tout orange, mes petits chéris ! a gentiment lancé tante Paula à mes camarades.

Effectivement, Cosima portait une veste rouge orangé canon, Aisosa un manteau en cuir décoloré plus ou moins couleur brique, Hans-Jörn (qui, curieusement, s'était fait une natte avec ses cheveux) avait opté pour un pull-over vert trèfle avec deux mandarines dessus. Et l'abominable Heidi était en noir – elle était encadrée par son petit copain (comment il s'appelle, déjà ?) et le directeur de production Tim Schöffel, deux hommes chiants comme la pluie qui regardaient dans le vide comme des amputés du cerveau et portaient eux aussi des chemises noires, sauf que le col de l'un des deux était maculé de jaune d'œuf tirant sur l'orange.

J'avais ressorti ma combinaison de prisonnier, avec des rayures horizontales blanches, noires, jaunes et vertes. José m'a aussitôt versé un demi-litre de bordeaux dans le plus gros verre à vin que j'aie jamais vu. Très correct, ce garçon. Très vif, très sympathique, très pauvre.

Quelque part, quand je suis au milieu de tous ces gens, Jeremiah me manque, l'isolement qu'il m'imposait me manque, son hostilité perpétuelle et son impossible désir d'intimité me manquent.

Quand on tombe sur quelqu'un dont la blessure intérieure est aussi flagrante, quelqu'un de traumatisé ou d'hystérique, on ne sait plus sur quel pied danser avec les autres (légèreté ? indifférence ? colère ? un demi-litre de vin rouge servi par José ?), ceux qui utilisent leurs compétences sociales pour avancer dans la vie.

Je préfère encore ceux qui n'ont aucune compétence sociale.

Au fond, le seul point commun dans notre groupe, c'est que chacun est capable de s'adapter à la mentalité des cinq-autres. Mais rien ne nous motive à le faire. Comme nous n'avons rien à nous dire, il vaudrait mieux ne rien se dire du tout. J'évite la plupart d'entre eux, et je sens bien qu'une virée à cent mille dollars dans les High Plains me guérirait de leur compagnie.

Ils s'étonnent. Ils ne comprennent pas ce qu'ils m'ont fait. Ils me trouvent naze parce que je les trouve nazes. Mais ils rivalisent d'amabilité hypocrite.

Peut-être que notre dignité est toujours dans les tons gris. Autrement, je ne peux pas m'expliquer que Jeremiah ait autant de dignité dans mes souvenirs. En vrai, il n'y a pas moins digne que lui. Le malheur nous rend indignes. Mais il nous rend dignes aussi, et dans ce cas, on l'appelle la souffrance.

Au fond, c'est le revers de l'amour, qui nous rend lui aussi à la fois dignes et indignes.

JOUR 20

Le dimanche 6 octobre 1996

Aujourd'hui, c'est un magnifique dimanche, et tôt ce matin, j'ai été à Union Square. Le soleil brille comme s'il était plus proche de la Terre que d'habitude de quelques millions de kilomètres, une lumière très claire, éblouissante, presque aveuglante, qui délave les couleurs. C'est en train de devenir l'automne le plus chaud du monde. Une bonne période pour les visages.

Plus tard, je me suis retrouvé à Central Park, assis au bord d'une fontaine. L'endroit idéal pour attendre une sirène. Sur la pelouse autour de moi, des familles typiquement américaines faisaient leur sortie dominicale. Des pères qui jouaient au base-ball avec leurs fils. Des mères installées sur des rochers qui riaient avec élégance. Un type noir aux cheveux longs est passé tranquillement devant moi, avec en laisse deux lévriers dégénérés qui trottinaient en cadence, protégés par des maillots de laine blanche. On aurait dit des jeunes filles de bonne famille – pourvu qu'ils ne tombent pas aux mains de Jeremiah Fulton et de ses sacs en plastique vert.

Nele a surgi du halo formé par le nuage de gouttelettes venu de la fontaine, et elle n'était pas seule. Elle avait une nouvelle façon de me serrer la main, en la gardant beaucoup trop longtemps dans la sienne. J'ai senti les os de son métacarpe. Ils sont souples et, le jour où un anthropologue les déterrera, ce sera un casse-tête pour lui. Comme elle avait le souffle court, sa voix n'avait pas de coffre – elle a dit : « Salut Jonas, je te présente Almut. »

C'était la fille que Nele avait amenée de chez elle. Almut est sa jolie colocataire plus jeune qu'elle. Alors qu'elle travaille aussi à l'Institut Goethe, je ne l'avais jamais vue, et son existence n'avait jamais été évoquée devant moi, encore moins thématisée, peut-être parce qu'en tant que responsable communication sous contrat, c'est la supérieure hiérarchique de Nele qui n'est que stagiaire. Les supérieurs, même quand ils sont formidables, sont toujours des éléments de l'air et pas de l'eau. Almut, plus blonde et plus froide que la sirène, tient manifestement plus de l'esprit de l'air que de la nymphe des eaux. Les deux filles dorment ensemble dans un lit double, et j'ai appris par la suite qu'Almut avait la particularité de se blottir contre le dos de Nele la nuit, parce qu'elle a peur du noir. Le jour, elle a un côté bravache, débordant de confiance en soi, distant.

Nele a guidé nos pas vers Great Lawn. D'un coup, elle s'est penchée pour nous montrer des traces de sabots de cheval bien visibles, en face de la grande terrasse, au milieu d'un parterre de roses qui était complètement dans les choux.

— Quelle bande d'idiots ! Détruire ces belles plates-bandes ! a déclaré Almut d'un ton sévère. C'est les sales bêtes de la police montée. Il faudrait vraiment les interdire.

Sans dire un mot de Ghostbuster, Nele a timidement opiné du chef et m'a fait comprendre qu'on partageait désormais un secret dont même sa voisine de lit ne savait rien.

C'était un dimanche pas comme les autres. Il y avait une course de cerfs-volants à Central Park.

On s'est assis dans l'herbe, à l'écart de la mêlée, et on a joué à deviner les noms des cerfs-volants qui papillonnaient au-dessus de nos têtes. *Mon Chéri** pour le rose. Heavy Metal pour celui en forme de guitare. Coup du Sombrero. Hasta la Vista. Puis des noms toujours plus idiots. No Chance. On-prend-les-mêmes-et-on-recommence. Le Petit Homme sur la Lune.

À un moment, un cerf-volant rouge, aux courbes dignes de Dalí, a pris de la vitesse, été emporté par une bourrasque et projeté contre un arbre, avant de repartir tourbillonner dans les hauteurs en tirant frénétiquement sur sa cordelette à fanions. En le voyant s'élever lentement, avec une forme de souris dans le contre-jour, Nele a dit, tout sourire : « Et celui-là, il s'appelle Jonas. »

J'ai piqué un fard. Almut s'est tournée vers nous en demandant : « Mais qu'est-ce qui se passe ici ? », avant de soupirer : « Je peux aussi y aller. »

Ça a détendu l'ambiance. On a déconné tous les trois, et j'ai mis de l'herbe dans les vêtements des deux filles jusqu'à ce que Jonas *the magic dragon* dégringole et se fracasse au sol.

Par chance, Mike Wollsteen n'est pas passé dans le coin.

Ensuite, Almut nous a dit au revoir.

Nele et moi avons échoué dans un club sur la 42e Rue où on a passé deux heures à discuter de nos familles dans un coin mal éclairé.

Parfois, son genou gauche frôlait mon genou droit, comme deux éléphants qui se touchent le front. Mais juste le temps que ça puisse passer pour un salut d'éléphant, pas plus.

C'est la comparaison qui me vient, parce que le père de Nele est professeur de zoologie, comme elle me l'a répété pour la douzième ou treizième fois environ. En prime, il est considéré comme l'un des plus grands spécialistes en escargots d'Europe. Nele l'adore. Il a quitté sa mère quand elle avait cinq ans, à cause des escargots. Ses parents ont divorcé, mais ils se sont remariés dix ans plus tard.

Ça ne risque pas d'arriver à mes parents. Ne serait-ce que parce qu'un jour, maman a tenté d'écraser papa alors qu'elle était complètement bourrée, que deux mois plus tard, elle l'a aspergé de vodka dans son sommeil avant de craquer une allumette et qu'une nuit, elle s'est introduite sur son lieu de travail et est montée sur le toit pour écrire à la peinture blanche, sur toute la surface du parapet en béton – trente mètres de long et deux mètres de haut –, *ROSEN EST UN BRANLEUR*.

En entendant ça, Nele a tout de suite voulu savoir si maman était du genre sportif.

Elle a posé d'autres questions bizarres – par exemple, elle m'a demandé si l'internat où j'avais été scolarisé jusqu'au bac favorisait la criminalité. Puis elle m'a touché l'épaule, soi-disant parce qu'elle n'avait jamais touché quelqu'un qui n'avait pas grandi chez lui.

On buvait des daiquiris.

En plus et entre les daiquiris, Nele buvait du vin – quatre verres en tout.

Elle a clairement un problème avec l'alcool.

D'où mon étonnement quand elle m'a sorti qu'elle était enceinte et qu'en vrai, elle ne devrait pas boire du tout. Je n'étais pas seulement étonné : j'étais estomaqué.

— Bref, peu importe, a-t-elle conclu sans ciller. De toute façon, je ne compte pas le garder.

Puis elle m'a demandé si je voulais bien l'accompagner se faire avorter. Elle ne veut pas solliciter Almut parce que sinon, tout l'Institut Goethe sera au courant dans la minute.

En voyant que j'hésitais, elle a lutté contre les larmes avec un sourire douloureux et commandé deux *shots* à la serveuse. Je lui ai dit que ne pas avoir le bébé n'était pas forcément la meilleure solution, et avec ses yeux de sirène en ébullition, elle m'a dit : « S'il était de toi, j'aurais beaucoup plus de mal à me le faire enlever. »

Le trait principal de Nele, c'est cet humour très spécial dont personne n'est sûr, même pas elle, qu'il soit volontaire. Depuis que je suis avec Mah, j'ai tellement parlé d'enfant que je ne peux pas m'empêcher de voir la sirène comme une future mère.

Ce n'est pas juste : Mah donnerait tout pour avoir un enfant, et Nele s'en débarrasse en un claquement de doigts.

Je me demande quel genre de personne c'est, derrière ses grands yeux vifs à l'éclat flottant. Que sait-on de quelqu'un après quelques cocktails, une journée ensemble au Guggenheim et deux heures passées à regarder les cerfs-volants faire la course ?

Commençons par le plus évident : il n'y a que le vin qu'elle sache boire avec élégance. Quand elle a soif d'eau ou de Coca, elle empoigne son verre à deux mains comme une enfant. Elle s'en rend bien compte, et elle pique un fou rire. Elle ne se prend pas au sérieux, vraiment pas, même si elle répète toutes les deux minutes qu'elle se prend très au sérieux.

Pourtant, je vois qu'elle aime bien se regarder dans la vitre et qu'elle vérifie souvent son apparence dans le reflet. Ses bras sont un peu trop grands et toujours en train de ballotter, comme pour essorer les dernières gouttes d'eau après un lavage de mains. Je me demande si elle prend souvent des douches. Elle me fait un peu penser à Kara, qui se douchait tous les trente-six du mois mais qui sentait toujours bon et était toujours impeccable et tirée à quatre épingles.

Elle se maquille à peine, et elle dégage une impression de pureté, parfois même de vulnérabilité – elle a de rares gestes de refus qui semblent pleins de chagrin. Elle a une jolie tête, mais du genre à terminer coupée dans un plat en argent, et c'est ce que je lui dis. Elle éclate de rire et me répond qu'elle prend ça comme un compliment.

Elle finit par me confier qu'elle a du mal à se lier avec les gens, mais pas avec les chevaux. Avant, elle était cavalière de concours, ce qui est aussi un genre de sport, selon moi. Son rire est bien trop sonore pour sa cage thoracique. Chaque fois que je la vois, elle me dit qu'elle est toujours en retard. Je lui demanderais bien si ça lui a déjà sauvé la vie.

Je l'accompagnerais bien se faire avorter, aussi.

Et c'est ce que je lui ai dit.

Elle rayonnait, les pulsations de son jeune cœur marin lubrifié par l'alcool faisaient remonter la couleur à la surface, jusqu'à ses joues légèrement marbrées.

— C'est adorable de ta part. Comme ça, je ne serai pas complètement perdue.

Elle m'a tendu une main maladroite par-dessus la table et m'a demandé de le lui promettre.

Même si c'était une poignée de main rapide, il y avait assez de silence entre nous pour lui donner de l'importance.

JOUR 21

Le lundi 7 octobre 1996

— Qu'est-ce qui t'arrive ?
— Comment ça ?
— Tu n'appelles pas.
— Mais on est en train de se parler.
— J'ai l'impression que tu t'éloignes.
— Pourquoi tu es aussi agressive, ma douce ?
— Parce que je n'ai pas envie de pleurer. Je pleure déjà presque autant que toi, bon sang.
— OK, je l'ai un peu cherché.
— Mme Irrnich est morte.
— Encore ?
— Pour de bon, cette fois. À la fin, elle faisait le poids d'un écureuil.
— Mhm.
— Pourquoi tu dis « Mhm » ? Pourquoi tu ne dis pas que tu es désolé ?
— C'est ce que j'ai dit la dernière fois, que j'étais désolé. Sauf qu'au lieu d'être morte, elle était en train de déchiffrer les lignes de ta main. À cause d'elle, j'ai été désolé pour rien.

— Jonas, pourquoi tu ne veux pas que je vienne te voir ?

— Mais pourquoi je serais contre ?

— Tu m'as dit de ne pas venir. Tu me l'as dit !

— N'importe quoi. J'étais en colère, et j'habitais encore dans les *slums*, chez Jeremiah. Il n'y avait pas de place pour toi. J'adorerais que tu viennes ! Là, j'habite dans un *palazzo*, le genre d'endroit qui n'est supportable qu'avec toi !

— Ce n'est supportable d'être avec moi que dans un *palazzo* ?

— Ce n'est absolument pas ce que j'ai dit. Pourquoi tu es comme ça ?

— Parce que tu me manques horriblement. Et que manifestement, je ne te manque pas du tout – tu m'appelles une fois tous les quatre matins, et en plein milieu de la nuit. Il n'y a aucune urgence dans ta voix.

— OK, je suis désolé que Mme Irrnich soit morte et qu'elle ait eu une tête d'écureuil.

— Elle faisait le poids d'un écureuil. Elle n'avait pas une tête d'écureuil. Je lui ai permanenté les cheveux un par un. Sa tête était magnifique.

— C'est déjà ça de pris.

— Tu es tombé amoureux de quelqu'un d'autre ?

— Non, bien sûr que non.

— Vraiment pas ?

— Non.

— Et comment ça se fait ?

— C'est-à-dire ?

— Si tu n'es pas tombé amoureux, est-ce que c'est parce que je te l'interdis, ou parce que tu te l'interdis, ou parce que tu n'en as pas l'occasion, ou parce que autre chose encore ?

— Franchement, aucune idée.

— Tu ne sais pas ?

— Ce serait quoi, la réponse politiquement correcte ?

— Jonas, je ne veux plus qu'on s'appelle jusqu'à ce que tu rentres.

— Comme tu veux.

— C'est notre dernière conversation transatlantique.

— Comme tu veux, mais il y a une dernière chose dont il faut que je te parle.

Silence.

— À propos de tante Paula.

Silence.

— Qu'est-ce que tu dirais si je restais un peu plus longtemps ici pour partir en voyage avec tante Paula et gagner un paquet de fric ?

Silence.

— Tante Paula aimerait bien que tu viennes aussi et que tu gagnes aussi un paquet de fric.

Elle a dit :

— Bon sang, quel connard tu es !

— Mais écoute-moi d'abord !

— Et comme par hasard, Mme Irrnich vient de mourir et personne ne peut plus voir ce que tu fabriques là-bas avec tous ces artistes déglingo que tu trouves tellement géniaux.

J'aurais dû savoir que ça allait se terminer comme ça, sur une intolérance d'inspiration pour ainsi dire supérieure.

— C'était juste une idée, ai-je soupiré.

— Tu es là dans dix jours et pas un de plus !

— OK.

— Je me déteste quand je suis jalouse comme ça. Je suis un monstre. Si ça se trouve, je suis psychotique.

Être abandonnée du jour au lendemain, c'est brutal. La souffrance fait des ravages.

— Tu peux compter sur moi.

— Personne ne peut compter sur toi. Il y a des lieux en toi où je n'ai encore jamais mis le pied. Où tu n'as encore jamais mis le pied. Je n'ai pas la moindre idée de ce qui s'y passe en ce moment.

— Il n'y a pas un chat, crois-moi.

— Tu es parti depuis trois semaines.

— Je rentre dans dix jours et pas un de plus.

— Ça fera un mois séparés l'un de l'autre.

— Et trois ans ensemble.

— Ne m'appelle plus.

— Je t'aime, Mah.

— Oui, mais ne m'appelle plus. Je ne t'appellerai pas non plus.

Et ça a coupé.

J'étais dans le hall, assis devant le téléphone, complètement sonné, le combiné toujours à la main.

Autrefois, à l'époque des vinyles, en regardant pendant de longues minutes un disque tourner, on pouvait se vider la tête de tout ce qui n'y avait pas sa place pendant que Freddie Mercury entonnait sa *Bohemian Rhapsody* dans les haut-parleurs – et de la même manière, j'essayais de me débarrasser de la voix de Mah, sauf que je n'avais pas de musique sous la main, seulement ce combiné que je regardais fixement et que le portier voulait récupérer.

Ah, docteur Lightinghouse, vous m'avez tant appris sur le son – notamment que parfois, il vous reste sur l'estomac.

Deux heures plus tard, au dîner du National Arts Club, j'avais toujours l'appétit coupé. Le salon victorien était en feu, c'était l'impression que toutes ces bougies donnaient. Des flammes brillaient sur les tables, sur les murs, sur les lustres au plafond et jusque dans les mains des serveurs qui apportaient des entrées flambées.

Une centaine d'invités.

La soirée de bienfaisance est un bon prétexte pour garantir une forte densité de millionnaires au mètre carré. Quelle barbe. Des gens morts ou qui en avaient tout l'air. La partie de moi héritée d'Apapa aurait donné cher pour balancer une grenade dans le tas. Des dames poivre et sel avec des décolletés osés, graciles et étriquées, papotaient sur le ton d'une incantation indienne : *Honka honka ! Yop yop !*

À l'avant de la salle, sept prêtres (dont un rabbin et l'archevêque arménien de New York) ont été récompensés de petites statuettes phalliques pour l'excellence de leur accompagnement spirituel.

Les convives avaient tous l'air aux anges, comme s'il était extrêmement surprenant de trouver des personnalités intègres ayant fait carrière dans le haut clergé.

Comme par hasard, c'est tante Paula qui a sorti la blague de rigueur sur les pédophiles. J'étais assis avec elle et les cinq-autres à la dernière table du dernier rang d'où on ne voyait strictement rien, à part quand un prêtre se levait – là, on apercevait son noble front coiffé d'un couvre-chef liturgique et il fallait applaudir.

— *What's going on, Jonas ?* – Qu'est-ce qui se passe, Jonas ? m'a demandé tante Paula. Tu as réfléchi à mon offre ?

— Je suis tellement en colère en ce moment que je suis justement en train d'y réfléchir.

— *Tempus fugit*, mon petit chéri.

— Quelle offre ? a lancé Heidi aux oreilles de lynx.

J'étais à deux doigts de lui demander ce que son grand-père avait fait pendant la guerre.

Mais tante Paula a pris les devants en susurrant qu'elle était en train d'avoir une conversation privée avec moi, entre autres parce que quelque chose lui disait que discuter avec mes camarades ne lui permettrait en rien d'améliorer ni son allemand ni son haleine.

Une certaine agitation a gagné la table, car ces paroles énigmatiques, prononcées avec amabilité mais qui sonnaient comme une insulte cachée, laissaient tous les autres perplexes. Et pour cause : ils ne savent rien de tante Paula, à part que c'est ma tante, ce qui n'est même pas vrai.

Tante Paula éprouve un malin plaisir à balader les cinq-autres avec ses tournures sibyllines ou les ragots qu'elle fait courir sur la vie des morts dont nous occupons les chambres.

Elle n'aime pas les étudiants.

À part Cosima et Aisosa, je ne peux sentir personne non plus, exception faite de Thommie, sauf qu'il est tout le temps collé à Hans-Jörn, une raclure égocentrique sans colonne vertébrale, mais insolemment doué.

Les plus insupportables, ce sont cette dinde de Heidi et sa lopette de petit copain. Tim, le directeur de production, est juste chiant, et après l'épisode de la baston, Lila a disparu des radars. Il habite Greenwich Village, et il évite de venir dîner avec nous pour ne pas montrer son nez défoncé.

Aujourd'hui, Cosima a acheté un ravissant gilet en laine rouge pour quatorze dollars.

Comme elle sera ma cameraman pour mon film

sur les oreilles, je l'ai accompagnée chez Bloomingdale's. C'est pratiquement impossible d'échanger un mot avec elle. Elle communique comme une balane ventousée sur des roches calcaires qui ne sort de sa carapace que lors des marées, pour faire trempette quelques minutes dans l'eau salée. Quelqu'un de fermé, capable de s'effacer entièrement de son propre visage.

À un moment, dans le grand magasin je me suis planqué derrière un portant de vêtements et je lui ai sauté dessus pour lui faire peur. Elle a posé un regard outré sur mon front et, après un long silence, a déclaré que je lui avais collé la trouille de sa vie. Un miracle qu'elle n'ait pas bâillé en même temps. Je n'ai encore jamais rencontré quelqu'un qui arrive à être aussi séduisant en regardant dans le vide avec l'air de s'ennuyer à mourir.

Pendant le dîner, elle était assise deux places devant moi, à côté d'un millionnaire au cou de taureau qui l'a invitée à venir sur son yacht le week-end prochain en la bouffant des yeux, comme elle l'a ensuite raconté avec un petit éclat de rire. Elle sait rire, mais elle préfère le faire comme si elle crachait. Elle a de l'humour, aussi. Mais elle ne dégage rien, et elle prétend qu'elle ne lit jamais. Elle vient de Hambourg. Ceci expliquant peut-être cela.

Elle a du mal à porter un jugement sur les autres. Elle ne parle jamais de ce qu'elle aime ou n'aime pas, et je crois qu'elle ne sait pas ce qu'elle aime ou n'aime pas.

Alors que moi, je le sais très bien.

Je n'aime pas du tout que l'absence de Mah m'empêtre dans quelque chose qu'on pourrait qualifier de sentiment bilieux d'une dévorante culpabilité.

D'où le fait que je n'ai pas réussi à me débarrasser de la voix de Mah, qui continue à voleter à travers ma tête comme de la cendre et se dépose en minuscules particules sur chaque repli de ma conscience, sur chaque secret infime. J'ai beau souffler dessus encore et encore, la couche de flocons gris ne cesse de se reformer sur le fœtus à la pulvérisation duquel je suis censé assister.

Quel son aurait fait le combiné quand Mah m'aurait raccroché au nez si je lui avais parlé de cette histoire ?

Elle ne se pardonne pas de ne pas pouvoir avoir d'enfants.

Et elle ne me pardonne pas de pouvoir avoir des enfants avec n'importe quelle autre femme.

Seul un bébé qui nous rapprocherait, qui ferait d'elle une mère et de moi un père, la délivrerait de cette peur.

J'aurais dû lui confesser le cul de yogi, c'est le genre de chose sur lequel elle ferme les yeux. Quand on est allongés nus l'un sur l'autre, mon cœur gauche contre son cœur droit, on se dit tout.

Mais est-ce qu'on se dit vraiment tout ? Est-ce qu'on n'est pas toujours pleins de mystères, des mystères innocents ou délibérés ?

C'est comme pour la peau. Son importance ne fait de doute pour personne. Tout le monde sait que les hommes respirent par la peau et que c'est notre enveloppe. Elle nous sépare les uns des autres, et en même temps, elle nous relie, elle relie la mère au nouveau-né sur son ventre, la main de Hansel à celle de Gretel, Roméo à Juliette. Sans la peau, nous n'existerions pas.

C'est la même chose pour les secrets. Les secrets nous éloignent les uns des autres, nous isolent. Et pourtant, à travers eux, nous interagissons avec le monde. Les secrets sont la ligne directrice de notre existence. À chaque seconde ou presque, nous cachons quelque chose à quelqu'un. Nos besoins, nos jugements, nos vrais sentiments. Si nous n'avions pas de secrets, aucun de nous ne se sentirait unique. Nous serions convaincus d'être pareils les uns aux autres. L'art n'existerait pas, car au lieu d'être différents, les regards artistiques posés sur le monde seraient tous identiques.

Nous serions sans peau, sans fausse peau et sans peau vraie.

À vif.

Translucides.

Et moins seuls.

Je ne recommande le mensonge à personne. Mais l'honnêteté permet-elle d'y échapper ? Nous ne sommes jamais que partiellement honnêtes et, pourtant, partant de là, nous nous félicitons sans cesse de notre bonne foi, si grande et si totale.

Même Apapa s'en félicitait.

Apapa !

Pour l'amour de Dieu.

Je me sens mal.

Peut-être parce que je n'ai aucune envie de partir dans dix jours. Peut-être aussi parce que ma vie risque de changer. Mon horoscope du jour disait : « Habillez-vous chaudement. De grands défis vous attendent. »

Demain, Cosima et moi commençons le film sur les oreilles.

Je n'espère rien de moins qu'une occasion inespérée de me changer les idées.

JOUR 22

Le mardi 8 octobre 1996

Ce matin, à 9 heures, on s'est retrouvés sur Broadway, au croisement avec l'Avenue of the Americas.

Cosima était crevée et n'a pas dit un mot, elle s'est tout de suite planquée derrière sa caméra.

Le micro à la main, je me suis jeté sur les gens. J'ai fait ma première interview avec un drôle de zigoto, maigre, style vieillot, fin de la trentaine, blazer gris souris, gros nez, oreilles décollées. Quand j'entends l'enregistrement, ça me donne mal au cœur.

JONAS : *Excuse me ?* – Excusez-moi ?

L'HOMME : *Yeah ?* – Oui ?

JONAS : *We are shooting a film about ears in New York* – On est en train de tourner un film sur les oreilles à New York.

L'HOMME : *Ears ?* – Les oreilles ?

JONAS : *About ears, yeah* – Sur les oreilles, oui.

L'HOMME (touche ses gigantesques oreilles) : *I have big ones !* – J'en ai des grosses !

JONAS : *Yeah, you have wonderful ears ! Do you have a special relationship to your ears ?* – Oui, vous avez de magnifiques oreilles ! Vous avez une relation particulière avec elles ?

L'HOMME : *It's a love and hate relationship !* – C'est une relation amour-haine !

JONAS : *What does it mean, a love and hate relationship ?* – Qu'est-ce que ça veut dire, une relation amour-haine ?

L'HOMME (avec un fort accent) : *Liebe und Hass* – Amour et haine.

JONAS : *You like them or you hate them ?* – Est-ce que vous les aimez ou est-ce que vous les détestez ?

L'HOMME : *I think my ears are interesting. They are the ears of an intelligent man, but I don't think they're sexually attractive* – Je trouve mes oreilles intéressantes. Ce sont les oreilles d'un homme intelligent, mais je ne les trouve pas attirantes sexuellement.

JONAS : *But why not ? I think they are !* – Mais pourquoi ? Moi, je trouve que si !

L'HOMME : *I think they are a little large* – Je les trouve un peu grandes.

JONAS : *I have a theory about that : large ears mean you like having sex* – J'ai une théorie là-dessus : les grandes oreilles, ça veut dire que vous aimez faire l'amour.

L'HOMME : *Of course* – Bien sûr.

JONAS : *Alright. You like ears of women ?* – Bon. Vous aimez les oreilles des femmes ?

L'HOMME : *I'm a homosexual* – Je suis homosexuel.

JONAS : *Oh, that's... I'm sorry for that* – Oh, c'est... Je suis désolé.

L'HOMME : *It's okay, don't be sorry* – Tout va bien, ne soyez pas désolé.

JONAS : *Ah... Alright. But do you take care of the ears*

of your partner ? – Ah… Bon. Mais est-ce que vous prêtez attention aux oreilles de votre partenaire ?

L'HOMME : *I like looking at interesting ears* – J'aime regarder les oreilles intéressantes.

JONAS : *Yeah ?* – Ah oui ?

L'HOMME : *I like earlobes. Actually, I do like my earlobes* – J'aime les lobes d'oreilles. D'ailleurs, j'aime beaucoup les miens.

JONAS : *Oh, really ? I like them too. I mean, I have the same ones, I have a theory about... I don't speak very good German, oh, yes, I speak very good German, but I don't speak very good English, so I think my camerawoman has these ears here...* – Oh, vraiment ? Je les aime bien aussi. Je veux dire : j'ai les mêmes, j'ai une théorie sur… Je ne parle pas très bien allemand, enfin, si, je parle très bien allemand, mais je ne parle pas très bien anglais, donc je trouve que les oreilles de ma cameraman, là… (Je montre les oreilles de Cosima.)

L'HOMME : *Yes...* – Oui…

JONAS : *You know...* – Vous voyez…

L'HOMME : *Those are ears of a psychotic, I think !* – Ce sont des oreilles de psychotique, je trouve !

JONAS : *That's it, I think too* – Voilà, moi aussi.

L'HOMME : *She's looking horrified !* – Elle a l'air horrifiée !

JONAS : *She's just concentrated* – Elle est juste concentrée.

L'HOMME : *We have buddhist ears, you and I* – On a des oreilles bouddhistes, vous et moi.

JONAS : *Buddhist ears ?* – Des oreilles bouddhistes ?

L'HOMME : *That's right* – C'est ça.

JONAS : *Why do you think so ?* – Qu'est-ce qui vous fait dire ça ?

L'HOMME : *Because the Buddha has long earlobes* – Parce que Bouddha a de longs lobes d'oreilles.

JONAS : *I didn't know that* – Je ne savais pas.

L'HOMME : *I did* – Moi oui.

JONAS : *Hahaha. That's true. Just to come to an end, may we have a portrait of your ears ?* – Hahaha. C'est vrai. Juste pour conclure, pouvons-nous faire un portrait de vos oreilles ?

L'HOMME : *Sure. How do you want me to stand ?* – Bien sûr. Comment voulez-vous que je me mette ?

On a filmé son oreille d'éléphant droite, légèrement rougie. Malheureusement, l'image est floue, et on voit à peine qu'elle est décollée.

Une fois l'oreille dans la boîte, l'homme a relancé la conversation :

L'HOMME : *Are you psychologists ?* – Vous êtes psychologues ?

JONAS : *Psychologists ?* – Psychologues ?

L'HOMME : *Yeah ?* – Oui ?

JONAS : *No, we are film students* – Non, on est étudiants en cinéma.

L'HOMME : *Alright. Good for you* – D'accord. C'est bien.

JONAS : *Have a nice day. Was really nice to meet you* – Bonne journée. C'était un plaisir de faire votre connaissance.

L'HOMME : *Have fun in the city* – Amusez-vous bien à New York.

JONAS : *Bye bye.*

COSIMA : *Bye.*

L'HOMME (en partant, à l'intention de Cosima) : *Sorry for the joke about the ears* – Désolé pour la blague sur les oreilles.

JONAS : *It was a good joke !* – C'était une bonne blague !

COSIMA : *What did he say ? I'm a psychopath ?* – Qu'est-ce qu'il a dit ? Que je suis une psychopathe ?

JONAS : Qu'est-ce que tu as dit ?

COSIMA : *I'm a psychopath ?* – Je suis une psychopathe ?

JONAS : Oui, tu es une psychopathe.

Les interviews ont toutes été catastrophiques. Les New-Yorkais adorent se faire interviewer, ils ont un flegme, une gentillesse, une façon de vivre au jour le jour qu'il n'y a pas en Allemagne. Le seul obstacle, c'est mes compétences linguistiques déficientes qui capitulent devant le *slang* new-yorkais et font de ce travail une torture. Peut-être aussi que je suis distrait par tout ce cirque autour de Mah, de tante Paula, d'Apapa et de la grossesse de la sirène.

Mon interview la plus incompréhensible était la suivante :

JONAS : Ça tourne. Donc nous sommes toujours le 8 octobre 1996 et je suis juste devant Madison Square Garden, et on va essayer de faire avec le soleil en espérant que le son sera à peu près correct. Donc, je vais interroger quelqu'un… hum… quelqu'un qui a des oreilles tout à fait sympathiques… Oh, tiens, voilà quelqu'un. *Excuse me, sir…* (J'arrête un jeune glandu au milieu de la vingtaine, avec une étoile de David en argent autour du cou, qui est en train de s'enfiler un bretzel.)

JONAS : *May I ask you a question ?* – Je peux vous poser une question ?

GLANDU : *What independant work is this ?* – De quel projet indépendant s'agit-il ?

JONAS : *What independant work ? We come from Germany and shoot a small film about ears in New York. Do you have a special relationship to your ears ?* – Quel projet indépendant ? On vient d'Allemagne et on tourne un petit film sur les oreilles à New York. Est-ce que vous avez une relation particulière à vos oreilles ?

GLANDU : *My ears ? No. I pierced them many years ago and I haven't repierced them. But I hear when you once pierced the cartilage, it's easy to repierce it* – Mes oreilles ? Non. Je les ai percées il y a des années et je n'ai pas refait le trou. Mais il paraît qu'une fois le cartilage percé, c'est facile de refaire le trou.

JONAS : *So, do you like ears of other people ?* – Et sinon, est-ce que vous aimez les oreilles des autres gens ?

GLANDU : *I think it's important 'cos it helps to hear the sound, to hear things, so it's important to have our ears !* – Je pense que c'est important parce que ça aide à entendre les sons, à entendre les choses, donc c'est important d'avoir des oreilles ! (Mord dans son bretzel.)

JONAS : *Yeah, and in a, euh... I mean in a asthetic, asthé..., ess, ästhetic way ?* – Oui, et dans un sens, euh… Je veux dire : dans un sens *asthetic, asthé..., ess, äesthetic* ?

GLANDU : *In a static way ?* – Dans un sens statique ?

JONAS : *No, not static, euh, asthetic, what does it mean, my lousy English, I'm sorry for that, we are Germans* – Non, pas statique, euh, *asthetic*, qu'est-ce que je raconte, avec mon anglais pourri, je suis désolé, on est allemands.

GLANDU : *Go on* – Allez-y.

JONAS (s'adresse à la caméra) : Esthétique. Comment on dit « esthétique » en anglais ?

COSIMA (hors champ) : Euh. *Asthetic ?*

JONAS : Voilà. *Asthet..., no ? Esthe... ?*

GLANDU : *Ecstatic ?* – Extatique ?

COSIMA (hors champ) : Non, pas ex…

JONAS : *Okay. Maybe*, ça me va, *maybe ecstatic, it's another word, but it's alright. In an ecstatic way, do you come to an ecstasy for ears ?* – Disons extatique, c'est un autre mot, mais c'est bien aussi. Dans un sens extatique, est-ce que vous avez de l'extase pour les oreilles ?

GLANDU (arrête de mastiquer) : *I don't understand you, brother* – Je ne te comprends pas, mon pote.

JONAS : *No ?*

GLANDU : *No.*

JONAS : *No. Hm.*

(Silence. Le glandu attrape très lentement un bout de bretzel entre ses dents.)

GLANDU : *What part of Germany are you from ?* – De quel coin d'Allemagne vous venez ?

JONAS : *Berlin.*

GLANDU : *Berlin ?*

JONAS : *Yeah. And,* euh, *the ears in, in, in Berlin are very different from the ears in the States, I think* – Oui. Et, euh, les oreilles à, à, à Berlin sont très différentes des oreilles aux États-Unis, je trouve.

GLANDU : *Ears are ears* – Les oreilles sont des oreilles.

JONAS : *No !*

(Le glandu juif me regarde d'un air éberlué.)

GLANDU : *No ?*

JONAS : *I don't think so ! What do you think : people with those ears are different than people with these ears here* – Je ne trouve pas ! Regardez : les gens qui ont ce genre d'oreilles (je montre une jolie jeune femme blanche qui parade à côté de nous) sont différents des gens qui ont ce genre d'oreilles (je montre un gros type baraqué avec une tête de tueur détraqué).

GLANDU (prudent) : *I think, ears are ears. Maybe the cartilage looks different. You know, the form of it* – Pour moi, les oreilles sont des oreilles. Peut-être que le cartilage est différent. Vous savez, leur forme.

JONAS : *Yeah. It depends with the character, do you think ?* – Oui. Ça dépend avec le caractère, vous pensez ?

GLANDU : *Hm ?*

JONAS : *It depends with, depends at, it depends on the character, what kind of ears do you have ?* – Ça dépend avec, dépend à, ça dépend du caractère, quel genre d'oreilles on a ?

GLANDU : *No. Character doesn't determine the shape of the ears. Can I touch your ears ?* – Non. Le caractère ne détermine pas la forme des oreilles. Je peux toucher les vôtres ?

JONAS : *Yeah.*

(Le glandu juif me touche l'oreille droite.)

GLANDU : *Wow.*

JONAS : *Can I touch your ears ?* – Je peux toucher les vôtres ?

GLANDU : *Sure* – Pas de problème.

(Je touche l'oreille droite du glandu.)

JONAS : *They are very nice* – Elles sont super.

GLANDU : *You like my ears ?* – Mes oreilles te plaisent ?
JONAS : *They are very nice, I think so* – Elles sont super, je trouve.
GLANDU : *So you don't want to send them into a gas chamber ?* – Donc tu ne veux pas les envoyer dans une chambre à gaz ?
JONAS : Hahahahaha.

Mon Dieu, quel crétin je fais. Le type m'a pris pour un raciste. Je ne sais pas du tout ce que le film va donner. Peut-être que Lila avait raison.

Enfin, ça me change les idées.

Ça me change les idées encore mieux que je ne l'espérais.

Le soir, visite chez les Birk.

Katharina Schwerte, la mère, descend je ne sais trop comment de Helene Weigel et fait partie du clan Brecht. Les deux filles sont ravissantes et s'appellent Amelie et Gala, ce sont des beautés à la Fitzgerald salement pourries gâtées, et elles le savent bien.

La famille habite le SoHo Building sur Greene Street. En vrai, je voulais annuler. J'y suis allé avec cette idée en tête. Mais les filles étaient tellement à tomber que j'ai changé d'avis.

La plus jeune, Amelie, a treize ans et est en pleine puberté, cheveux sombres, le portrait craché de sa mère. A piqué une crise à cause des chaussures de sa sœur Gala qui faisaient un boucan de timbales sur le parquet. Le loft ressemble à une maison de poupée surdimensionnée. Vue à couper le souffle sur Manhattan. Mais ils vivent tous les quatre plus ou moins dans une pièce. Les *girls* sont sur la mezzanine. Elles n'ont pas de chambre fermée, juste un coin ouvert sur le reste.

— Heureusement, je vais bientôt récupérer toute la place, parce que ma sœur va enfin déménager, a déclaré Amelie d'un ton ostensiblement cool.

Sa sœur Gala n'est arrivée que plus tard. Elle était en train de se maquiller et a eu besoin de deux bonnes heures pour le faire. Elle a descendu l'escalier d'un pas léger comme Judy Garland : « *Sorry, sorry, sorry, sorry.* »

Elle m'a direct pris la caméra des mains pour filmer tout et n'importe quoi. Elle est en train de préparer le bac.

— Je suis bonne en maths, en physique, en philosophie et en espagnol.

— Tu travailles beaucoup ?

— Nan, je suis juste douée.

— Et elle est comment, votre école ?

— Nulle et moche.

— Tu es dans un club de théâtre ?

— Il n'y a pas de club de théâtre.

— Et qu'est-ce que…

— Il est cool, ton cahier !

Elle était bonne aussi en interruptions – elle m'a pris mon carnet des mains et m'a fait un plan de l'endroit où se trouvait son école en m'autorisant à venir les filmer, elle et sa sœur. Sauf qu'elle n'était pas contente de son dessin. Elle a arraché la page pour écrire juste l'adresse.

— Le mieux, c'est que tu prennes un taxi ! a-t-elle finalement ordonné.

Déterminée. Ambitieuse. Choyée. Sait ce qu'elle

veut. C'est l'image que je me fais de la méchante marâtre de *Blanche-Neige* à l'adolescence.

Un gigantesque trou entre les dents où une allumette passerait.

Et dans chaque pièce, un miroir magique au mur.

JOUR 23

Le mercredi 9 octobre 1996

Je pensais qu'avec l'arrivée des cinq-autres, tout allait rentrer dans l'ordre. J'espérais de tout mon cœur que mes histoires de film me raccrocheraient au monde tel que je le connais.

Mais ce n'est pas le cas.

Aujourd'hui, c'est la merde absolue. À force, j'arrive au dernier cercle de l'Enfer, là où Dante fait geler les traîtres dans le lac, des pieds jusqu'au cou, seules leurs têtes rongées, ratatinées dépassent de la glace éternelle. Je ne sais pas avec qui en parler, sûrement pas avec Mah. Peut-être avec Redford.

Je rêve de la septième terrasse du Purgatoire, après l'immense mur de flammes, où les infidèles lubriques sont chassés. C'est toujours mieux que de finir gelé.

Je n'arrive pas à écrire.

Trop de choses.

Plus tard.

Nuit du mercredi 9 au jeudi 10 octobre 1996, 4 heures

Me suis levé exprès. Suis crevé. Il est 4 heures du matin. Dehors nuit noire. Dois écrire.

La journée d'hier a débuté normalement. Interviews et portraits d'oreilles avec Cosima.

Ensuite, il est arrivé quelque chose. Je ne sais même pas par où commencer.

L'après-midi, après toutes ces interviews dans les rues de Manhattan, je suis passé par hasard à SoHo, le quartier de Nele Zapp. On n'avait rendez-vous que le lendemain, pour que je l'accompagne se faire avorter.

Son appartement est sur Mercer Street. Je voulais juste jeter un coup d'œil, avec l'impression d'être un collégien dévoré d'impatience et de curiosité. Me suis retrouvé devant son immeuble. Bâtiment industriel abîmé en brique rouge, pas loin de Broadway. Trois petits étages à quatre fenêtres, reliés les uns aux autres par le zigzag d'un escalier de secours. Au rez-de-chaussée, une porte en fer rouillé et une vitrine au store baissé recouvert d'une couche d'affiches de concerts hors d'âge, durcies comme de l'écorce, sur plusieurs centimètres d'épaisseur.

Je n'étais encore jamais venu dans le coin.

Et là, je me suis dit : Pourquoi je ne sonnerais pas ? Il est 15 heures. Rien ne m'interdit de le faire. J'ai sonné au hasard. Sonnette numéro 3. On l'a entendue jusque dans la rue.

Personne n'a répondu.

Mais il suffisait de pousser la porte pour l'ouvrir.

Le verrouillage électronique était une blague. Je suis entré.

Comme la lumière ne fonctionnait pas, j'ai monté l'escalier en fonte à tâtons jusqu'au premier étage. Je voulais juste être sur le pas de sa porte. Pourquoi pas ? J'ai pensé qu'il y flotterait peut-être une odeur qui me délivrerait de mon obsession à rechercher la compagnie de cette personne.

Ail.

Soupe instantanée.

Ammoniac.

Transpiration de renard.

Ou un proverbe samnyâsin punaisé sur le battant qui me révélerait sa véritable personnalité.

Je me suis donc retrouvé devant sa porte, dans la pénombre grise. Mais ce n'était qu'une porte en métal marron sans rien de spécial. Pas d'odeur à part l'encaustique ricaine. Il n'y avait personne, et je me suis senti bête. Et puis j'ai entendu un bruit derrière le battant. Un léger gémissement. J'ai sonné, et le gémissement s'est fait plus fort. Un chien.

J'ai sonné encore une fois, et le chien s'est tu.

J'ai réfléchi un long moment.

Nele ne m'avait pas parlé d'un chien.

Pour finir, j'ai décidé que je n'avais pas entendu de chien. À peine redescendu dans le hall d'entrée, j'ai vu la sirène arriver à ma rencontre, silhouette aux cheveux flottants. Elle faisait une drôle de tête, et malgré la pénombre, sa pâleur sautait aux yeux. Elle m'a dit qu'Almut lui avait laissé un message vocal flippant. Elle n'a même pas remarqué ma présence, pas vraiment, elle est passée devant moi d'un pas lourd et a disparu.

Je suis resté dans le hall, à écouter ses pas rapides dans l'escalier, puis la porte qui s'ouvre au premier étage, et là, au lieu de crier, elle a dit un truc du genre : « *Holy shit !* »

Je suis monté quatre à quatre, j'ai pris le couloir et je me suis précipité dans l'appartement, sans réfléchir. Un minuscule studio : une seule pièce avec une kitchenette et un réduit en carton – ce sont les toilettes, et il faut grimper sur la cuvette pour accéder à la fenêtre qui donne sur l'escalier de secours.

Almut était au sol, prostrée sur elle-même. Sachant qu'il n'y avait pas beaucoup de sol. Je n'ai vu qu'une jambe nue, et j'ai eu le temps de penser : Quelle jolie jambe. La couette était imprimée de têtes de Donald Duck de toutes les couleurs. Aussitôt, je me suis souvenu de ma mère que j'avais trouvée enroulée dans un édredon tailladé, à l'époque où je l'appelais encore maman. C'était à Sarrebruck, elle avait pris des cachets, et quand je l'avais retournée, des plumes s'étaient mises à neiger dans toute la pièce. Je n'y avais pas pensé depuis des années, et d'un coup, la scène resurgit sous mes yeux.

J'ai mis une éternité à réagir. Je me suis penché sur Almut, et à partir de là, tout est retombé, et l'air s'est clarifié en moi. J'ai cherché son pouls sur son cou, je ne l'ai pas trouvé, lui ai mis une claque pour la réveiller.

Nele a vu la boîte de cachets et a passé les appels sans perdre son sang-froid. Elle n'était pas du tout hystérique.

Deux minutes plus tard, les secours étaient là.

Impossible de tout écrire, suis trop fatigué. Mais bref, l'ambulancier a fini par fourrer un tuyau dans la bouche d'Almut, et comme ils ne rentraient pas à deux dans la minuscule salle de bains, parce qu'il était rond comme une boule et pesait cent kilos, il l'a laissée vomir sur le lit. Et il a déclaré avec un grand sourire que c'était bon signe qu'elle soit capable de vomir seule.

Ils l'ont transférée dans un hôpital de Brooklyn – aucun sens de faire tout ce trajet. Mais l'ambulance venait de là-bas. Almut était déjà hors de danger, sans quoi ils l'auraient emmenée à un hôpital plus proche. C'est la guerre entre les secours de Brooklyn et ceux de Manhattan, m'a expliqué Nele dans le taxi qui suivait l'ambulance.

Depuis le Brooklyn Bridge, pour la première fois, j'ai vu le spectacle de beauté, de coolitude et de puissance offert par Manhattan, une explosion de mille couleurs et lumières qui enfante toutes les amours impossibles de ce monde, au nombre desquelles je comptais les miennes à cet instant-là.

On est restés à l'hôpital jusqu'à ce que la nuit tombe. Le médecin a fini par donner son feu vert, c'était un Asiatique avec une barbe qui avait l'air d'un postiche. En temps normal, les Asiatiques n'ont pas de barbe, juste une moustache de samouraï sur la lèvre supérieure, comme le grand-père de Mah. Le médecin a dit que la patiente devait rester à l'hôpital pour observation.

Je crois qu'on a passé trois heures dans le silence le plus total. On est rentrés chez Nele en silence.

On s'est préparé des sandwiches au beurre avec des tranches de fromage en silence. On a nettoyé le vomi du lit de Nele en silence – en vrai, c'est moi qui m'en suis chargé, parce que ça ne me dégoûte pas plus que ça. On a refait le lit ensemble en silence (rien ne rapproche plus que de faire un lit ensemble pour la première fois, avec des draps en éponge verts, la couleur de l'espoir et du printemps), on s'est couchés dedans en silence et l'odeur du vomi d'Almut s'est mise à nous coller à la peau, car tout l'appartement puait.

Elle pleurait.

— Tu restes là cette nuit ? a-t-elle demandé en arrêtant de pleurer.

— Oui, bien sûr.

— La seule chose de bien dans cette tentative de suicide de merde !

— Oui.

— Jonas ?

— Hm ?

— Est-ce que j'ai l'air d'être sans cœur ?

— Non, tu as l'air adorable.

— On se déshabille ?

— Non.

— OK.

— Je n'ai pas envie de faire l'amour.

— Moi non plus. Je veux seulement qu'on se déshabille.

— Et après ?

— Et après, tu me prends dans tes bras, et je pourrai dormir.

— On peut se déshabiller mais garder le bas.

— Non, ça ne marche pas.

— Tiens donc.

— Il faut qu'on soit entièrement peau contre peau, sinon, je ne me sens pas en sécurité. Je suis horriblement triste.

— Moi aussi, je suis triste.

— Dans ce cas, on enlève nos bas.

— Mais on le fait chacun de son côté.

— Bien sûr. Tu croyais que j'allais te demander de m'enlever mon bas ?

— OK.

— Tu vois, on va déjà mieux.

Demain, il faut que j'écrive l'histoire du chef d'Almut. Je suis assis à la fenêtre de Nele, je vois sa tête, sa main, ouverte comme une tulipe blanche, on pourrait cueillir ses doigts, ou bien ils tomberont tout seuls d'ici demain matin.

Elle dort presque dans la même position qu'Almut quand on l'a trouvée.

Je n'arrive pas à croire qu'elle va avoir un enfant.

JOUR 24

Le jeudi 10 octobre 1996, 9 heures

Il pleut. Un ouragan est attendu pour ce week-end. Ses prémices recouvrent New York d'une humidité grise et pesante. Il règne sur les gens et sur la ville un silence de cimetière.

Avec Cosima, je prends le Subway-Express à destination de Coney Island pour y filmer quelques oreilles.

Je ne veux pas lui raconter ce qui s'est passé hier. Je ne peux en parler à personne. J'écris dans mon coin, histoire de me changer les idées, j'écris tout ce qui me vient, dans ce petit carnet qui tangue.

La clim du métro sent le vieux frigo. Et elle fait le même boucan. Dans ma tête, je vois des croquettes pour chat surgelées et Jeremiah qui les attrape par le truchement de son arabesque spécial frigo. On traverse le Williamsburg Bridge dans un bruit de ferraille. Derrière le rideau de pluie, la *skyline* de Manhattan est comme hachurée au crayon. J'aperçois la statue de la Liberté, et devant, le quai où les ferries accostent. À l'horizon, la mer devient pluie, comme si des millions de gréements, de cordes et de fils la hissaient vers le ciel.

On ne parle pas. Avec Cosima, c'est hyper facile de ne pas parler. Son truc, c'est d'éviter tout contact, y compris visuel. D'un air méfiant, elle fixe les gouttes qui tambourinent contre la vitre. Je lui demande s'il lui arrive d'être d'humeur sentimentale. Sans me regarder, elle répond : « Tout le temps. »

C'est curieux, car toute sa personne paraît froide et distante. Il y a des gens dont le cœur est toujours verrouillé. Elle regarde droit devant elle sans tourner la tête. Je ne serais pas étonné de la voir ouvrir la porte de la rame à la volée pour sauter du métro en marche. Juste comme ça.

Le jeudi 10 octobre 1996, 13 heures

On est rentrés de Coney Island. Il pleuvait des cordes. Un gigantesque parc d'attractions baigné par la mer, laissé à l'abandon. Toutes les boutiques fermées. Sur la plage, pas une oreille à la ronde.

Un chien malade avait élu domicile dans un des wagons de grand huit rouillés et moisis qui gisaient au sol comme des carcasses de voitures, *upside down*. On s'est adossés contre le wagon, et il nous a chassés en grognant. À part quelques éboueuses, il n'y avait personne.

Un seul *diner* était ouvert, dans la station de métro, rempli de retraités qui avaient échoué là trempés comme des soupes. Le patron était intéressant. Ours mal léché. *Tough*. La petite cinquantaine, mince, élancé, avec le stoïcisme caractériel de Jack Kerouac. Il aime les oreilles de femmes, mais il trouve les oreilles d'hommes horribles à cause des poils à l'intérieur.

Il préfère les corps de femmes avec le moins de poils possible. Il ne dit pas ça pour faire de la provoc, c'est juste un constat. Même Cosima a opiné du chef. Il a une voix sombre et sale. Dure et directe. Il s'appelle Joe. Il est né à Brooklyn, deux heures avant le bombardement de Nagasaki. Il nous conseille d'aller à Atlantic City. Il y a perdu cinq cents dollars, il y a des années. Il n'y est jamais retourné. Il était marié. Il est grand-père. Il a toutes ses dents. Et une peau de lézard. Tannée par le soleil.

Son pote est un Grec sympa aux cheveux blancs. À côté, un Russe édenté nous dit dans un anglais approximatif qu'il aime beaucoup l'Allemagne. Surtout Oldenbourg.

Coney Island est complètement déprimante. Nos pantalons sont mouillés, et il faut qu'on aille aux toilettes (il y a un lien entre les deux).

Essaie de ne pas penser à la sirène. Mais hier, Almut et la pluie nous ont aidés.

Le jeudi 10 octobre 1996, 17 heures

Suis dans ma chambre au National Arts Club.

Tout à l'heure, il y a la projection à l'Institut Goethe. Nos courts-métrages. La soirée s'annonce soi-disant géniale.

Almut a essayé de se suicider.

On a parlé jusque tard dans la nuit, Nele et moi. De la souffrance d'Almut, mais aussi de nihilisme, de dogmes socialistes, de cheveux multicolores, de devantures de magasins, de Freud, du dernier disque de Police et de plein d'autres choses encore. Plaintifs, sonnés, épuisés. Tout est lié à tout. Existe-t-il seulement des événements isolés ?

Nele était dans tous ses états, elle pleurait et souriait à la fois. Une de ses spécialités, j'ai l'impression. Et un vieux truc de Stanislavski, dont les adaptations de Tchekhov étaient blindées de femmes qui souriaient et pleuraient à la fois, comme Sonia et Éléna dans *Oncle Vania*.

Nele était en colère contre Almut, et en même temps, elle s'en voulait à elle-même – elle a fait plusieurs « Ah », a posé sa main sur ma poitrine et l'a laissée là.

Ensuite, elle a empoigné ma queue, comme si de rien n'était. Elle l'a massée tranquillement – mais au fond, ça veut dire quoi, « masser » ? Ça n'avait strictement rien à voir avec la masturbation et ce genre de chose, c'était plutôt comme si elle frictionnait le pied d'un verre à vin en soirée, pour utiliser une comparaison qu'on ne trouve pas à tous les coins de rue.

Au bout d'un moment, elle a posé sa tête sur mon ventre, je lui ai caressé les cheveux, et c'était tellement doux et bon que j'ai fini par éjaculer dedans, sans le moindre bruit – pas facile de rester parfaitement silencieux.

Ce n'était pas sexuel, ni pour elle ni pour moi.

Elle m'a expliqué qu'Almut était à moitié américaine. Son père vient de Salzbourg, sa mère de l'Ohio. Elle est jolie, une beauté plus commune que celle de Nele – autant dire qu'elle est plus jolie. Elle n'a pas sa poésie, sa coquetterie, sa vivacité, sa fébrilité. Elle a un côté posé, un autre genre de sveltesse, beaucoup plus de structure. Elle est plus jeune, aussi. Seulement vingt-six ans. Avant, elle était plongeuse de haut vol dans la sélection nationale d'Autriche. D'où son corps de sportive. À première vue, elle a l'air super sûre d'elle. On se dit qu'elle doit enchaîner les aventures avec des hommes tous plus incroyables les uns que les autres. Mais en fait, non.

À quatorze ans, elle dormait encore dans le lit de ses parents.

Selon Nele, Almut se méfie des inconnus, et la coutume new-yorkaise du *one-night stand* lui en fait drôlement baver. Elle est arrivée l'année dernière et elle ne connaît presque personne, mais elle veut absolument conquérir New York.

Elle ne fait pas confiance aux hommes, ne s'engage jamais dans une relation et est tout le temps sur le dos de Nele.

Pourtant, il y a six mois, elle a commencé une histoire avec son chef, le directeur de l'Institut Goethe. Il s'appelle von Hambach. Mélange très inquiétant de cravate au cou et de rationalisme critique. Un quart de siècle de plus qu'Almut, cheveux poivre et sel qui ont tendance à pelucher, raie à succès. Plus maigre que mince. Mouvements saccadés. Marié. Deux filles adolescentes. Suffisant jusqu'au ridicule. Et incroyablement bronzé.

Je l'ai croisé deux fois, en allant à la bibliothèque de l'Institut, alors qu'il descendait l'escalier d'un pas trébuchant – il ne devait son équilibre intérieur qu'à son compte en banque bien garni, à sa thèse sur Hölderlin et à sa satisfaction d'avoir perdu un certain nombre d'ancêtres sur les champs de bataille prussiens. Un regard complètement vide, des yeux de poisson. Et la moustache en prime.

Pourquoi les jeunes femmes veulent-elles coucher avec de vieux aristocrates marxistes ? C'est quoi, leur secret ? Mon scrotum a déjà une sale tête, comment est-il possible qu'il atteigne son apogée à la cinquantaine ?

Toujours est-il qu'Almut est tombée folle amoureuse de ce sac d'os, et tout l'Institut Goethe a bientôt été au courant.

Sauf qu'hier, von Hambach a convoqué son adorée dans son bureau pour la virer. Deux semaines plus tôt, il l'avait invitée à passer le week-end dans sa modeste résidence secondaire sur Long Island et, autour d'une bonne bouteille de vin, lui avait proposé de partir avec lui au festival de cinéma de Venise – et là, il lui a tendu bien poliment une tasse d'Earl Grey, s'est enquis de comment elle allait et l'a informée d'un ton de regret que son contrat se terminait malheureusement le mois prochain. Il ne l'avait pas vu venir, mais peut-être, *maybe*, qu'au vu des circonstances, il était possible que ce soit la meilleure solution pour eux deux. Cela dit, il allait lui faire une lettre de recommandation enthousiaste, et il lui souhaitait le meilleur pour la suite.

Après ça, au lieu de prendre le tiroir du bureau pour le lui jeter à la tête, Almut a fondu en larmes et l'a supplié à genoux d'avoir pitié de son petit cœur couinant. Mais l'heure tournait, et le rendez-vous touchait déjà à sa fin.

Elle est sortie du bureau de von Hambach, et le vent a emporté le grain de sable qu'elle était jusque chez elle. Là, elle a avalé les cachets pour faire sa quatrième tentative de suicide (en l'espace de quatre ans, signe d'un certain sens du rythme) sans grande conviction. Elle avait prévenu Nele par téléphone avant. Elle voulait être trouvée à temps.

En entendant tout ça, ma tête s'est mise à bourdonner. Almut a l'air tellement sage, volontaire, anti-excès. Ça paraît incroyable. Elle est en thérapie depuis des années. Dans son lit, elle a un ours en peluche qui a écopé de quelques morceaux de vomi. Avec un nœud rouge autour du cou.

Mais son écrivaine préférée est Simone de Beauvoir.

Nele et moi étions étendus dans les bras l'un de l'autre, comme des frères. J'étais dans un sale état, à cause de l'infidélité qui pèse sur moi et me tombe sur le coin du nez au moment le plus mal choisi (ou le mieux choisi, c'est selon).

Nele conteste l'utilité des conflits intérieurs, d'autant que par ailleurs elle conteste le simple fait d'être à l'origine des conflits en question.

— Franchement, Jonas, qu'est-ce qu'on fait de mal ? On est couchés là, et la seule chose qu'on remue, c'est des pensées tristes et quelques doigts.

J'entendais des alarmes de voiture dehors et une télé en train de hurler à l'étage au-dessus. Mais dans cette petite pièce, il régnait un silence tendu malgré le sentiment d'autosatisfaction qui nous unissait l'un à l'autre à l'idée d'avoir sauvé une vie et sur lequel mon orgasme répandait des doutes d'autant plus nombreux qu'il s'éloignait dans le temps.

— Enfin, une petite éjaculation de rien du tout, ce n'est pas de l'infidélité, il faut bien se remonter le moral, a fini par dire Nele en souriant.

Malgré ça, elle refuse de se laver la tête et compte aller voir mon film de ce soir avec du sperme séché dans les cheveux.

C'est vraiment une incorrigible romantique.

Toute la ville me tombe dessus, et je me demande comment on va faire pour se sortir de cette histoire.

JOUR 24 (AJOUT)

Le jeudi 10 octobre 1996, minuit

Hier soir, projection en grande pompe à l'Institut Goethe. Une salle néo-Renaissance sans fenêtre et lambrissée. Comme faite pour y égrener des études de Chopin. Bien remplie. Plus de cent spectateurs. Il a fallu ajouter des chaises.

Dans un premier temps, von Hambach ne s'est pas montré. Le scandale a fuité depuis longtemps, forcément.

Le nez de Lila avait meilleure allure, il avait dégonflé et donnait à mon professeur un côté cavalier, malgré le pis de vache en plastique qu'il portait sur la tête. Il avait invité tous ses amis et connaissances. Il y avait un tas de coiffures improbables, mais aussi les nazebroques qui avaient refusé de nous loger – Tanja Schlumberger, Nicole Diver-Spears, Cora Steinbeck, Baby Hausner, Uzi Kisko, Dick Luffer. Hollie Lehmann a fait son apparition en robe rose-rouge style années 1980.

Il ne manquait que tante Paula.

Après le discours de bienvenue de Mme Lehmann, on est montés sur scène pour entonner l'hymne national gay *O du fröhliche*, et cette dinde de Heidi s'est enfuie en piaillant – je trouvais que c'était une bonne idée, meilleure qu'*O Tannenbaum*, et à cette occasion, je me suis rendu compte que Lila n'aime que les chants qui commencent par la voyelle O, car il considère comme un must l'allusion à la fellation induite par la moue arrondie de la bouche. D'où son amour pour les chants de Noël (exception faite de l'*Ave Maria*, à cause du sinistre A du début qui évoque des douleurs lancinantes).

Ensuite, on a montré nos courts-métrages tout droit venus d'Allemagne. Aucune réaction du public. Mais pas de mine apitoyée, comme Lila le craignait. Le film de Hans-Jörn était le meilleur, il a déjà gagné plusieurs festivals. Une histoire sadomaso.

Lila était drôle et a super bien présenté.

Le tour de mon *Chancelier dans la maison forestière* est arrivé. Hans-Jörn a raconté au public que d'après sa tante Anke Fuchs (ancienne ministre SPD), mon court-métrage avait mis Helmut Kohl hors de lui. Je m'étais toujours dit qu'il y avait un risque que ce chancelier ventripotent porte plainte contre moi, car dans mon film, il est enlevé par la Fraction armée rouge et démembré à la scie par un garde forestier.

Et puis ce nanar a été montré en film d'ouverture à Sarrebruck, histoire d'égayer Oskar Lafontaine. Je l'ai vu de mes yeux se tordre de rire en hennissant au premier rang, le portrait craché de Jabba, le gélatineux prince des brigands de *Star Wars*, et à côté de lui, la moitié du SPD sarrois en faisait autant.

Plus tard dans la soirée, von Hambach a fini par arriver.

Debout près de la porte au fond de la salle, il était encore plus bronzé que dans mon souvenir. Il buvait du vin avec un air de délectation, et il parlait à tout un tas de gens. Plus ils étaient importants, plus il faisait de sourires. Ses couronnes brillaient sous sa moustache avec une régularité de métronome.

Je me suis planté à côté de lui, tout près, une odeur d'après-rasage et de lotion pour le corps parfum coco me chatouillait les narines. Personne ne faisait attention à moi. Il a terminé sa conversation sur une citation de Goethe (« Mais celui qui saisit l'instant, voilà l'homme habile ») avant de repartir se balader, et je lui ai emboîté le pas. Devant l'escalier en pierre, il s'est retourné vers moi.

— Puis-je vous être utile ?

— Oui, je ne sais pas.

— J'ai l'impression que vous souhaitez me parler ?

— Possible.

— Vous êtes un des étudiants, n'est-ce pas ?

— Quels étudiants ?

— Les étudiants de Lila von Dornbusch ?

— Non.

— Non ?

— Non, je ne le suis pas.

— Ah bon.

Ses yeux m'ont toisé d'un vert dédaigneux qui luisait à travers ses verres de lunettes.

J'ai été pris d'une violente colère métallique qui s'est retrouvée fondue dans le haut-fourneau de ma propre faute et forgée en épée, et tout en pensant à Jeremiah et à la seule chose que j'avais apprise de lui – à être furax –, je me suis rendu compte que j'étais sur le point de planter mon fer encore brûlant dans une personne dont le comportement n'avait pas été beaucoup plus méprisable que le mien.

Mais ça m'était égal, car il était vieux, blasé et imbu de lui-même, et je suis certain qu'en séparant sa tête de son tronc d'un coup d'épée de bourreau exercé, j'aurais agi en accord avec tous les beatniks vivants, morts et encore à naître.

— Je suis le frère d'Almut.

Il a cligné des yeux et exhibé ses couronnes en un sourire paniqué qui n'avait rien d'approprié.

— De quelle Almut ?

— Vous ne savez pas de quelle Almut ?

— Ah oui, je vois, Almut, je suis désolé. Mon Dieu, bien sûr, la… la demoiselle von Koskull.

— Tout juste.

— Alors comme ça, elle s'appelle Almut.

— C'est la première fois que vous entendez ce prénom ?

— Comment va-t-elle ?

— Elle ne va pas très bien.

— C'est une bonne chose que vous, disons, que vous vous occupiez d'elle en ce moment. J'ignorais que Mlle von Koskull avait un frère. Et vous êtes… ?

— M. von Koskull.

— Oui, bien sûr.

— Et vous, monsieur von Hambach ?

— Lui-même, enchanté.

— Que diriez-vous d'un duel ?

— Pardon ?

— Les von Koskull se battent en duel depuis des siècles.

— Tiens donc.

— Mais d'après Almut, les von Hambach préfèrent les coups de pied au cul.

— Vous avez bu ?

— Je vais donc vous mettre un coup de pied au cul.

— Pardon ?

— Tournez-vous, que je vous flanque mon pied au cul.

— Jeune homme, a-t-il dit avant d'ajouter : C'est insensé ! et de se tourner d'un air scandalisé vers la salle où l'appelaient un secourable brouhaha de voix et des regards engageants.

— Je peux aussi vous dénoncer pour agression sexuelle envers une salariée. J'ai bien dit « agression ». Pas « harcèlement ». Vous avez quelques notions de droit ? Vous connaissez la différence juridique entre les deux ?

C'est dingue l'effet que la peur a sur une moustache. Les poils se dressent littéralement dans les airs, comme sur la nuque – logique quand on y pense.

— En moins de trois secondes, je peux aller accoster votre épouse. C'est bien votre épouse, là-bas ? Je me ferai un plaisir de montrer à Mme von Hambach la liste de tous les cinq-à-sept que vous vous êtes octroyés avec ma sœur au cours des six derniers mois, positions pratiquées comprises.

Il me regardait comme une vieille mouette.

— Un petit coup de pied au cul, en comparaison, c'est quoi ?

— Un petit coup de pied au cul, dans quel sens ? a-t-il demandé d'une voix rauque.

— Au sens premier du terme. Vous vous retournez. Je vous mets un coup de pied au cul. Et on oublie tout ça.

Il a réfléchi fébrilement. Son beau visage bronzé était marbré comme un caleçon sale.

— On oublie pour de bon ?

— Vous avez ma parole.
— Rien de plus ?
— Pas de duel, même si les pistolets de mon père…
— Entendu, mais pas ici. Est-il possible d'aller dans mon bureau ?
— Non, on fait ça ici.
— Mais attention que personne ne nous voie, a-t-il supplié.

Et de fait, il m'a tourné le dos, s'est agrippé à la rambarde de l'escalier, s'est penché en avant et a attendu le coup de pied.

Incroyable.

Je fixais son veston bien coupé. Velours marron à carreaux réconfortants. Je voyais son menton de profil en train de trembler. Sur sa nuque frisottaient des poils gris qui remontaient de son dos. Transpiration.

Ce n'était pas prévu. Ça m'était venu tout seul. Avais-je le droit d'humilier cet homme ? Et si oui, devais-je le faire de toutes mes forces ou plutôt de manière symbolique ? Et pourquoi avais-je soudain les larmes aux yeux ? Pourquoi ma gorge se serrait-elle ? Pourquoi me sentais-je triste et hésitant ?

Et là, Hans-Jörn a surgi à côté de moi en me demandant si j'avais vu Lila. Quelqu'un de *The Village Voice* voulait l'interviewer.

J'ai essayé de réprimer un sanglot et je me suis éloigné, laissant derrière moi Hans-Jörn et ce sagouin plié en deux qui m'a jeté un regard par-dessus son épaule, un regard de phosphore dont j'ai déduit que, pour une fois, j'avais fait ce qu'il fallait faire.

M. von Hambach est resté introuvable jusqu'à la fin de la soirée, au contraire de sa femme qui a l'air adorable.

JOUR 25

Le vendredi 11 octobre 1996

Aujourd'hui, de 9 h 30 à 12 heures, oreilles. Tournage à Grand Central Station. Avec Cosima.

De 13 heures à 15 heures, Birk. Collège Amelie.

À 12 h 40, on est allés chercher Amelie à la United Nations International School. Waterside Plaza. Croisement de la 23e Rue et de FDR Drive.

Cosima n'a plus le temps de tourner avec moi. C'est Redford qui était à la caméra cet après-midi.

Amelie est une gamine pourrie gâtée, mais douée, très éveillée et incroyablement sûre d'elle, sachant que la confiance en soi de la famille Birk a l'air de la rendre imperméable à tout doute ou remise en cause existentiels.

Amelie a treize ans et veut devenir actrice. « Parce que, plus tard, il me faudra beaucoup d'argent – vraiment beaucoup. »

Elle connaît par cœur toute la pièce de Shakespeare *Roméo et Juliette*, et en anglais. Elle a un visage ténébreux, de type juif, avec des yeux immenses qui regardent le monde comme s'il leur appartenait. Elle est précoce, intelligente et sans pitié. Selon elle, l'intelligence se voit à la souplesse des doigts, et plus précisément à l'amplitude du pouce vers l'arrière. « Le pouce de papa, on dirait du caoutchouc. »

À partir de 17 heures, cabinet médical. Jusque-là, je n'avais été qu'une fois chez le gynécologue, avec Mah, le jour où on lui a cureté le bébé.

En Allemagne, les salles d'attente sont différentes, moins accueillantes. Et on n'y boit pas de café aromatisé servi par une secrétaire médicale aux airs de prostituée. Selon Nele, ce n'est pas une prostituée, c'est une femme transgenre, et si elle se maquille beaucoup, ça se remarque moins, voilà tout.

Sur les murs jaune pétant, des bébés réjouis nous souriaient dans des cadres dorés, deux Blancs, deux Noirs, deux Asiatiques et même deux bébés phoques.

La pluie s'était encore intensifiée et tambourinait contre les vitres. En ce moment, tout le monde n'a que l'ouragan à la bouche, et les gens dans la salle d'attente ne faisaient pas exception.

Nele était assise à côté de moi et regardait la tempête, fébrile. Pour la première fois depuis notre rencontre, elle portait un pantalon, gris et moulant, avec un pull-over vert foncé à col montant. Elle avait les mains croisées sur le ventre. Je lui ai donné un *Vogue*, pour que tout ça fasse un peu moins catholique. Elle était pâle, elle n'arrêtait pas d'aller aux toilettes et de revenir encore plus pâle. Au moment où il a fallu produire un échantillon d'urine officiel, elle n'a pas pu.

Entre nous, c'était tout embrouillé, à la fois lourd et léger. Il y avait une pesanteur inexplicable à travers laquelle on essayait de flotter, comme si on était chez un gynécologue de l'espace.

Hier, à l'Institut Goethe, on a à peine échangé deux mots. Mais ça se sentait qu'elle était fière de moi et de mon film où Helmut Kohl se fait démembrer par un garde forestier. Pendant la projection, j'ai entendu son rire d'ouvrier agricole. Plusieurs fois de suite.

Ensuite, je l'ai présentée à Lila. Mais elle est bien trop discrète et rêveuse pour qu'il la remarque. Je lui ai dit qui Nele était et ce qu'elle faisait, et quand elle lui a dit bonjour, il s'est contenté de hocher la tête d'un air absent en soupirant « Aha » et en se curant un truc dégoûtant entre les dents sans la moindre gêne.

Le fait que ce soit mon sperme qui brillait en contre-jour dans sa magnifique chevelure comme autant de minuscules cristaux de sucre l'aurait sans doute intrigué. Mais il ne le saura jamais.

Je ne l'aime pas quand il ignore les gens qui n'ont pas du tout l'air du style à partir galoper à travers Central Park sur le dos de Ghostbuster. C'est justement la différence entre ce qu'ils sont et ce dont ils ont l'air qui leur donne ce pouvoir sur les autres.

Il sous-estime aussi totalement Mah. À partir du moment où elles ne sont pas braillardes et obscènes, les femmes hétéros l'ennuient.

Il m'a tout de suite demandé si la cinglée qui avait fait la tentative de suicide dont tout le monde parlait était là. Mais il n'a même pas attendu la réponse tellement ça ne l'intéresse pas, au-delà de la miette de scandale.

J'ai fait comme si je n'étais au courant de rien. Ça nous a rapprochés toute la soirée, la sirène et moi, sans qu'on ait besoin de parler.

Tout à l'heure, sur le trajet du cabinet, elle m'a dit qu'Almut sortait déjà demain.

C'est une surprise. Mais un lit d'hôpital coûte une fortune par jour.

Almut va bien. Elle est à nouveau capable d'avoir honte. Ce matin, Nele est allée la voir à l'hôpital. Il n'y a pas eu d'intoxication. Comme le lavage d'estomac a été fait rapidement, les effets nocifs ont été évités.

Almut n'est plus obligée d'aller au travail. J'imagine que ça convient bien à M. von Hambach. Il doit être en train de se frotter les mains. Le coup de pied au cul me turlupine – pas le coup de pied au cul en soi, mais son goût d'inachevé.

Nele m'a expliqué qu'Almut allait soit retourner en Europe, soit déménager à Anchorage en Alaska. Sa sœur travaille là-bas, dans une agence de location de voitures. Almut en a fini avec New York. Ses parents arrivent d'ici quelques jours pour s'occuper d'elle.

— Il y aura bientôt une place libre dans le studio, Jonas. Si tu restes à Manhattan, tu peux venir habiter chez moi.

Aussi immobile que si elle était sculptée dans la proue d'une galère, la sirène m'a sorti ça l'air de rien, le *Vogue* entre ses menottes de bois, en ponctuant *in extremis* sa phrase d'un petit sourire, histoire de la priver de tout sérieux.

J'aurais donné cher pour être à nouveau allongé à côté d'elle, à entendre son cœur battre, son sang pulser sous sa peau comme un jet d'eau tiède. J'aurais donné cher pour vivre ma vie et être heureux au lieu de loger dans ce boyau noir, avec Apapa deux ou trois étages plus bas. Elle s'est rapprochée de presque rien, en glissant deux doigts dans ma main pour la prendre.

— Ça marche, ai-je promis. Je vais y réfléchir.

Et ensuite, sa main toujours dans la mienne, elle m'a confessé son passé érotique jusque dans ses moindres détails, comme si je ne demandais que ça. La secrétaire médicale et la fille brune à côté de nous écoutaient avec attention, et je priais pour qu'elles ne comprennent pas l'allemand.

La confession a duré un moment, et il y avait du lourd. Je n'oublierai jamais le regard que Nele m'a lancé à la fin en disant :

— Et maintenant, tu me prends sûrement pour une salope.

Elle a baissé les yeux avec des airs de nonne éplorée. Une semaine plus tôt, elle s'était retrouvée au lit avec un écrivain français invité par l'Institut Goethe.

— On était à son hôtel. Il voulait absolument coucher avec moi dans la baignoire. Il a failli me noyer.

Je me suis rappelé les larmes qu'elle avait versées à cause de lui ou de cette nuit-là. Le demi-hot-dog que je lui avais offert. Ses bruits de mastication en l'avalant. Et la chaussure d'homme seule au fond de son sac à main.

— Pourquoi tu me racontes tout ça ? ai-je murmuré, gêné.

— Tu le sais très bien.

— Non, ai-je rétorqué, je n'en sais rien.

— Alors selon toi, pourquoi je te raconte tout ça ?

Faute de réponse, j'ai demandé un deuxième café à la secrétaire transgenre.

— Je suis joueuse, mais je n'ai pas envie de jouer avec toi. Selon toi, pourquoi je t'ai emmené ici ?

— Dis-moi.

— Je veux que tu le dises toi, espèce de lâche.

Elle brûlait d'envie de se perdre dans des souvenirs que je ne voulais pas entendre, de désamorcer à coups de confessions malvenues l'aimant qui nous attire l'un vers l'autre – c'était clair et net. Et en même temps, elle cherchait ma proximité comme un chaton et se retenait de se pelotonner en moi.

Sans l'arrivée du docteur, je lui aurais peut-être dit que si elle me jetait toutes ces choses à la tête, c'était pour transformer en énergie cette insoluble réticence qu'elle devine en moi. C'était l'impression que ça me donnait, un genre de défi.

Le médecin nous a conduits dans sa grande salle de consultation, et elle a continué ses caressants affronts. Au moment où une infirmière indienne lui faisait une première prise de sang, elle s'est mise à me parler de son petit ami, ce qui m'a prodigieusement dérangé.

Son petit ami s'appelle Felix, il vit à Francfort, et il l'a déjà quittée une fois pour une autre femme, une artiste de cirque. Après avoir été poubellisé par l'artiste en question, il a voulu revenir.

Sauf que Nele n'est pas d'accord.

Depuis, elle parle de lui comme de son ex, lui a fait ses adieux dans tous les domaines, mais elle est toujours attachée à leur histoire par un fil de soie que je pourrais sectionner à tout moment d'un coup de dent. Elle aime bien embrasser (et elle a la bouche pour ça), dit-elle.

Elle est envahissante et elle a besoin d'affection, dit-elle.

Felix est le père, dit-elle.

Malheureusement, dit-elle.

Il ne le sait pas et ne doit pas le savoir, dit-elle.

À notre arrivée au cabinet, mon cœur était léger comme du papier, et maintenant, il y a une pierre dedans. Elle était allongée dans le fauteuil d'examen avec ses bras trop longs repliés sur eux-mêmes, une sauterelle, et on attendait le médecin qui voulait avoir les résultats des analyses sanguines et urinaires (elle avait réussi à faire quelques gouttes) avant de commencer l'intervention.

Dehors, la tempête avait obscurci le ciel, le plafonnier s'est allumé. L'éclairage était chaleureux. Les pupilles de Nele brillaient fiévreusement, comme de petites ampoules dix watts. Quelque part, quelqu'un riait. Peut-être la brune à côté de qui on avait attendu. Elle ne s'arrêtait plus.

Nele a fermé les yeux sans lâcher ma main – l'excitation et la peur se sont emparées de moi, et soudain, la fièvre m'est montée à la tête, comme si j'étais trois ou quatre hommes à la fois, et je lui ai demandé si elle était sûre de ne pas vouloir ce bébé.

Sous ses lunettes d'une laideur improbable, ses yeux se sont rouverts, elle a de drôles d'yeux, étincelants, couleur turquoise, et des cils comme des bouts de plume de corbeau. Un nez sans caractère. Une bouche aux lèvres claires qui fait toujours un peu la moue, prête à encaisser et à extérioriser les surprises. Une fascinante liberté sexuelle qui donne envie de tout cramer. Et elle a dit : « Je crois. »

Pour l'examen préliminaire, le médecin et l'infirmière ont couché Nele sur un brancard à côté de l'appareil à ultrasons. Le docteur chauve a remonté son tee-shirt et lui a fait tomber quelques gouttes d'une substance visqueuse sur le ventre avant de promener sa sonde sur sa peau. Bizarre sachant qu'à ce stade, le petit pois n'est absolument pas visible. Il fixait l'écran sans rien dire, je fixais l'écran sans rien dire, et Nele s'est mise à pleurer.

Finalement, elle s'est redressée, a attrapé un mouchoir en papier, essuyé le gel sur son ventre et sauté sur ses pieds. « Désolée, a-t-elle lancé au médecin ahuri, il va falloir remettre l'intervention à plus tard. » Elle a attrapé son sac à main pour se précipiter dehors, et on l'a entendue murmurer : « J'ai encore besoin de réfléchir ! »

Quand on s'est dit au revoir dans le hall, elle a passé une main fatiguée dans ses cheveux légèrement gras sur la nuque, peut-être parce qu'elle s'était adossée contre une vitre de métro. Ou parce qu'elle ne s'était toujours pas lavé les cheveux. Elle m'a demandé en riant si j'avais déjà rendu beaucoup de femmes malheureuses. Ça se voyait qu'elle avait pleuré et qu'elle allait encore pleurer.

Puis elle a poussé la porte, est sortie et a sauté sans hésitation dans un taxi, sous une pluie battante.

Elle ne s'est pas retournée une seule fois.

La place dans son studio va se libérer.

Je pourrais y emménager.

Je pourrais devenir new-yorkais.

Je pourrais mourir à quarante ans.

Je pourrais mourir à trente ans, broyé par toutes les tortures que je m'inflige ou que je m'accorde, c'est selon.

Je pourrais mourir demain.

Mais à ce moment précis, ce moment fugace de totale incertitude, je veux être éternel.

JOUR 26

Le samedi 12 octobre 1996

Un jour, on en était encore au tout début, j'ai parlé à Mah de ma vie d'avant, de Valerie Soraya Puck qui était dans la même classe que moi à l'école primaire. Et je lui ai raconté qu'en été, on jouait au docteur devant les abattoirs municipaux de Mannheim.

Avant de devenir folle, ma mère travaillait là-bas comme secrétaire. En gros, maman passait ses journées dans son petit bureau à faire toute la paperasse. Tant de moitiés de cochon par jour. Tant de queues en tire-bouchon. Tout devait être soigneusement consigné.

Les abattoirs n'existent plus, et là où se trouvait la rampe d'accès sous laquelle Valerie Soraya Puck et moi tripotions nos corps secs de gamins de neuf ans, il y a désormais une station de lavage qui recrache des voitures de tourisme de toutes les couleurs. L'air était plein de cris de bêtes, et les bouchers buvaient dès le matin, toujours débordés, du schnaps, exactement comme ma mère qui, elle, n'était jamais débordée.

Malgré l'interdiction, je me faufilais parfois à l'intérieur des abattoirs. Les hommes s'enfonçaient jusqu'aux genoux dans les tripes qui jaillissaient du bétail, et ils tronçonnaient les cadavres à coups de scie sauteuse. Les boyaux s'entassaient à n'en plus finir. Le soir, juste avant la fermeture, les bouchers qui n'avaient pas de problèmes pour communiquer le reste du temps n'émettaient plus que des gargouillements.

Valerie Soraya Puck, même âge et pas moins curieuse que moi, mon premier amour d'enfance, s'est aventurée d'un pas de trop à l'intérieur. Elle a glissé dans une flaque de sang, est tombée sur le béton en pente raide et a dérapé, comme au ralenti et sans le moindre bruit, flanquée par ma peur hurlante, dans la grande fosse de récupération où, en moins de trois secondes, elle s'est retrouvée enfouie sous des entrailles fumantes.

Elle est morte étouffée, bien que tout le monde ait aussitôt sorti les haches et les bêches.

Quand j'ai raconté cette histoire à Mah, on n'était ensemble que depuis quinze jours. Elle était dans la salle de bains et se séchait les cheveux après se les être lavés.

— Et qu'est-ce que tu veux que je réponde à ça ? a demandé Mah.

— Rien. Je pensais que ça t'intéresserait.

— Pas maintenant, a-t-elle dit, et j'ai remarqué que ses cheveux étaient faits pour être peignés.

— Est-ce que ça veut dire que tu n'as pas de peine pour Valerie Soraya Puck ?

— C'est pour le bétail que j'ai de la peine, a-t-elle répondu sans arrêter de se peigner. Et pour ta mère, oui, pour ta mère aussi, j'ai de la peine.

Plus les gens sont vieux, plus elle a de la peine pour eux. Les enfants, elle s'en fiche.

Chez moi, c'est l'inverse. C'est pour ça que j'ai

toujours aimé l'idée d'avoir des enfants, alors que Mah non. Elle trouvait les bébés beaucoup trop jeunes.

Quand elle est tombée enceinte, ça a été un choc pour elle.

Puis elle s'est rendu compte de l'impatience avec laquelle j'attendais cet enfant, et elle s'est mise à s'intéresser au bonheur. Jusque-là, son rayon, c'était la détresse et la mort, et elle y faisait bon usage de son naturel chaleureux, de ses réflexes de protection, et même de son instinct maternel et de tous ses autres talents altruistes.

Avec moi, elle a appris à acheter de minuscules couches pour bébés à la place des gigantesques protections prévues pour camions-citernes incontinents de cent kilos. On est allés dans des magasins spécialisés pour nouveau-nés faire l'acquisition d'une table à langer, de barboteuses, de petits hochets, d'un parc à jouer.

Mais c'était trop tôt. À la vingt-deuxième semaine de grossesse, quand Mah a commencé à avoir des saignements, les médecins ont déclaré que ses organes mal positionnés ne résisteraient pas à l'épreuve d'un accouchement. La grossesse était trop dangereuse. Il a fallu l'interrompre. Dans la salle d'opération, vêtu d'une blouse verte, j'ai dû regarder notre enfant se faire tuer.

Toutes les affaires de bébé sont encore chez nous, à l'endroit précis où, après avoir longuement hésité, on les a installées il y a un an. Quand le regard de Mah s'arrête sur les meubles en pin clair qui embaument l'appartement, je vais la prendre dans mes bras.

Si elle retombait enceinte, elle risquerait d'en mourir.

Il ne peut rien lui arriver de plus terrible que de me perdre à cause de l'enfant d'une autre.

Quand on aime quelqu'un, on s'expose à subir le pire.

Je ne m'en remets pas d'avoir poussé Nele Zapp à changer ses plans.

« J'ai encore besoin de réfléchir. »

Mais ses paroles peuvent aussi simplement vouloir dire qu'elle a encore besoin de réfléchir.

Ses paroles peuvent vouloir dire tout et n'importe quoi.

Ses paroles ne veulent pas forcément dire quoi que ce soit.

Aujourd'hui, de 9 h 30 à 13 heures, tournage d'oreilles. Avec Cosima. En allant la chercher tôt ce matin dans un loft sur la 38e Rue, je l'ai surprise avec un amant. Elle dort là-bas depuis hier, parce qu'elle ne supporte plus d'être au National Arts Club.

Je n'arrive pas à croire qu'elle m'ait ouvert la porte avec pour ainsi dire rien sur elle.

Dans son dos, un type tout nu a bondi à travers la cuisine. Une de ses vieilles connaissances de Hambourg qui survit depuis deux ans dans la jungle de Manhattan en bossant comme éclairagiste.

Pour la première fois depuis son arrivée, Cosima était de bonne humeur, et elle m'a demandé en souriant comment j'allais. Je lui ai répondu que j'avais de fortes envies de suicide et que j'étais au bord de la crise de nerfs. Elle a hoché la tête d'un air satisfait et m'a proposé du café en fredonnant pour elle-même.

Son petit copain arrive dans cinq jours. Espérons que d'ici là, le suçon sur sa clavicule aura disparu.

Je me demande pourquoi, en ce moment, tout le monde s'envoie en l'air à qui mieux mieux. Je suis bien trop coincé pour faire face à ce genre de situation. En temps normal, quand je sais que des gens viennent de faire l'amour et que je suis bloqué avec eux dans une cuisine ou un ascenseur, je suis gêné comme pas permis.

Mais là tout de suite, je suis tellement désespéré que tout m'est égal.

Ensuite, de 17 heures à 19 heures, interview avec Eike Birk. Josef Heiger m'a aidé à la caméra. On a parlé du livre de Sartre. Ça a complètement dégénéré. Birk m'a traité de tous les noms sous prétexte que je défendais Toulerrant, le biographe de Sartre, qui s'est trompé dans son interprétation de la mauvaise note obtenue par Sartre en littérature à l'école primaire (avec schémas explicatifs freudiens à l'appui).

Aujourd'hui, je n'appelle pas Nele. Je n'y arrive pas. Elle ne me manque pas – disons que je fais tout pour qu'elle ne me manque pas.

Qu'est-ce que ça voulait dire, au juste, « réfléchir encore » ?

Elle n'appelle pas non plus.

Assis à la table en bois branlante de ma chambre du National Arts Club, je fais le bilan.

Les deux femmes que j'aime sont des malades.

Les deux films que je fais sont des navets.

On n'a jamais rien tourné de plus gênant au monde.

Franchement, qui a envie d'en savoir plus sur les oreilles ? Et dans un film, qui plus est ? C'est comme si un compositeur écrivait une symphonie sur les ongles de pied.

Et personne n'en a rien à cirer d'Eike Birk et de sa

famille de snobs dont la simple vue me retourne l'estomac et me fait transpirer les lèvres.

Je me sens seul, une solitude profonde, alimentée par un désarroi dont je suis l'unique responsable, par l'absence d'espoir et par une implacable lucidité.

Car sans lucidité, sans le cadeau ou la malédiction de la réflexivité, impossible de faire le bilan. Et à la fin de mon voyage, force m'est de constater qu'en dépit de mes pieuses résolutions et de mes réticences épidermiques, le seul film qui mériterait d'être tourné par moi, Jonas Maximilian Johannes Dietrich Rosen, dans le New York de l'année 1996, serait un film sur tante Paula.

L'INTERVIEW

Le samedi 12 octobre 1996

JONAS : Ici, en 1948.
TANTE PAULA : Ouh là là, quelle abomination !
JONAS : Pourquoi ?
TANTE PAULA : De vieilles photographies. *I hate it* – J'ai horreur de ça.
JONAS : Tu es là. Et à côté, papa.
TANTE PAULA : Mon Dieu, doux Jésus, pourquoi faut-il que tu me colles une frousse pareille ?
JONAS : Tu ne connais pas cette photo ?
TANTE PAULA : C'était il y a fort longtemps. Pas de rides, pas de canne, rien. J'avais encore de vraies mirettes, à l'époque. Maintenant, je n'ai plus que des fentes de taupe. Tu as remarqué ?
JONAS : Non.
TANTE PAULA : Mais sur cet épouvantable cliché, tu vois bien que vieillir est la pire des gageures. *It's cruel.* Une vacherie comme on n'en fait plus. Qui a inventé une chose pareille ?
JONAS : Le bon Dieu ?
TANTE PAULA (rit jaune) : S'il existe, ce que je ne crois pas, mais s'il existe, il s'est copieusement fourvoyé !

C'est un tour de pendard qu'il nous a joué ! Mais peut-être que tout ça a une signification plus profonde ? Le mieux, ce serait de pouvoir remonter le cours des ans – retourner au temps de la jeunesse !

JONAS : Retourner à Riga ?

TANTE PAULA : *Exactly.*

JONAS : Retourner à l'établissement de gazage ?

TANTE PAULA : Non, pas ça. Devenir vieux et avoir un cancer au stade terminal vaut toujours mieux que de ne pas devenir vieux et ne pas avoir de cancer au stade terminal. Et pourtant, sans doute que ces années ont été les plus belles de ma vie, les années au ghetto. Être jeune, c'est ce qui se fait de mieux.

JONAS : Sérieusement ?

TANTE PAULA : Que veux-tu que je te dise ? Je suis juste une – comment dit-on… ? Une sentimentale !

JONAS : C'est, je veux dire, tu as…

TANTE PAULA : Pourquoi ne finis-tu pas ta phrase ?

JONAS : Ah, rien…

TANTE PAULA : Allons, je sais ce que tu veux dire.

JONAS : Vraiment ?

TANTE PAULA : Tu veux dire que je suis ingrate. Et c'est vrai. Mais l'homme est tellement limité en tout, et tellement vain ! Tu le comprendras quand tu seras à ma place.

JONAS : C'est un peu, disons…

TANTE PAULA : Quoi ?

JONAS : On dirait que tu n'es pas dans un bon jour, tante Paula.

TANTE PAULA : À dire vrai, c'est toi qui n'as pas l'air d'être dans un bon jour. Pourquoi es-tu ici ? *Loneliness* – La solitude ?

JONAS : Non.

TANTE PAULA : Tu te radines sans crier gare, et tu sors ton caméscope avec tout ce bastringue. C'est pour ton film ?

JONAS : Non. Je ne fais plus mon film. Tout à l'heure, j'ai jeté toutes les cassettes. Ça ne valait rien.

TANTE PAULA : C'est donc vrai : tu n'es pas dans un bon jour.

JONAS : Quand je commencerai à filmer, il ne faudra pas regarder l'objectif, d'accord ?

TANTE PAULA : Ça fonctionne tout seul ? Sans qu'il y ait quelqu'un derrière ?

JONAS : Ne t'occupe pas de la caméra. Alors, allons-y : comment vas-tu en ce moment ?

TANTE PAULA : Comment je vais ?

JONAS : C'est juste une première question, histoire de s'échauffer.

TANTE PAULA : *I have* le dos en vrac, une patte folle, et je ne serai bientôt plus là. *Vanished* – Volatilisée. Voilà comment je vais.

JONAS : Tu resteras. Tes tableaux resteront.

TANTE PAULA : Balivernes. Rien ne restera. *Nothing at all*. La vie – on se fait catapulter là-dedans et ballotter dans tous les sens, on traverse telle ou telle épreuve, et pour finir, on crève la gueule ouverte. *No, my dear*, je ne fais pas grand cas de cette vie.

JONAS : Mais tu as quand même encore de bons moments !

TANTE PAULA : Parfois, un tableau. Et mes cigarettes. *I love smoking* – J'adore fumer.

JONAS : C'est tout ?

TANTE PAULA : Il y a d'autres instants qui contrebalancent les affres de l'existence. Un merle au point du jour. Quand les fleurs pointent le bout de leur nez à Central Park, c'est faramineux. Tous ces *doggies* qui s'ébattent comme des petits enfants. Et bien sûr, je me réjouis de notre voyage à l'Ouest.

JONAS : Oui.

TANTE PAULA : Le soleil sur les Rocky Mountains. Filer en cabriolet sur l'*interstate highway*, avec la prairie de part et d'autre.

JONAS : Oui, c'est sûr…

TANTE PAULA : *Unbelievable* – Incroyable.

JONAS : Oui, mais… mais tante Paula, je crois que ça ne va pas être possible.

TANTE PAULA : Qu'est-ce qui ne va pas être possible ?

JONAS : Je ne vais pas pouvoir venir.

TANTE PAULA : *What do you mean ?* – Comment ça ?

JONAS : Je pense que ce n'est pas juste.

TANTE PAULA (se tait)

JONAS : J'ai bien réfléchi.

TANTE PAULA : Ce n'est pas juste de faire un petit plaisir à ta tante en piteux état ?

JONAS : J'adorerais. Mais ce n'est pas possible.

TANTE PAULA : Ce n'est pas juste de gagner cent mille dollars ?

JONAS : Je ne les gagnerais pas. Ce serait comme piller le coffre-fort d'une survivante de l'Holocauste sous prétexte qu'il est ouvert.

TANTE PAULA : Ouh là là. Ton grand-père tout craché.

JONAS : Quoi ?

TANTE PAULA : Cette détermination. Cette impitoyable lucidité. Ce côté « Je sais ce que je veux ».

JONAS : C'est quoi, ton but, en me disant ça ? Me planter un couteau dans le ventre ?

TANTE PAULA : *I'm so sorry. It's so… disappointing* – Je suis désolée. C'est tellement… décevant. Ton amour-propre… J'aurais dû t'acheter un peu plus subtilement.

JONAS : Tu crois que tu peux m'acheter ?

TANTE PAULA : Tout le monde peut acheter tout le monde. Mais tu as la chance immense de ne pas être en vitrine en ce moment, *that's it*.

JONAS : Ce cynisme est vraiment dur à supporter.

TANTE PAULA : Sornettes. Le cynisme, c'est toujours bien en interview. Le caméscope tourne toujours ?

JONAS : Oui, il tourne toujours. Ne t'en occupe pas.

TANTE PAULA : Je suis tout sauf cynique. Je suis pleine d'émotions. Cette histoire de sensibilité, *it never stops* – on ne s'en sort jamais. Comme si l'homme devait toujours sécréter des émotions, jusqu'à la fin. Même en ce moment, je suis pleine d'émotions, tu ne vois pas ?

JONAS : Tu as plutôt l'air froide. Froide et amère.

TANTE PAULA : Et dans ce cas, pourquoi je tiendrais autant à faire ta connaissance ? De nous deux, c'est toi le foutriquet, *you know* ?

JONAS (rit)

TANTE PAULA : Tu me dis devant ton caméscope que tu décommandes notre voyage. C'est une friponnerie. Si tu t'autorisais plus d'émotions, tu ne cracherais pas sur l'idée de faire notre connaissance, à moi et à mes cent mille dollars.

JONAS : Bien sûr, tante Paula, la cupidité, c'est une émotion !

TANTE PAULA : Oui, Jonas, le moindre ragondin peut en dire autant. Quelle chance tu as de te sentir au-dessus de tout ça. À l'heure actuelle, tu te tamponnes l'œil du bien-être de ta tante. Et tu te tamponnes l'œil de ma gentille proposition de financement de carrière. Mais seulement parce que tu crois pouvoir te le permettre. La version de toi qui prendrait la décision inverse est dans la même caboche cassée, crois-moi.

JONAS : Je ne comprends pas pourquoi tu ne te paies pas quelqu'un d'autre pour partir à l'Ouest. Avec ton argent, tu trouveras bien des compagnons de voyage plus à ton goût.

TANTE PAULA : Et comment. Tout un équipage. *Including a cook and a terrific callboy !* – Y compris un cuisinier et un call-boy du tonnerre !

JONAS : Dans ce cas, qu'est-ce que tu attends de moi ?

TANTE PAULA : Ça ne s'explique pas.

JONAS : Essaie quand même.

TANTE PAULA : Toutes les réponses sont dans mes tableaux. *It's part of my art* – Ça fait partie de mon art. Filme mes tableaux, et tu sauras tout.

JONAS : Pourquoi tu voulais que je vienne te voir ? Qu'est-ce que tu attendais de mon père ? Sur cette photo, tu n'as pas l'air de le porter spécialement dans ton cœur.

TANTE PAULA : Et pourtant, si. Il était croquignolet.

JONAS : Croquignolet ?

TANTE PAULA : *Cute.* Je l'aimais bien, c'est ce que je veux dire. Surtout, j'aimais ce qu'il m'évoquait.

JONAS : Qu'est-ce qu'il t'évoquait ?

TANTE PAULA : J'aimais ce qu'il me rappelait. Et c'est aussi ce que j'aime chez toi.

JONAS : C'est pour ça que tu veux passer tes derniers jours avec moi ? Parce que je te rappelle Apapa ? L'homme qui a exterminé des douzaines de tes amis ? Qui incarne le meurtre de tes parents ? Tu ne serais pas un peu tordue, tante Paula ?

TANTE PAULA : Je t'en prie, Jonas, soit on maintient un certain niveau de conversation, soit on arrête là.

JONAS : Je ne vois pas ce que le niveau de conversation vient faire dans tout ça.

TANTE PAULA : On ne peut pas parler avec toi, à moins de dire ce que tu veux entendre. Tu es un affreux gredin, nigaud comme pas deux.

JONAS : Et qu'est-ce que je veux entendre ?

TANTE PAULA : Que j'avais le choix. C'est typique de ta génération. Quand on grandit en toute sécurité et douilletterie, on croit qu'on a toujours le choix.

JONAS : Apapa avait certainement le choix.

TANTE PAULA : Ah oui ? Et qu'est-ce que tu en sais ?

JONAS : Il n'aurait pas dû abattre le professeur letton.

TANTE PAULA : Et toi, tu ne devrais pas décommander notre pacte.

JONAS : Mais enfin !

TANTE PAULA : On ne hausse pas le ton, Jonas, compris ?

JONAS : Ta manière de parler de cette histoire, en mettant des choses banales sur le même plan, ça me rend dingue !

TANTE PAULA : C'est banal, de vouloir mourir en beauté ?

JONAS : Tu sais très bien ce que je veux dire.

TANTE PAULA : Et pourtant, tu te crois obligé de me dire non. Tu ne viendras pas avec moi pour des cornichons en or. Tu as beau être persuadé que tout le monde a toujours le choix, tu estimes que ce n'est pas ton cas. Et en prime, tu te caches derrière des raisons morales. Crois-moi, Jonas, ton grand-père aussi avait toujours des raisons morales pour tout. Même pour abattre le professeur Krumins.

JONAS : Je sais que je suis libre de faire ce que je veux. Et si je refuse ta proposition, c'est parce que je ne veux pas partir à l'Ouest avec toi. Ça te va ?

TANTE PAULA : Tu es libre de faire ce que tu veux, mais tu n'es pas libre de vouloir ce que tu veux.

JONAS : C'est idiot.

TANTE PAULA : *No, it's Schopenhauer.*

JONAS : Et maintenant, tu me sors du Schopenhauer ? Sérieusement ?

TANTE PAULA : Parce que tu raisonnes comme un sot. À prétendre que seul un cachot est un cachot.

JONAS : Mais il n'a jamais été question de cachot.

TANTE PAULA : C'est une métaphore.

JONAS : Je vois.

TANTE PAULA : L'amour aussi est un cachot.

JONAS : Je ne suis pas de cet avis. On est libres de choisir qui on respecte et qui on aime.

TANTE PAULA (rit) : Ça fait bien longtemps que je n'ai pas entendu de telles âneries. Tu es libre de choisir avec qui tu emménages, avec qui tu batifoles ou avec qui tu partages ta vie. Mais qui tu aimes, non, ce n'est pas toi qui le choisis. *No way.* L'esclave ne choisit pas son maître. L'homme ne choisit pas son virus. Celui qui aime est étêté.

JONAS : Celui qui aime est tétété ?

TANTE PAULA : Ou est-ce qu'on dit « décapité » ?

JONAS : Tu veux dire qu'il n'a pas de tête.

TANTE PAULA : *Thanks a lot.* Celui qui aime n'a pas de tête.

JONAS : Je vais éteindre la caméra.

TANTE PAULA : Il ne me dérange pas, ton caméscope. Dis-moi ce que tu veux me dire. Je tiendrai le coup.

JONAS : La Juive amoureuse de son tortionnaire. C'est

immonde. Un appel aux instincts les plus bas. Quel mélo. Vraiment des histoires de nazis à la con. Bon sang.

TANTE PAULA : Ton insensibilité m'étonne.

JONAS : Et tu me dis ça après avoir cité Schopenhauer. Ne manquent que Nietzsche et *Mein Kampf* de Hitler.

TANTE PAULA : Si tu ne sais pas ce que c'est, *honey*, d'être comme un *fucking* œuf de poule vide entre les mains du destin qui peut te réduire en miettes d'un simple serrement de poing, alors tu ne sais pas ce qu'est le drame de l'amour.

JONAS : À lire ton compte rendu, on n'a pas du tout l'impression que tu éprouvais des sentiments forts pour Apapa.

TANTE PAULA : Mais il n'est absolument pas question de ton grand-père.

JONAS : Très drôle.

TANTE PAULA : Il n'a jamais été question de lui.

JONAS : Arrête.

TANTE PAULA : Est-ce que j'ai déjà dit que j'éprouvais des sentiments pour ton grand-père ?

JONAS : Bien sûr.

TANTE PAULA : *No.*

JONAS : Tout le temps.

TANTE PAULA : Jamais. *Never.* Pas une seule fois. Crois-tu que je pourrais jamais lui pardonner ce qu'il a fait subir aux autres ? Ce qu'il a fait subir à la famille Krumins ? Ou ce qu'il m'a fait subir à moi ?

JONAS (se tait)

TANTE PAULA : Il me rappelait quelqu'un, tout comme son fils et son petit-fils me rappellent quelqu'un.

JONAS (se tait)

Tante Paula : Quelqu'un qui me tirait vers ses hauteurs. Voilà tout.

Jonas : De qui tu parles ?

Tante Paula : Tu n'as pas assez de jugeote pour le comprendre ?

Jonas : De qui ?

Tante Paula : De mon professeur. Il me chantait l'éloge de la folie. Il me montrait les gravures de Hans Holbein.

Jonas : Mon Dieu…

Tante Paula : C'est lui qui m'a sauvegardé la vie, pas ton grand-pèrc.

Jonas : Tu veux dire le… le… ?

Tante Paula : Le Mestre, oui. Mestre Rosen.

Jonas : Je n'y crois pas.

Tante Paula : Si je couchais avec son fils, c'était seulement pour survivre. Si je veillais sur son petit-fils, c'était pour être proche de lui. Et si je parle avec son arrière-petit-fils, c'est pour entendre sa voix. Tu as la même que lui, haut perchée, un peu rauque, avec une pointe de douceur.

Jonas : Absurde.

Tante Paula : La semaine prochaine, le 18 octobre, cela fera cinquante-huit ans. La jeune étudiante que j'étais a monté pour la première fois l'escalier des Beaux-Arts de Riga, jusqu'à la grande salle de dessin au deuxième étage. J'ai l'impression que c'était hier. Mais quand j'en parle, je me sens toute chose.

Jonas : Si tu n'as pas envie d'en parler, ne le fais pas.

Tante Paula : Ce n'est pas le genre de chose dont on se vante. J'étais si jeune. Et lui si vieux.

Jonas : Je vais vraiment couper.

Tante Paula : Non, laisse. Tant pis si je larmoie.

C'est bon pour ton film. Je te l'ai dit, je suis une sentimentale. J'ai la *schirokaja natura* des Russes. Comment peux-tu me traiter de cynique ?

JONAS : Tout ce qui se disait sur le père d'Apapa, c'est que c'était quelqu'un de très amusant, de très sociable.

TANTE PAULA : Tout chez lui était parfait, sa manière de marcher, sa manière de manger, cette voix – toi aussi, tu dois être bon chanteur, n'est-ce pas ?

JONAS : Ça va.

TANTE PAULA : Et sa manière de peindre. Une fois, en cours de nu, nous avons eu le privilège de le regarder portraiturer une vieille Tsigane. C'était époustouflant. Nous avions le doigt sur la couture du pantalon. Je défaillais. On avait l'impression que le Mestre la transperçait des yeux et voyait jusqu'à son cœur. Moi aussi, je voulais être vue par lui. J'ai fait mon possible pour devenir sa protégée. Que veux-tu que je te dise ? Les mouvements de ses mains étaient si sûrs, si élégants, comme des patins sur la glace.

JONAS : Il devait avoir au moins soixante ans.

TANTE PAULA : Plus. Et je n'avais pas vingt ans.

JONAS : Je crois que ce n'est vraiment pas mon jour.

TANTE PAULA : Mais il ne s'en est jamais douté. Je gardais tout ça pour moi. Il ne me convoitait pas. Je le laissais tranquille, et la haute opinion qu'il avait de moi me faisait presque perdre la tête. Il ne cessait de dire que j'avais un petit talent. Pendant des années, ces paroles ont été une consolation, un espoir illusoire. Si je voulais rester en vie à tout prix, c'était pour accomplir la tâche qu'il m'avait confiée. Être une bonne artiste. Et pour finir, je n'ai réussi qu'à être une Mrs. Hertzlieb, et même pas spécialement bonne.

JONAS : Et tu ne l'as jamais dit à personne ?

TANTE PAULA : Non. Pourquoi l'aurais-je fait ?

JONAS : Tu n'as jamais eu envie de partager ce que tu ressentais avec quelqu'un ?

TANTE PAULA : Tu es le premier et le dernier à l'apprendre. J'ai toujours été très douée pour les ruses et les cachotteries. C'est ainsi que j'ai survécu à la SS, à l'établissement de gazage, au professeur Krumins. Même mon emploi de gouvernante était une ruse. Si j'ai accepté de travailler chez ton grand-père, ce n'était pas pour m'occuper de ses petits galopins. Je voulais veiller sur le Mestre. Donne-moi la photo, mon petit chéri.

JONAS (lui donne la photo)

TANTE PAULA : Là, au fond, juste derrière la caboche de ton père, tu vois ? Il est en chaise roulante, le Mestre. Le visage tourné. Il est mort peu de temps après. Les trois derniers mois, il ne pouvait plus parler du tout. Crise d'apoplexie. Hémiplégie. C'est moi qui le nourrissais.

JONAS : C'est complètement malsain.

TANTE PAULA : Non, juste paradoxal. Personne n'a jamais été aussi bon pour moi et avec moi que le Mestre. Je voulais être près de lui. Et je le veux toujours. À chaque coup de pinceau, je me demande s'il le trouverait adroit. Quand je me présenterai devant le Seigneur, je penserai au Mestre. Pas à Jack Kerouac. Ni à Mr. Hertzlieb. Et encore moins à ton grand-père.

JONAS (se tait)

TANTE PAULA : Qu'y a-t-il ? Le caméscope tourne toujours ?

JONAS (hoche la tête)

TANTE PAULA : Alors, on part à l'Ouest ou pas ?

JOUR 27

Le dimanche 13 octobre 1996

Hier, un ouragan de catégorie 2 a éclaté. Il s'appelle Betty et s'est formé dans la mer des Caraïbes, puis il est parti vers le nord par la Jamaïque, Cuba et les Bahamas en tuant dix personnes, et ses prémices ont mis deux bonnes journées à attirer mon attention.

Parmi les dix millions de New-Yorkais, j'ai donc dû être le seul stupéfait quand, le soir, les feux de circulation, qui ici sont suspendus à un genre de crochet de boucherie juste au-dessus des carrefours, ont commencé à se balancer dans tous les sens comme des bateaux à bascule. D'immenses panneaux publicitaires étaient arrachés de leurs fixations. Une bourrasque m'a attrapé et projeté contre une vitrine. Drues et enragées, les gouttes nous tombaient dessus comme de petits projectiles d'acier.

Redford était passé me chercher au National Arts Club en fin de soirée.

— Je le sens pas, a-t-il grommelé d'un air soucieux en montrant la télévision allumée dans la loge du portier où un météorologue gesticulait avec enthousiasme devant une carte de la côte est recouverte de petits drapeaux rouges avec des têtes de mort par-ci par-là.

Mais il fallait que je parle à quelqu'un.

Et il fallait que je sorte du club.

En luttant contre le vent force 11, on est partis à pied vers le Meatpacking District, le quartier des abattoirs. Il était censé y avoir un super *diner* où Redford voulait aller. De gigantesques *trucks* nous dépassaient en vacillant pour décharger tant bien que mal des poulets morts dans des entrepôts frigorifiques. La Hudson River écumait de vagues de plusieurs mètres de haut. Le seul passant qu'on a croisé, un type noir en cape de pluie claire, se promenait sur Hudson Street. On aurait presque dit qu'il flottait à quelques centimètres au-dessus du sol. Sa cape battait au vent comme un drapeau, j'ai évité une flaque, et quand j'ai relevé les yeux, l'homme avait disparu, englouti par le bitume.

On est arrivés au *diner* du quartier des abattoirs pile au moment où la tempête commençait à se déchaîner. Sur toute la largeur du bâtiment s'étendait une fresque à l'acrylique délavée qui devait dater de Kennedy, avec des vaches radieuses et heureuses de vivre. En dessous, une pancarte : « *Best Meat in Town* – Meilleure viande de la ville ». C'était aussi le nom de l'établissement.

Trempés jusqu'aux os, on a débarqué dans un ancien entrepôt en tôle ondulée dont l'orage martelait le toit comme un tir d'artillerie. Le rade, couvert de pittoresques plaques de rouille, était blindé de monde et sentait le parfum, la bière, le tabac et la pluie qui dégoulinait des jeunes visages. Le bruit était assourdissant. *Ironic* d'Alanis Morissette résonnait dans les enceintes.

On s'est posés à un bar derrière lequel zonait une fille noire à tomber par terre. On a commandé deux bières. Elle portait un short en jeans, un tee-shirt noir sans manches et, sur la tête, un casque de chantier des années 1960 en aluminium bombé en argent avec écrit *BOSS*. Elle était là pour faire la fête, la fille, ça se voyait. Une voix et un charme complètement déments.

Sur le sein gauche, elle avait un tatouage de taureau. À la deuxième bière, on a découvert que c'était son signe astrologique et que son sein gauche était son porte-bonheur. « Et le mieux dans tout ça : je ne peux pas le perdre, *baby*. »

L'autre barman a terminé son service, elle lui a dit au revoir avec des battements de cils mélodramatiques (« *Take a deep breath* – Respire à fond ») et a serré son taureau mammaire contre le corps félin de son collègue jusqu'à ce qu'il miaule « *I love you* ». Il portait un bandana bleu crasseux de corsaire, et je l'ai vu lui toucher les fesses. Le sexe, le sexe rapide, facile, vide de sens, tapageur, qui simplifie la vie et n'engage à rien, a l'air encore plus naturel à proximité de bétail à l'agonie que dans le reste de cette ville.

Mais deux minutes plus tard, le corsaire est revenu de l'extérieur, dégoulinant et fourbu, comme s'il s'était fait éjecter d'une machine à laver. En moulinant des dents, il a baissé la musique et crié dans la salle qu'à cause de l'ouragan, Manhattan était en alerte maximale depuis cinq minutes et que personne ne devait sortir dans la rue. La circulation des bus venait d'être suspendue. Il a refait le nœud de son bandana et s'est mis à barricader les fenêtres avec des planches.

La barmaid et le reste du personnel l'aidaient. Au loin, on entendait des sirènes hurler.

Personne ne faisait attention à eux. On a remonté le son d'Alanis Morissette. Tout l'album passait. Elle était en train de chanter qu'elle se sentait ivre sans être ivre, qu'elle était jeune et sous-payée, qu'elle était claquée mais travaillait dur, qu'elle s'en faisait mais ne tenait pas en place, qu'elle était là sans être là, qu'elle avait tort et en était désolée. Le genre de morceau qui entre direct au hit-parade.

Redford m'a demandé comment je trouvais le quartier et je lui ai raconté que ma mère avait travaillé aux abattoirs de Mannheim et que ça lui avait coûté sa santé mentale. J'ai gardé pour moi la triste fin de Valerie Soraya Puck dans des entrailles bovines vengeresses, un secret que je ne partage qu'avec mes amis.

Mais j'ai besoin d'un ami.

J'ai besoin d'un ami.

C'est ce que je n'arrêtais pas de me répéter.

Redford, lui, m'a confié qu'il rêvait de trouver le véritable amour. Et qu'en ce moment, il était à la croisée des chemins. Carrière *versus* famille.

Sauf que pour la famille, il lui manque la bonne partenaire. Il est en couple avec une docteure en psychologie qui a trois ans de plus que lui et ne lui cache pas qu'elle ne le prend pas au sérieux intellectuellement.

— On se voit rarement, et quand on se voit, on ne fait que coucher ensemble. En général, je dois me mettre en dessous, et elle tire son coup avec les yeux dans le vague. Parfois, elle me baise vraiment comme si j'étais une machine. Quand elle a eu son orgasme, elle m'astique le manche en deux deux pour que j'éjacule vite et que je lui fiche la paix. Ensuite, elle se lève et appelle ses amis homos pour parler de ses problèmes ou aller au théâtre avec eux. Elle adore le théâtre, je déteste ça. Elle peut passer des heures à lire des livres dont je ne comprends même pas le titre. Elle dit que comme je n'ai pas de déficiences psychiques, elle ne sait pas de quoi parler avec moi.

Je l'ai consolé en lui disant que pour moi, il présentait d'indéniables déficiences psychiques. Malheureusement, je ne suis pas capable de dire lesquelles. Redford est un type super, sympa comme tout et plein d'humour, il paie le fait d'être beau gosse, fort et en bonne santé.

Mais quand j'ai commencé à lui parler de la sirène, j'ai compris ce que sa copine voulait dire. Il lui manque trop peu. Et il a trop. Du coup, ce qui lui fait défaut, ce n'est pas le conflit, mais le sens du conflit. Il ne voit pas qu'un conflit peut se cacher rien que dans une manière de regarder la pluie. Dans un sourire qui n'est pas sincère. Dans une technique pour réparer un vélo qui se disloquera en mille morceaux au milieu d'un carrefour. Et bien sûr dans une nuit interdite.

J'aimerais bien lui parler de mes histoires, mais il ne capte rien à rien. Ça me rend dingue. Il ne comprend pas comment une nuit peut être interdite. Et de toute façon, il me prend pour un « coureur de jupons ».

Je lui ai demandé d'où il sortait ça. Et il m'a répondu que j'avais pile ce côté torturé et autodestructeur que toutes les femmes veulent guérir.

— Moi, personne ne veut me guérir, tout ça parce que j'ai été joueur de handball professionnel.

— Écoute, Robert, ai-je répondu – j'appelle toujours Redford Robert, premièrement parce que c'est son nom, et deuxièmement parce que je me vois mal l'appeler Redford sachant qu'il a la trouille d'être réduit à son apparence. Écoute, ai-je donc répété, c'est ma vie qui est en jeu. Je suis désespéré, tu comprends ?

— Pigé, oui.

— Là tout de suite, j'ai besoin d'un ami.

— Je suis là.

— Est-ce que je dois empocher les cent mille dollars et partir avec ma tante dans les Rocky Mountains ? Qu'est-ce que tu en penses ?

— Bien sûr.

— Mais ma copine à Berlin serait anéantie.

— OK.

— Et en même temps, j'ai craqué sur cette stagiaire à l'Institut Goethe. Elle veut que je vienne habiter chez elle.

— J'imagine que ça ne sera pas bien pris à Berlin.

— Non. Et elle est enceinte.

— Tant mieux.

— Comment ça, « tant mieux » ?

— Non ?

— Mais tu m'écoutes ou pas ?

— Oui, bien sûr, mais qu'est-ce que tu attends de moi ?

— Cette fille est enceinte. Pas de moi, mais elle est enceinte. Elle va avoir un enfant dont elle ne veut pas. Elle n'en veut sous aucun prétexte. En même temps, ma copine veut un enfant, mais elle ne peut pas en avoir.

— Pourquoi ?

— Elle ne peut pas, c'est tout. Pour des raisons médicales. Pas de bébé. *Never ever*. Même si c'est son rêve.

— La question, c'est : qu'est-ce que tu veux, toi ?

— Dis-moi, Robert, on fait quoi, là, au juste ? Je ne sais pas ce que je veux. C'est pour ça qu'on a cette conversation.

— Pour que je te dise ce que tu veux ?

Avant que j'aie pu répondre, il y a eu un tintement de verre brisé derrière nous, accompagné de cris, d'un bruit de métal froissé et d'une explosion, ou de ce qui ressemblait à une explosion, et la barmaid a crié : « *What the fuck ?* »

On s'est levés d'un bond et aperçus avec horreur qu'un gigantesque trou béait dans la paroi en tôle au fond de la salle. Emportée par Betty, la joyeuse tornade, la proue d'un yacht à moteur avait transpercé le mur. Les gens étaient couchés ou à quatre pattes par terre. Un nain m'est passé sous le nez. L'ouragan se déchaînait à travers la salle, et le bateau avançait dangereusement dans notre direction.

— *Shit*, a juré la barmaid.

Redford, jusque-là totalement dépassé par les jugements de valeur et conseils moraux qui lui étaient demandés, Redford donc a repris pied au moment où l'ouragan se mêlait aux clients.

— Tu peux lui filer ton casque ? a-t-il crié à la barmaid en couvrant le vacarme.

— Quoi ?

Redford a montré le casque de chantier qu'elle portait avant de pointer le doigt sur moi.

— Ton casque ! Est-ce que tu peux lui filer ton casque ? Il a un problème à la tête !

— Quoi comme problème ?

— Un trou.

— Hey Jack, a crié la barmaid à son collègue

corsaire qui faisait son possible pour éviter tout mouvement de panique, ces types ont un trou dans la tête et ils veulent me piquer mon casque !

— Fiche-les dehors, Butterfly !

Miss Butterfly nous a regardés en nous demandant de sa voix démente si on avait entendu ce que Jacky avait dit.

— Mais c'est pas des conneries, a protesté Redford. Mon pote a le crâne en gruyère. Il a besoin d'une protection.

— Il n'a qu'à prendre notre passoire à spaghettis.

— On paiera pour le casque.

— Oublie.

— Bon sang, tu as un taureau sur le nichon ! Tu as de la chance à en revendre ! Tu n'as même pas besoin de ce truc !

Par réflexe, elle a porté la main à son couvre-chef comme si c'était une capeline en pur argent sterling.

— C'est un cadeau de ma petite, OK ? Donc soit tu prends la passoire, soit tu te casses, *sweetheart*.

Propulsé par la tempête, le yacht s'enfonçait mètre par mètre dans le bâtiment. Et avec lui, la borne à laquelle le bateau était amarré. Un couillon avait dû oublier de tirer le frein. Les parois en tôle se sont mises à gémir et à crisser jusqu'au pignon. De la poussière et des petits bouts de tuiles tombaient du plafond. Dans un bruit de craquement, le bâtiment s'est ouvert en deux comme une boîte de conserve, et les cris fusaient de partout.

J'ai hurlé à Redford qu'il était hors de question que je me mette une passoire sur la tête. Ou un pot de chambre. Ou le panneau stop qu'il avait décroché du mur pour me le tendre.

Et là, juste au-dessus de nous, une poutre en bois s'est détachée du plafond. À l'endroit où, à l'instant, la barmaid était en train d'attacher son casque vintage, il n'y avait plus que cette poutre de quatre mètres de long lourde comme une mobylette, comme si Dieu en personne l'avait jetée là. Aucune trace de la fille ni de sa chance.

Certains se sont mis à courir, d'autres s'agglutinaient en une sorte de pieuvre géante qui m'enserrait et me coupait le souffle, au point que j'ai dû sauter sur le bar pour ne pas me faire broyer par les tentacules.

J'ai toujours eu beaucoup de facilité, au moindre signe de panique généralisée, à aller me promener dans le passé. Sans ça, je n'aurais pas survécu aux hold-up qui me tombent régulièrement dessus. Il y a quatre semaines, quand les Hispaniques ont voulu me piquer mon sac à caméra dans le hall d'entrée de Jeremiah, j'ai repensé au visage déformé par la haine de maman la fois où elle a mis le feu à la demande de divorce de papa.

Ce genre de souvenirs horribles me détend, comme les souvenirs dans l'absolu. Si j'arrive à ignorer une attaque à l'arme blanche, à garder mon sang-froid, à me tirer avec une apparente décontraction des situations les plus inextricables, c'est uniquement parce qu'il y a encore et toujours eu pire dans ma vie que ce qui est en train de se passer.

Et cette fois-là n'a pas fait exception.

Car alors que mes mains étaient en train de déblayer la fille écrasée par la poutre de sous les gravats, j'ai repensé à Mah, et le souvenir de Mah était bien plus pénible et douloureux que les débris qui pleuvaient tout autour de moi, d'où le fait qu'ils m'étaient parfaitement indifférents.

Au même moment, j'étais dans les bras de Mah, trois ans plus tôt, au centre de rééducation, et j'apprenais que j'allais survivre. Et j'ai continué mon chemin dans l'enfance de Mah, je l'ai aperçue plantée sur le pont arrière du *Cap Anamur*, tremblante de froid, petite fille de huit ans à la robe en lambeaux pleine de taches, le visage rougi par le vent et les joues creusées par la faim. Puis je l'ai retrouvée encore vermisseau dans un hôpital de Saigon, empaquetée dans des langes *made in USA* bien trop grands, petit tas de chair orphelin, et j'ai vu les médecins militaires américains se pencher sur elle pour essayer de sauver cette anomalie organique à l'aube de sa vie.

« La tempête va démonter toute la baraque ! » Les cris de Redford m'ont ramené à la réalité, et autour de nous, les tuiles se fracassaient au sol.

— Il faut qu'on se tire !

Mais au lieu de se tirer, on a soulevé la lourde poutre – le corsaire a trouvé un bras noir, l'a tapoté prudemment et a dégagé à son extrémité un corps inanimé accompagné d'un casque en aluminium écrabouillé.

J'ai vu du sang sur le taureau qui se soulevait et s'abaissait. Elle respirait encore.

À l'arrivée des pompiers, j'étais avec Redford dans la rue et j'avais du mal à ne pas me faire emporter par le vent. Il m'a dégotté un authentique casque de pompier alors qu'il avait bien vu que ça revenait au même que de se mettre du papier de soie coloré sur la tête. Il ne restait pratiquement plus rien du *diner*. Seule Alanis Morissette résonnait encore dans les enceintes ruisselantes d'eau, complètement dingue, et toute la façade de l'entrepôt en tôle gisait dans la rue, y compris le panneau *Best Meat in Town* dont les vaches euphoriques se faisaient joyeusement piétiner. L'ouragan me secouait dans tous les sens, voulait m'aspirer dans les nuages noirs, jusqu'à mon vieil ami Michi, mais mon nouvel ami Redford ne me lâchait pas.

J'ai souvent échappé à la mort, mais encore jamais avec cette conviction d'en avoir tiré une leçon. La survie est toujours instructive, au contraire du train-train quotidien qui donne à notre existence des airs d'évidence.

C'est peut-être ce qui ronge tante Paula : la certitude de ne pas survivre à la prochaine offensive du cancer et donc de ne plus avoir l'occasion d'apprendre.

Il y a de quoi vous couper l'herbe sous le pied.

Nele veut qu'on aille au zoo ensemble demain. Je suis malade d'excitation. On s'est appelés vite fait tout à l'heure. Je ne lui ai pas raconté la soirée d'hier. Je ne lui ai rien dit de tout ce que j'avais appris. Sa voix avait l'air parée à toutes les éventualités.

Je crois que je sais ce que j'ai à faire.

JOUR 28

Le lundi 14 octobre 1996, 11 h 20

Aujourd'hui, c'est jour de fête (Columbus Day).

Direction le Bronx Zoo.

La particularité du Bronx Zoo, c'est sa taille, son emplacement en bordure des ghettos afros et son effet sur Nele, qui glousse d'impatience dans le métro à côté de moi en tambourinant sur son ventre avec ses doigts.

J'ai l'impression qu'au moment où on s'est retrouvés assis ensemble devant l'écran du sonar à fixer son utérus avec le gynécologue de l'espace, on a franchi un cap sans retour possible. Il y a des choses que je ne pourrai plus jamais lui dire sans certaines arrière-pensées.

Il y a un deuil à faire là-dedans.

Le lundi 14 octobre 1996, soir

Après être descendus à la mauvaise station de métro, on a erré une demi-heure dans le Bronx. Les Noirs nous suivaient du regard comme si on était suicidaires. Il faisait un temps splendide. Un soleil des plus radieux. L'ouragan avait deux jours, et quand on est arrivés à l'entrée sud flanquée de trois ormes déracinés, il n'était plus que soubresauts et rendait sa dernière brise.

Devant le panda du nom de Bamboo, Nele a déclaré que ce serait notre animal totem et que, quand on serait vieux, chaque fois qu'on croiserait un panda, on devrait penser l'un à l'autre.

— Les pandas, c'est super rare, j'ai répondu.

— C'est pour ça qu'ils nous correspondent.

Elle sait des tonnes de choses sur les animaux, forcément. C'est son père, le zoologue, qui lui a tout appris. Les tatous, par exemple, ne courent pas : ils trottinent. J'aime bien comment elle prononce « trottiner », avec ses lèvres qui forment un drôle de O à cause du décroché rebelle de sa mâchoire. Et quand on s'est retrouvés devant l'enclos des gloutons, elle a susurré : « On appelle cet animal le glouton, à cause de sa gloutonnerie. »

Elle a elle-même englouti quatre portions de frites *super size* avec une bonne dose de mayonnaise. Elle me photographiait tous les cinq mètres, et elle voulait aussi que je la photographie. Elle a demandé à un Japonais de faire une photo de nous deux « parce que tout le monde sait que les Japonais font de bonnes photos de famille ».

Le cliché la montrera en train de me mordre le lobe de l'oreille. Son souffle s'est engouffré dans mon cerveau et y est resté visible quelques secondes, comme l'haleine en hiver.

Pour finir, devant le bassin des lions de mer, on s'est assis au soleil avec deux cornets de glace à l'italienne. J'ai contemplé les phoques qui étaient l'image même de la mollesse flegmatique. Certains regardaient au loin d'un œil vide. Peut-être que les pingouins d'en face leur manquaient – avant-hier, la fière colonie s'est fait décimer par l'ouragan et emporter une bonne centaine de mètres plus loin. L'occasion de vivre une expérience magique : voltiger dans les airs au-dessus des tapirs qui ont dû les prendre pour des mouettes ou des cormorans bourrés, sauf que les pingouins ont atterri dans la cage aux fauves, ce qui a écourté leur enthousiasme. Tout cela était raconté par un panneau de fortune qui était accroché devant le bassin aux pingouins vide et sur lequel étaient dessinés des pingouins avec de petites ailes d'ange (ce qui collait bien sachant qu'en un sens, ils avaient volé tout droit au paradis).

De temps en temps, des bourrasques apportaient des odeurs de poisson et de décomposition, et j'ai pris mon courage à deux mains.

— J'étais au Best Meat, ai-je commencé. Samedi dernier.

— Sérieusement ?

— Mhm.

— Et tu me dis ça maintenant ? Ça a dû être atroce.

— Oui.

— J'ai vu ça dans le journal.

— Une barmaid juste devant moi s'est pris un demi-tronc d'arbre sur la tête.

Je lui ai montré la taille de la poutre avec mes bras, et elle en a oublié de lécher sa glace.

— Dingue.

— Elle avait un casque de chantier. Elle s'en est sortie.

— Je n'ai jamais vu de mes yeux une barmaid avec un casque de chantier.

— Oui, bizarre. C'était un truc *fashion*. Et juste avant, Robert avait essayé de lui acheter son casque. Pour me le donner. Imagine : si elle avait accepté, elle aurait fini en bouillie.

— Waouh.

— Ça m'a un peu perturbé. On a failli la tuer.

— Oui, il y a de quoi.

— Et alors ? Tu as réfléchi ?

— Réfléchi à quoi ?

— Tu te verrais garder le bébé ?

Elle a hésité avant de sortir sa langue – une langue qui, l'espace d'un instant, n'a fait que tomber de sa bouche, comme un pendu, avant de labourer la glace stracciatella et de disparaître entre ses deux mâchoires en train de mouliner.

— Si tu devenais le père, a-t-elle acquiescé au bout d'un moment.

— Vraiment ?

Elle m'a regardé du coin de l'œil, un regard – je ne sais pas, je ne trouve pas le bon adjectif, peut-être qu'on pourrait le qualifier de « nourrissant », en tout cas pas furtif, un peu pensif, riche et parfaitement tangible.

— Tu parles sérieusement ? a-t-elle demandé prudemment.

— Je me verrais bien devenir père. Oui, je me verrais bien.

— Tu es formidable, tu sais ?

— Le problème, c'est la mère.

— Je sais. J'ai... Je veux dire, tu sais bien que j'ai encore besoin de réfléchir. Je ne me vois pas franchement mère, mais c'était tellement horrible chez le toubib. Et un enfant, c'est quand même mignon.

— Mais tu n'es pas obligée d'être la mère.

— Non ?

— Non.

— OK.

Elle a fait un sort à sa glace avec une ostensible indifférence et chaussé ses lunettes de soleil pour me montrer les phoques.

— Tu savais que les phoques pouvaient pleurer ?

— Jusque-là, non.

— Quand ils sont excités pour une raison ou pour une autre. Surtout quand ils ressentent de la douleur. Ils chialent comme Andie MacDowell dans *Sexe, mensonges et vidéo*.

— Tiens donc.

— Un film d'anthologie, d'ailleurs.

— C'est vrai.

— Et ils aiment la musique et le chant. Selon papa, ils se pâment en entendant Beethoven. La *Neuvième*. Peut-être que tu peux mettre des oreilles de phoque dans ton film.

— Je ne fais plus mon film.

— Le film sur les oreilles ?

— Non.

— Tu plaisantes ?

— C'est de l'histoire ancienne.

— Tu vas faire le film sur l'écrivain à deux balles ?

— Non plus.

— Tu vas faire quoi, alors ?

— Un documentaire sur tante Paula.

— Un film à la con sur les nazis ?

— J'en sais rien. Il ne sera terminé qu'une fois qu'elle sera morte. Bizarre, quand on y pense.

— Bon, assez bavardé, Jonas, a-t-elle dit en soupirant. Qui est censée être la mère de mon bébé ?

Quand elle vous toise avec une pointe de ras-le-bol, on peut dire qu'elle est belle au sens communément admis du terme.

— En fait, Mah ne peut pas avoir d'enfants. Mais elle en rêve.

L'incapacité de sa bouche à cacher son étonnement me subjugue. Je n'ai encore jamais rencontré quclqu'un qui sachc aussi mal fairc scmblant tout cn étant convaincu d'être impossible à cerner.

— Tu veux me faire porter mon bébé pour toi et ta copine ?

— C'est une idée comme ça.

— Mais ça va pas la tête ?

— Désolé, c'est juste que… que si tu le gardes, il faudra bien que quelqu'un l'adopte.

— Mon Dieu.

— Non ?

— Je pensais qu'on était plus ou moins amis.

— Est-ce que je te ferais cette proposition si on n'était pas amis ?

— Félicitations. Au lieu d'un tee-shirt *Big Apple*, tu rapportes mon bébé en souvenir à ta copine ? Franchement, je n'ai jamais rien entendu d'aussi révoltant.

— Tu ne veux pas le tuer. J'ai bien vu que tu ne voulais pas le tuer. Et tu ne veux pas non plus l'élever. Alors où est le problème ?

Un gardien se promenait avec un mégaphone pour annoncer le repas des lions de mer. Aussitôt, les phoques ont commencé à s'agiter, comme s'ils comprenaient l'anglais. Je me suis penché vers Nele, vers le dernier chatoiement de lumière et de couleur où elle était assise, et j'ai baissé la voix pour lui faire comprendre, à elle mais aussi à moi, que tout allait s'arranger.

— Je pense que ça peut le faire, et puis, regarde, c'est aussi un moyen d'équilibrer un peu cette… cette tension entre nous.

— J'imagine que ça veut aussi dire que tu ne viendras pas habiter chez moi ?

— Ça n'est pas possible, Nele.

— Je vois.

— Il faut que je rentre en Allemagne.

— Écoute, Jonas, je suis en train de vivre ce qu'on appelle un traumatisme. Maintenant, chaque fois que je verrai un panda, je serai complètement traumatisée, tout ça parce que ça me rappellera cette situation de merde.

— Mais tout le monde est gagnant, dans cette histoire.

— Est-ce que tu viens de dire que tout le monde était gagnant ?

— Moui.

— Mettons que tu rentres en Allemagne et que ta copine me prenne mon bébé – ce qui n'arrivera pas –, il me restera quoi, à moi ?

Bêtement, je n'ai rien trouvé à répondre, et elle en a profité pour monter sur ses grands chevaux, avec ses mains toutes désemparées.

— OK, je vois. Je suis censée embrasser cet état de grâce, savourer tout ce temps passé à vomir mes tripes et à éviter le vin rouge, me taper des vergetures, promettre mon bébé au premier venu et mourir en couches ?

— Nele…

— Je suis censée être une mère porteuse à l'indienne, c'est ça ? Tu as déjà réfléchi au tarif ? C'est ça que je vais avoir en échange ? Du fric ?

— Calme-toi…

— Et tu veux que je me calme ? Est-ce que tu te rends compte de ce que tu es en train de me proposer, espèce d'enfoiré de première ? Va te faire foutre !

Elle a sauté sur ses pieds, fendu d'un pas décidé la foule qui s'était formée devant le bassin des lions de mer, bousculé rageusement un petit garçon qui avait des ballons à l'hélium à la main – les ballons se sont envolés vers le ciel, suivis des pleurs du gamin, mais Nele s'en contrefichait, elle a poursuivi sa route sans se retourner.

— Moi aussi, je suis paumé, tu sais, ai-je haleté en la rattrapant. Je ne sais pas comment gérer mes émotions. Avant-hier, au Best Meat, j'ai failli y passer. Et je me suis demandé quel était le sens de cette ville, le sens de notre rencontre, le sens de ta grossesse, le sens de toute cette histoire. Et d'un coup, je me suis dit que c'était aussi simple qu'un plus un.

— Un plus un, ça fait trois pour toi ?

— Ça fait même quatre.

— Ça fait quatre ?

— Toi, le bébé, moi et Mah.

Elle a secoué la tête d'un air dédaigneux, un geste vif, en soufflant bruyamment par les narines, exactement comme le buffle d'Asie devant lequel on était en train de passer en coup de vent.

— La première fois que je t'ai vu, planté dans l'appartement plein de merde de ton professeur, ça ne m'a pas échappé qu'il y avait marqué « handicapé des maths » en gros sur ton front. Tu es un vrai Einstein qui croit que un et un font quatre, ou huit, ou vingt-quatre, en fonction du nombre de femmes qu'il baise.

— Bon sang, on n'a même pas baisé.

— Estime-toi heureux ! s'est-elle écriée en pilant juste devant la cage aux fauves – les trois tigres du Bengale ont tourné la tête vers elle, la langue encore imprégnée de juteuse chair de pingouin, et frappé de vénération, j'ai écouté résonner son organe puissant, sûr de lui, hessois, à mille lieues de sa petite voix de sirène. Estime-toi heureux, a-t-elle tonné, sinon je t'en collerais une direct, sérieusement, et quand la police viendrait récupérer tes restes, je dirais : « Oh là là, j'avais complètement oublié qu'il n'avait qu'une moitié de cerveau, oh là là, j'aurais dû m'en rendre compte vu que Jonas Rosen ne savait même pas combien font un plus un ! Oh là là ! »

— Et toi, tu crois que je ne t'ai pas trouvée pénible, peut-être ? Franchement, qui sonne à la porte d'un inconnu pour s'introduire dans ses toilettes alors qu'il dit non, non, non ?

— Les pires chiottes de Manhattan. J'ai dû nettoyer la cuvette.

— Oui, avec mon gant de toilette.

— Il y avait des traces de merde jusque sur le couvercle.

— Et tu as pissé en faisant un boucan pas possible, j'ai dû me boucher les oreilles.

— Et parce que tu es complètement coincé, tu me trouves dégoûtante et tu veux m'humilier ?

— Je ne te trouve absolument pas dégoûtante.

— Moi, je t'aime bien malgré les traces de merde.

— Je t'aime bien aussi.

— Pour être honnête, je t'aime vraiment bien.

— Nele.

— C'est peut-être naïf, mais je m'étais dit qu'on emménagerait ensemble, que je garderais le bébé, que tu deviendrais le père, et la mère, et tout le reste, que tu me demanderais en mariage et que tu deviendrais mondialement connu comme Steven Spielberg, qu'on aurait trois autres enfants qui deviendraient eux aussi mondialement connus, et qu'ensuite on déménagerait à Beverly Hills. Bref, j'ai bien le droit de me faire ce genre de film, j'ai à peine vingt-neuf ans, je suis encore une gamine.

— Nele.

— Alors que tout ce que tu veux, c'est mon fœtus !

— Nele…

— Tu vas arrêter de bêler « Nele » en boucle ? Quelle journée de merde ! Et moi qui étais tellement contente d'aller au zoo ! Et de te voir ! Et de voir les pandas !

— Moi aussi, Nele, et je ne veux surtout pas que, que, que… que les pandas déclenchent une réaction négative chez toi les prochaines fois.

— Tu me rends malheureuse.

— Je sais.

— Tu ne m'aimes pas.

— Tu es la fille la plus incroyable que j'aie jamais rencontrée, tu es sublime et pleine de surprises, tu es la fille d'un célèbre spécialiste en escargots, comment pourrait-on ne pas t'aimer ?

— Ce n'est pas spécialement le moment de faire des blagues.

— Désolé.

Elle a enlevé ses lunettes de soleil, et il y avait le plus grand fossé qu'on puisse imaginer entre ses yeux écumants dans la lumière d'un des derniers après-midi chauds d'octobre et le ton sec sur lequel elle a dit :

— Bref, en tout cas, c'était sympa de te connaître.

Son coup de sang m'avait tellement électrisé que j'ai été pris de court par cet accès de mélancolie inattendu qui a eu un effet surnaturel sur les tigres du Bengale à côté de nous. Les fauves se sont mis à hurler à vous glacer la moelle des os.

— Pourquoi on s'amuse toujours plus avec les nouveaux amis qu'avec les vieux ? a-t-elle demandé avec une drôle de tristesse.

Et comme si cette remarque que je ne comprenais pas bien lui avait énormément coûté, elle s'est laissée tomber sur un banc. Elle essayait de garder les épaules droites, mais tout le reste s'est abandonné à l'instant présent – jusqu'à ses mains, expression même de sa colère, qui sont devenues molles et caoutchouteuses avant de s'immobiliser sur ses genoux.

Je me suis assis à côté d'elle. Elle pleurait toutes les larmes de son corps sans le moindre bruit.

— Je ne veux pas briser ton couple, a-t-elle fini par murmurer avec de minuscules particules de poussière en suspension devant la bouche. Si j'étais encore avec Felix, je ne me serais jamais risquée dans cette histoire. Je ne sais pas qui de nous deux est le plus égoïste, Jonas, mais dans tous les cas, c'est toi qui t'en sortiras le mieux.

Les tigres du Bengale s'étaient tus. Ils avaient deux demi-chèvres à manger.

Puis Nele a dit :

— Parle-moi de ta copine.

Dans le bus du retour, on était assis côte à côte, elle a posé sa tête contre mon épaule, et je n'ai pas bougé. Sans dire un mot, on regardait les ghettos par la fenêtre qui s'embrasaient dans le soleil couchant, telle Rome en proie aux flammes.

JOUR 29

Le mardi 15 octobre 1996

Après le zoo, on a retrouvé Almut. Elle voulait me remercier. De l'avoir sauvée. Alors que je ne l'ai absolument pas sauvée : je l'ai juste prise pour un chien en train de gémir. Mais je ne le lui ai pas dit.

On est allés dans un restaurant coréen où on était assis pratiquement au milieu des cuisines. Un poisson encore vivant a glissé des mains du chef, est tombé par terre en frétillant et a réussi, d'un bon coup de queue, à se catapulter sous le fourneau.

Nele nous a expliqué que c'était un loup de mer. D'après Pline, les loups pêchés au pied du grand pont du Tibre étaient particulièrement appréciés dans l'Empire romain, car ils se nourrissaient de la noble merde des sénateurs qui flottait en abondance dans le fleuve. « Je suis diplômée en latin », a-t-elle dit avec un sourire comique avant de nous proposer de secourir le loup de mer en fuite que les cuistots coréens tentaient de faire sortir de sa cachette par les moyens les plus improbables, y compris des coups de sifflet, et d'aller le relâcher dans l'Hudson.

— Il y a un problème ? a demandé Almut.

La bouche en cœur, on a tous les deux répondu qu'il n'y avait absolument aucun problème – on ne voulait pas qu'elle se fasse du souci.

— Alors pourquoi on irait sauver des poissons dans un restaurant de fruits de mer ?

La tentative de suicide lui a fait du bien, son visage et son bon sens ne s'en portent que mieux. Elle est toute douce et poreuse, et elle a l'air au clair avec elle-même, ce qui lui donne un certain charme.

On n'a pas parlé de mercredi dernier, évidemment. Ni de M. von Hambach. Ni de l'ouragan Betty. Ni de la visite au Bronx Zoo. Rien de ce qui concernait le passé immédiat n'était matière à discussion. Sans même parler du futur immédiat.

Les sujets de conversation étant limités, on est restés muets et les bras croisés à regarder le loup de mer se faire déloger à l'aide d'un tisonnier et atterrir aussi sec sur le billot où le chef l'a joyeusement assommé au maillet et vidé en un clin d'œil pour le hacher en morceaux prodigieusement petits.

L'occasion pour Nele et moi d'expliquer notre manque d'appétit.

On a bu du saké chaud, avec du thé des trois dragons heureux pour cause de grossesse partielle de la tablée. On a discuté de chansons et de films qui ne risquaient rien. Almut en est venue à parler de *La Dernière Marche*, parce que Sean Penn la fait craquer. Vu le sujet délicat de ce drame, elle adhère à son esthétique extrêmement dépouillée et à la sobriété des moyens cinématographiques. Et elle est contre la peine de mort, à part pour M. von Hambach.

J'ai raconté une histoire de Lila von Dornbusch : il y a deux ans, à titre de leçon expérimentale, il a enfermé une classe d'étudiants en cinéma de Babelsberg dans une ancienne prison de la Stasi – trois jours en cellules individuelles – et a, comme par hasard, oublié la seule fille du groupe dans son cachot.

On a beaucoup ri, et on était très tristes.

Aujourd'hui, de 11 heures à 13 heures, il y avait l'interview avec Katharina Birk. Je lui ai seulement dit qu'il n'y avait pas de cassette dans la caméra, parce que le projet de portrait de son mari n'était plus d'actualité.

Étonnée, elle m'a demandé comment c'était possible, sachant qu'avec « Birk » (elle n'appelle son mari que par son nom de famille), j'avais l'occasion d'avoir un authentique génie devant mon objectif. Je lui ai répondu que j'avais le plus grand respect pour le génie de Birk, mais que je n'avais que des questions bêtes en tête. Pour me rassurer, elle m'a dit qu'il ne fallait pas être timide comme ça et m'a invité à lui poser une de mes questions. Et elle verrait bien s'il y avait moyen de saisir le potentiel de son mari.

Comme elle insistait d'un air plein d'espoir, je lui ai demandé : « Savez-vous qu'il n'y a que deux prénoms d'homme qui riment avec Birk ? »

Elle m'a dévisagé avec un regard chevalin.

Sans réponse de sa part, j'ai supposé qu'elle donnait sa langue au chat, et je lui ai expliqué que le premier prénom était « Dirk » et le second « Kirk », comme Kirk Douglas. La prononciation de ces noms dans leur intégralité serait donc « Dirk Birk » et « Keurk Beurk ». Et c'était la meilleure question que j'avais à poser à son mari, lequel n'aurait sans doute rien à répondre.

Elle est partie sans me serrer la main et en me traitant de raté qui n'arriverait jamais à rien dans la vie, même pas capable de faire un diadème avec les précieux diamants qu'étaient les membres de la famille Birk.

Il faut que j'aille à la soirée.

Nuit du mardi 15 au mercredi 16 octobre 1996, 5 heures

Soirée chez Redford à Bleecker Street.

Kerstin et sa sœur Janne ont pété les plombs et jeté des comprimés d'ecstasy en l'air comme au carnaval. Il y avait au moins une cinquantaine de gens en train de danser, et les tableaux de Jerry suivaient le mouvement.

Le proprio faisait le DJ sur une chaîne hi-fi hors de prix. Il avait à nouveau pêché une tonne de *bluefish*, mais le dîner au coréen me pesait encore sur l'estomac.

Comme il ne m'a pas reconnu, Jerry n'avait aucune raison de flanquer à la porte l'infâme sexologue Doktor Rosen. Il passait Freddie Mercury en boucle en tapant du pied.

Ai rencontré une fille de Mannheim.

Nele et Almut étaient là aussi, mais seulement parce que je les avais traînées avec moi comme de grosses valises.

Almut dansait au son de *You Can't Always Get What You Want*.

Planté à côté d'elle, un type se léchait les lèvres. Elle dardait des seins. Le type continuait à se lécher les lèvres. Elle l'ignorait et dansait pour elle seule, presque aussi bien que Mona, en agitant les bras des deux côtés comme des queues de crocodile. Quelle chance qu'elle ne soit pas morte.

Je me suis assis sur un tabouret et j'ai pensé à l'avion avec lequel j'espère ne pas m'écraser après-demain.

Nele est venue me voir pour m'offrir *The Naked Lunch*. Une édition de 1974. Sur la page de garde, une dédicace de William Burroughs – c'était l'écriture des lettres dans les toilettes de Jeremiah.

J'ai souri, ému.

On ne s'est rien dit.

Maintenant, elle dort, allongée à côté de moi.

JOUR 30

Le mercredi 16 octobre 1996

Pas de notes.

JOUR 31

Le jeudi 17 octobre 1996

Adieux à Nele ce midi. Affreux. Puis bagages. Décollage à 19 h 40.

Lila n'en avait rien à foutre que je m'en aille.

New York est une pute.

DERNIER JOUR (32)

Le vendredi 18 octobre 1996

De retour à l'aéroport de London Heathrow.

L'Europe vous rend tout de suite malade. J'ai le vertige, le ciboulot-en-porcelaine ne trouve pas le repos, pas le sommeil, pas l'obscurité.

Ce continent est un étau, un pays de morts, une idée de morts. Qu'est-ce que je fais ici ?

Sur le vol retour, les films montrés étaient bien pires que sur le vol aller.

Aucune idée de ce qu'il me reste.

Suis fier et vide, parce que je me sens fidèle.

Enfin. Pratiquement.

En tout cas, les capotes sont revenues au complet.

Illusions. Confusion totale. Vais laisser reposer. Suis paumé. Ai hâte de revoir Mah, mais me méfie de moi-même.

Dix jours qu'on ne s'est pas parlé. Qu'est-ce qui lui est arrivé depuis tout ce temps ? Est-ce qu'elle a rencontré quelqu'un ? Est-ce qu'elle se verrait passer le reste de sa vie avec moi ?

Pourquoi je ne suis pas plus aventureux, plus

baroque, plus catholique ? Pourquoi je suis aussi protestant, aussi tourmenté, aussi stupide ?

De toute façon, je me sens comme une merde.

Et en même temps, supérieur.

Absurde.

Qu'est-ce qui détermine notre vie ? Une succession de petites observations qui ne vont pas plus loin qu'elles-mêmes ? La volonté de s'extraire de soi et de ramper vers la lumière ? Ou le destin qui, à la naissance, tisse un fil dans lequel nous nous enroulons quoi que nous fassions ?

Est-il possible de croire aux hasards quand on rentre de New York avec une nouvelle personne dans ses valises ?

À dix mille mètres d'altitude au-dessus de l'Atlantique, j'ai regardé l'échographie du petit pois. Pendant des heures. Elle était glissée dans le livre. *The Naked Lunch.*

Au dos, une dédicace avec un point d'interrogation : *Pour Jonas ?*

Une écriture ronde, douce et légèrement baveuse, chose sans doute fréquente sous la mer, au pays des sirènes.

Tout en moi fait des étincelles, comme si mon cœur gelé était collé contre une pierre à aiguiser.

Le dernier soir, on a été au Lucky Cheng, un restaurant chinois où le service est assuré par des drag-queens. J'ai invité tout le monde avec les sous qui me restaient de mes films. C'était l'argent public de la chaîne de télévision, je pouvais le jeter par la fenêtre comme Iznogoud.

À choisir, j'aurais préféré acheter des drogues dures.

Ils sont presque tous venus. Nele Zapp. Almut von Koskull. Kerstin Sommerlein. Sa sœur Janne Sommerlein. Et Redford, bien sûr.

Redford était le plus beau, il avait des reflets brun doré dans les cheveux, la lèvre humide et presque grivoise. Il a apporté à toutes ces dames ainsi qu'à moi des roses blanches qu'il avait photographiées jusqu'à plus soif pour une pub de parfum le matin même.

Même tante Paula a été conquise par les fleurs, encore plus que par Redford. Elle a débarqué dans une limousine qu'Aldon Ruby avait mise à sa disposition, chauffeur compris – un « demi-chauffeur », comme elle l'appelait à cause de « ses inquiétantes inaptitudes à la conduite ».

Je l'ai accueillie, et au rythme de sa canne qui martelait le trottoir, nous avons mis le cap sur la maison des joies infinies illuminée de mille ampoules roses (placement de produit). « *Oh boy*, a-t-elle maugréé, je croyais que l'enfer, c'était après le trépas. »

Jeremiah a refusé de venir – bizarre sachant que c'était l'occasion de manger chaud et à l'œil. Je l'ai appelé pour l'inviter avec une allusion pleine de tact à ces conditions princières, un genre de geste apostolique, et j'en ai profité pour lui parler de tante Paula, de sa liaison avec Kerouac et du fait qu'elle avait envie de faire sa connaissance.

Mais la voix de Jeremiah était mauvaise et hostile. Il a fait comme s'il se souvenait à peine de moi. Et qui sait ? Peut-être que c'est le cas. « *Have a nice life* – Bonne vie à toi », a-t-il aboyé avant de raccrocher.

Il aurait sans doute ruiné la soirée, ne serait-ce qu'en augmentant la clim jusqu'à nous donner l'impression d'être dans une chambre froide pour denrées périssables. Mais quand même. Il est la négation de respectabilité la plus cohérente qu'on puisse imaginer. Et j'aime sa souffrance.

Je n'ai invité ni Lila ni les cinq-autres.

Pas envie.

Après les *dim sum*, Nele a voulu me faire tirer les cartes de tarot. Mais ça n'a pas marché. Quand on s'est décidés à descendre au sous-sol pour voir le show, elle a oublié son écharpe sur sa chaise. Il s'est mis à faire froid à New York.

La scène n'était pas plus large qu'une Coccinelle Volkswagen, et le plafond tellement bas que les comédiens étaient pliés en deux en permanence.

Malgré ça, un transsexuel est venu se jucher sur mes épaules pour me rouer de coups, et Redford criait en boucle : « *Don't touch his head !* – Ne touche pas à son crâne ! »

Un chanteur incroyablement gros a chanté magnifiquement bien. « Il y a cinq ans, j'avais la même tête que toi », a gazouillé la meneuse de revue en me montrant du doigt.

« Je veux être assise à côté de Jonas », disait Nele.

« La prochaine fois, amenez vos enfants, a lancé la meneuse de revue en guise d'au revoir, ils passent un bon moment, regardent le show, nous trouvent géniaux, et veulent tous devenir drag-queens plus tard. »

Ensuite, on a migré au Bob. Un bar sympa où tante Paula s'est sentie comme un poisson dans l'eau et où son doux visage s'est aussitôt nimbé d'un nuage de tabac.

Tous les autres étaient tristes et embarrassés.

Almut n'arrêtait pas de zyeuter Redford. Nele m'a expliqué qu'à la soirée d'hier, il avait un petit peu tapé dans l'œil de sa copine – ce que j'ai répété illico à Redford, histoire de faire naître au moins une relation durable.

Mais il n'est pas intéressé. Almut n'est pas assez dominatrice, pas assez universitaire et pas assez hautaine pour lui. Alors qu'elle était à tomber. Elle avait un pull bleu que je n'ai pas pu m'empêcher de toucher tellement il était doux. Redford portait la même couleur version chemise. Almut a essayé de voiler l'éclat de ses yeux. Mais ils brillaient quand même, pleins d'espoir et de désir, comme des veilleuses dans un cimetière. Elle a sûrement eu un paquet de déconvenues. Elle a un côté amer, coquille d'escargot, mais aussi une forme de pureté, de beauté, presque à la Gretchen.

Demain, ses parents arrivent d'Autriche. Qu'est-ce que son psy peut bien lui conseiller ? De sourire plus ?

La sirène, elle, minaudait comme à son habitude, en exhibant ses dents impeccables et mordant son grain de beauté sur la lèvre. À côté de l'air grave d'Almut, elle était un poil trop légère, à la fois soucieuse et excitée.

Je sentais que Redford la regardait. Il était fasciné par les ravages qu'elle aurait faits dans sa vie, et il m'a dit que ça se voyait qu'elle était enceinte.

Elle ne cherchait pas à cacher que sa main gauche en pinçait pour moi. On est restés ensemble tout le temps. J'ai chopé une migraine carabinée, et je n'ai pas tardé à dire au revoir aux gens.

Tante Paula m'a serré dans ses bras avec des larmes dans les yeux avant de me glisser une enveloppe contenant dix mille dollars en liquide. L'enveloppe était aussi épaisse qu'un petit recueil de poèmes, et elle m'a dit de ne surtout pas la déclarer à la douane : je suis censé la planquer dans mon pantalon, à même mes fesses, un endroit qui est rarement fouillé.

Puis elle s'en est allée.

À la fin, Nele m'a susurré :

— Je suis sûre que tu vas devenir célèbre.

— Les réalisateurs de documentaires ne deviennent pas célèbres.

— Que tu deviennes célèbre ou non, je m'en fiche. Mais tu vas quand même devenir célèbre. Et tu diras à mon enfant que je t'ai aimé.

Hier soir, avant d'aller à l'aéroport, je suis passé une dernière fois à l'Institut Goethe. Au premier étage, il n'y avait personne. Même le bureau de Nele était vide. Hollie Lehmann avait la grippe. L'affiche de Neuschwanstein avait été retirée. Plus de *GERMANY ROCKS*. Rien qu'un mur nu et blanc sur lequel mon ombre se détachait.

Je me suis assis sur la chaise de Nele pour me balancer pensivement. Contre toute attente, elle s'assied à la même hauteur que moi, alors qu'elle est beaucoup plus petite.

J'ai ouvert ses tiroirs, fouillé à l'intérieur, trouvé le genre de trucs que contiennent les sacs à main. Alors que j'étais en train d'examiner un rouge à lèvres à elle, elle est apparue dans l'encadrement de la porte.

— Qu'est-ce que tu fais là ? a-t-elle demandé.

Faute de réponse, je l'ai dévisagée. Elle s'est

approchée lentement, s'est assise sur mes genoux, dos à moi, et m'a délicatement pris le rouge à lèvres des mains. Puis elle s'est penchée en avant et a écrit sur son écran *GÊ* et en dessous *NANT*, avec un point d'interrogation rouge parfum fraise à la fin. J'ai hoché la tête.

Elle m'a regardé dans notre reflet sur l'écran. Elle a eu un sourire douloureux et s'est renversée contre moi. J'ai pris son ventre entre mes mains, posé mon oreille sur son dos, contre sa colonne vertébrale, et écouté ses articulations, son estomac, ses intestins. Quand on a tourné un film sur les oreilles, on sait à quoi correspondent ces bruits. Elle avait le souffle court et une odeur d'herbe et de lessive.

Je me demande si le petit pois sentait ma main.

Au bout de dix minutes, quelqu'un est entré, nous a vus et a battu en retraite, interloqué.

Quand le téléphone a sonné, on s'est décollés l'un de l'autre. Elle s'est levée, a décroché et écouté quelques instants avant de dire : « Non, monsieur von Hambach. Là tout de suite, ce n'est pas possible. Je ne me sens pas bien. »

Puis elle est restée plantée devant moi sans rien faire.

— Ce que je viens de dire, c'est parce que c'est une excuse facile. Il ne faut pas le prendre au pied de la lettre. Je suis comme ça, tu vois ?

J'ai hoché la tête.

— Von Hambach m'a proposé le boulot d'Almut. Dingue, non ?

J'ai à nouveau hoché la tête. On s'est regardés, et j'ai compris qu'une partie de moi allait rester ici. Dans ce bureau, dans le léger courant d'air qui le traverse, avec vue sur le Met pour ceux qui y tiennent.

— Alors pour le baiser de cinéma, si baiser de cinéma il doit y avoir, c'est à toi de te lancer. Tu peux aussi me coller un petit baiser d'adieu, bien ridicule et gênant, sur le crâne. (Elle a fait claquer une bise dédaigneuse dans les airs.) Quoi qu'il en soit, j'en tirerai mes conclusions.

Si elle parlait comme un mec, c'était pour se donner du courage. Elle est restée toute harponnée avec les bras ballants pendant que j'embrassais tendrement son front à la Moby Dick.

Un convoi de camions de pompiers passait dehors. Un gratte-ciel devait être en train de brûler. Je n'arrive plus à écrire. Je suis au fond du trou.

Pour finir, elle a dit : « Ne m'oublie pas », mais on était déjà sous le bouleau de Central Park, au milieu d'une grande pelouse où Ghostbuster galopera jusqu'à la fin de mes jours.

En train de survoler la Manche. On sera à Berlin d'ici une heure. Mah m'attendra à l'aéroport pour me raccompagner avec sa Renault blanche comme la neige dont elle est si fière.

La mer a l'air d'être en pleine évaporation, un mince voile de couleurs ternes, avec de minuscules bateaux dessus qui tracent des lignes de plusieurs kilomètres de long dans l'eau.

Quels seront nos premiers mots ? Content de te revoir ? Je t'ai manqué ? Beaucoup ?

La faim est un grand maître, dit le proverbe. Je n'ai presque touché à rien, car elle me semble petite, la faim. Deux yeux soyeux. L'éclat d'un sourire sans rides qui sait tout.

En avançant d'un pas léger, l'hôtesse me regarde, tandis qu'à mille kilomètres à l'heure, nous fendons les airs à la rencontre de la nouvelle vie qui nous sourit, à moi et peut-être à elle aussi.

REMERCIEMENTS

Je remercie mon ancien professeur, Rosa von Praunheim, qui m'a appris tout ce que j'avais besoin de savoir pour coucher sur le papier mes folles aventures new-yorkaises. Si ce livre a vu le jour, c'est uniquement parce que cet homme existe. Il m'a aimablement autorisé à exploiter et à reproduire des extraits de son *Troisième poème didactique pour l'édification personnelle des étudiants* (tiré de *Mein Armloch. Gedichte*, Berlin, Martin Schmitz Verlag, 2002).

Je souhaiterais remercier l'autre père spirituel de cette histoire, Reinhard Hauff, qui m'a conduit à l'écriture, à Rosa et à New York.

La famille Diogenes mérite toute ma gratitude. Ma patiente et érudite éditrice, Silvia Zanovello, a tout particulièrement contribué à donner à ce texte sa forme finale. Dès la lecture de ce manuscrit, Philipp Keel, qui ne se laisse jamais déstabiliser, a allumé le plus beau des feux – le vert. Ursula Bergenthal, Ruth Geiger, Kerstin Beaujean, Martha Schoknecht, Catherine Schlumberger et toutes les autres Diogéniennes m'ont, avec les Diogéniens, prodigué leur affection, leur confiance et leurs encouragements depuis Zurich.

Je remercie Ralf Oberndorfer et Rory Critten d'avoir relu les passages en anglais. Si certaines formulations étaient malgré tout erronées, c'est à l'auteur qu'en revient la responsabilité. Mon agente Rebekka Göpfert et Clara von Berlepsch ont contribué à la dramaturgie de ce texte, grand merci à elles. Par son infaillible sens éditorial, son soutien toujours critique et son imagination, ma femme Uta Schmidt a eu une influence décisive sur cette histoire. Tu as ma reconnaissance la plus totale, mon amour. Tu le sais bien.

Outre les personnes, les livres aussi ont été source d'inspiration. Sans l'impressionnant essai consacré par Knut Elstermann à sa tante Gerda, j'aurais difficilement pu inventer Paula Hertzlieb, qui emprunte nombre de ses meubles, tableaux, formulations et une maladie à *Gerdas Schweigen. Die Geschichte einer Überlebenden* (Berlin, be.bra verlag, 2006). Ce personnage doit aussi plusieurs pensées aux brillantes interviews d'Angelika Schrobsdorff.

J'ai tiré le personnage de Valerie Soraya Puck de notes vieilles de vingt ans retrouvées dans ma boîte à idées et à l'origine littéraire non identifiable.

Les informations sur New York proviennent de différentes sources que j'ai oubliées, mais les extraits cités dans le texte sont empruntés au guide touristique *New York. The Rough Guide* (Londres, Penguin Group, 1996). Je me suis également inspiré du recueil de nouvelles de Hanif Kureishi *Midnight All Day* (traduit en français sous le titre *La Lune en plein jour*, Paris, Christian Bourgois, 2000 ; 10/18, 2002) dont je me suis permis de citer, en plus de l'épisode de la